Originaltitel: *Almoço de Domingo* © José Luís Peixoto, 2021
by arrangement with Literarische Agentur Mertin
Inh. Nicole Witt e. K., Frankfurt am Main, Germany

Funded by the Direção Geral do Livro, dos Arquivos e das Bibliotecas
& Camões – Instituto da Cooperação e da Língua, IP

Lektorat: Christie Jagenteufel
Umschlag und Satz: Jürgen Schütz
Umschlagbild: © i-stock
Druck und Bindung: Florjančič tisk d.o.o.
Printed in the EU

ISBN: 978-3-99120-044-4
www.septime-verlag.at
www.facebook.com/septimeverlag | www.instagram.com/septimeverlag

José Luís Peixoto

Mittagessen am Sonntag

Roman

Aus dem Portugiesischen von Ilse Dick

Die Vergangenheit muss ständig beweisen,
dass es sie gegeben hat.
Was in Vergessenheit geraten
und was nicht dagewesen,
nimmt denselben Rang ein.
Was geschehen ist,
wandert umher,
fragil, von nur einem Menschen getragen.
Verschwindet er,
verschwindet auch all das Geschehene,
unwiderruflich. Es gibt keinen Weg,
es zurückzuholen, es ist,
als hätte es nie existiert.

26. März 2021

1

Er erwachte ohne Alter. Erinnerte sich an seinen Körper, rührte aber keinen Finger. Er spürte das Bettzeug, das mit der frühen Morgenstunde verschmolz, öffnete jedoch nicht die Augen. Von Wohligkeit umhüllt, zog er das Dunkel der Dämmerung vor, oder, schlimmer noch, den beharrlichen Ziffern des neumodischen elektronischen Weckers. Die Lider fühlten sich leicht an, wie auch die Welt in diesem Augenblick leicht war, die Stille draußen über dem Städtchen, die reine Luft, die er atmete und die ihn innerlich befreite. Er rührte keinen Finger, keinen Muskel, hatte Gewissheiten. Wusste, Altwerden heißt Schmerzen ansammeln: Erst schmerzen bestimmte Gesten, bestimmte Bewegungen, sich plötzlich umdrehen, sich bücken, um die Schnürsenkel zu binden; dann schmerzen die alltäglichsten Verrichtungen, sich setzen, aufstehen, gehen, bis schließlich alles schmerzt, bis es schmerzt, hier zu sein, bis es schmerzt, überhaupt zu sein.

Es waren Schmerzen, die er dort, wo er jetzt war, nicht spürte. Es war wie in der Jugend oder zumindest wie damals, als er bestimmte Beschwerden nicht kannte. Während er so dalag, pries er den Nutzen der Unwissenheit, und ohne in übertriebener Naivität schwelgen zu wollen, meinte er fast, er wäre plötzlich wieder jung geworden. Die Möglichkeit gab es, vielleicht, wer weiß. Er hatte schon weitaus überraschendere Phänomene erlebt. Würde ihm solch ein Geschäft angeboten werden, ginge er sofort darauf ein, ohne sich aber besonders interessiert zu zeigen, die Regeln geschäftlicher Transaktionen waren ihm hinreichend bekannt. Vorsichtshalber, für alle Fälle, blieb er liegen, blieb liegen, ohne sich zu rühren, blieb, wie er war.

Er erinnerte sich an die Brille von Marcello Caetano. Und schweifte ab, es verging eine Sekunde oder was ihm eine Sekunde erschien. Er erinnerte sich an den säuerlichen Geruch der Masse für die geräucherten Mehlwürste und wollte in dieser Erinnerung verweilen, spann sie weiter: das helle Brät in zwei Schüsseln, Fettkörnchen, die glänzten, die Mutter und zwei Frauen, die sich auf Schemeln rund um die erste Schüssel einrichteten und, die Fingernägel fein säuberlich geschnitten, die Därme füllten, ihre Hände vom Handrücken bis zum Handgelenk in der Wurstmasse, die sie mit den Fingern durch einen kleinen Aluminiumtrichter in die Därme stopften, nicht prall voll, um sie noch zubinden zu können, und die Mutter, die ihren Kopf hob, ihn, den Sohn, erblickte und nach ihm rief, ihn in seiner Erinnerung abermals rief. Von weit her kam die Stimme der Mutter und doch hatte er Mühe, sie von der eigenen zu unterscheiden. Wo war in diesem Augenblick die Stimme der Mutter? Und er erinnerte sich erneut an die Mutter, wie sie ihn rief, und an den säuerlichen Geruch der Wurstmasse.

Er war ein Mann, der einfach nur dalag. Als hätte er mit dem Alter auch einen Teil seines Namens verloren. Alles fühlte sich so leicht an, wie schon lange nicht mehr. Als wäre er von einer unsichtbaren Last befreit, vielleicht vom Blick der vielen Menschen, der sich auf ihn richtete, wenn er des Weges kam, vielleicht vom Gewicht des Respekts, Senhor Comendador, Senhor Comendador. Aber jetzt war er ein Mann, der einfach nur dalag. Am Namen hielt er fest, namenlos hatte er nie sein wollen, er trug den angestammten Namen, doch der hatte das Gewicht, das ihm mit der Zeit zur Bürde geworden war, verloren. Auch seine Geschichte bewahrte er, auf unglaubliche Weise aber war das Gewicht, das ihm so schwer auf den

Knochen lastete, aufgehoben, wie ein Wunder dieser frühen Morgenstunde.

Er genoss diese Freiheit, lächelte in sich hinein. Auf das Wesentliche, auf das Sein beschränkt oder vielmehr darauf erweitert, ließ er sich von diesem Wachtraum, der in ihm nachklang, tragen und machte sich auf durch das Haus: morgendliche Stille, feierlich, dann und wann von einem fernen Knarren durchbrochen, Holz am Klagen. Im Bett liegend, umgeben vom weiten Dunkel der geschlossenen Augen, ging er durch Korridore, betrat Räume, die ihm trotz all der Jahre neu schienen. Er erinnerte sich an damals, als sie geplant und errichtet wurden, ebenso leicht hätte er sich an die Zeit erinnern können, als es sie nur in seiner Vorstellung gab. Nie wollte er sich an Besitz gewöhnen, nie aufhören, ihn zu schätzen und sich daran zu erfreuen, es war ein gutes Haus. Und er schritt durch die Wände des Hauses, durch Mauern, Türen, Tore, durchquerte einen Gedanken von gleicher Dichte und wandte sich den Straßen und Gassen des Städtchens zu. Er kannte sie alle, die ganz alten, von Jahrhunderten gewunden, von Menschen und noch mehr Menschen abgetreten – geopferte Schatten –, wie auch die neueren, die noch nach Asphalt rochen. Wäre es nötig, würde er sogar in der finstersten Nacht ohne Mühe seinen Weg durch Campo Maior finden, ohne Mondlicht, ohne Straßenlaternen, mit geschlossenen Augen. Einst hatte er seine Hand auf den Kalk gelegt, hatte seine zahlreichen Schichten erspürt. Er kannte Geschichten aus allen Winkeln des Städtchens, bei einigen war er Zeuge, ganz nahe am Geschehen, die meisten hatte er miterlebt. Und er lächelte mit neuer Kraft, als er die Frische einiger Straßen wahrnahm, die Brise, die sich zwischen den Fassaden auf der einen und der anderen Seite regte, die Türen offen oder nur angelehnt, die Riegel nicht vorgeschoben,

Wäsche auf der Leine, von Leuten, die er gut kannte, Stimmen, die über das Abendessen sprachen, am späten Märznachmittag die Kohlebecken aufgestellt, um das wärmende Feuer für den Feierabend anzufachen. Zu welchem Jahr gehörten diese Märze?, eine Frage, die er sich nicht stellte, sondern lieber dem Duft der Orangenblüten nachspürte, hergeweht aus irgendeinem Garten, irgendeinem Hinterhof, vielleicht schon am Weg aufs Land, und dabei hörte er den Klang der Stiefel, wenn sie auf die Erde traten, auf Märzgräser oder, noch wahrscheinlicher, Gräser ohne Monat, ohne Jahr. Würde er in diese Richtung weitergehen, käme er bald an die Grenze. Jetzt, in seiner Muße, war die Aufregung dort an der Grenze eine harmlose Erinnerung, erweckte in ihm eine Art Euphorie oder Jugendfrische, aber er tat nicht den Schritt, diese Linie zu übertreten, kehrte ganz plötzlich in sein Zimmer zurück, nahm ganz plötzlich wieder das Zimmer wahr, den Körper in derselben Position, bewegungslos, auf Wärme erpicht, früher Morgen.

Die Vergangenheit muss ständig beweisen, dass es sie gegeben hat. Was in Vergessenheit geraten und was nicht dagewesen, nimmt denselben Rang ein. Was geschehen ist, wandert umher, fragil, von nur einem Menschen getragen. Verschwindet er, verschwindet auch all das Geschehene, unwiderruflich. Es gibt keinen Weg, es zurückzuholen, es ist, als hätte es nie existiert. Er erinnerte sich an den trockenen Kuchen im Mund, wie er ihn kaute, ihn nicht schlucken konnte, ihn im Mund hin und her schob, an ein Gläschen Likör, wie er die Zungenspitze in ein Likörglas tauchte, wie die Süße sich mit der zerkauten Masse vermengte. Die Vergangenheit ist gigantisch, legt sich wie ein Gebirge zur Gänze über die Gegenwart, die einer Nadel gleicht, der Spitze einer Nadel. Ein Gebirge auf einer Nadelspitze, unglaublich.

Reglos daliegend, gab er in seinem Innersten Sätze von sich. Sätze, die sich ins Dunkel entfernten, er hatte Zeit, sie zu beobachten, sie genau zu betrachten. Vielleicht dank der Stille dieser Stunde, vielleicht dank der Leere des noch nüchternen Magens waren es Sätze, die eine erhabene und brennende Wahrheit enthielten, bisweilen beklemmend, vor allem, wenn sie sich langsam verflüchtigten, sich mit Vergessenem vermengten, die Stimme sich auflöste. Wem gehörte diese Stimme? Er hörte nur sie. Hörte sie klar und deutlich, als würde sie von außen kommen, als würde jemand mit ihm sprechen. Es war aber eine Stimme, die ICH sagte und dabei IHN meinte. Wer in seinem Inneren sagte ICH? War er diese Stimme?

Er spürte die Frau an seiner Seite, welch schöner Name: Alice, der Name eines jungen Mädchens, und beinahe hätte er sie geweckt, um die Erleichterung mit ihr zu teilen. Aber ihr Gesicht im Schlaf war ihm so vertraut, hatte er doch im Lauf der Jahrzehnte so viele Male dort Zuflucht gefunden, ein argloses Gesicht, absolutes Vertrauen, Alice, mehrere Gesichter und doch immer dasselbe. Die Erinnerung daran, wie übereinandergelagerte Fotografien, stieg ihm die Kehle hoch, Zärtlichkeit ist eine sublime Form von Verbundenheit. Und noch mit geschlossenen Augen musste er tief einatmen, als würde er das Dunkel einsaugen und gleich darauf dem frühen Morgen wiedergeben.

Er öffnete die Augen, kehrte in seinen Körper zurück. Begann sich langsam umzudrehen und dabei zu seinem Alter zurückzukehren, neunundachtzig Jahre, welch eine Zahl. Während er den Körper auf der Matratze hin und her wälzte, Zylinder in Bewegung, langsames Insekt, versuchte er, die Frau nicht zu wecken, Geräusche von Sprungfedern, Scharnieren, ein abrupter Luftzug zwischen den Laken. Gleichzeitig ein Stechen im Rücken, der Nacken steif, die Handgelenke mit Vorsicht zu bewegen, um sie nicht zu verrenken. Und als er die Bettdecke von sich streifte, unterdrückte er den Seufzer, den das aufgerichtete Rückgrat und die Wirbel dazwischen von ihm forderten. Auf Zehenspitzen berührte er den Boden.

Als würde er von der trockenen Zunge kosten, einen imaginären Brei essen, machte er den Mund auf und zu, mit kurzen Schmatzern. Dann kniff er die Augen zu, und als er die Lider hob, nahm das Halbdunkel Formen an und er konnte das Licht erkennen, das erst später kommen, den wirklichen Anbruch des Tages anzeigen würde, Licht, das durch einige Punkte des geschlossenen Fensters dringen und von dort aus Linien in die Luft des Zimmers zeichnen und ausreichende Angaben liefern würde, um Fläche und Inhalt zu berechnen. Doch er verfügte über höchst vertrauenswürdige Referenzen, über ein an all in diesem Raum erwachten Tagen angehäuftes Wissen, ohne weitere Messungen und Berechnungen vornehmen zu müssen. Aus Stolz nahm er vom Wecker noch keine Notiz. Dennoch gab es die Zeit und den Atem der Frau, der ihr zart über den Gaumen glitt. Und wieder die Reinheit, Alice, einfache und in der Stille fragiler Geräusche tiefe Bindung.

Schritt für Schritt, ohne sich um die am Vorabend ausgewählte und zusammengefaltete Kleidung zu kümmern, begab er sich auf den Weg, den der Kopf ihm auftrug. Mit dieser Aufgabe beschäftigt, kehrte er zu seinem Namen zurück. Kehrte zurück zu dem Namen, mit dem seine Frau ihn jeden Tag anspricht, mit dem sie ihn gleich nach der Hochzeit, nach ein, zwei Monaten Ehe ansprach, der Name, mit dem man ihn beim Militär in Elvas ansprach, der Name, mit dem die Mutter ihn ansprach, die Stimme der Mutter, jeder Augenblick, in dem die Stimme der Mutter wieder zu hören war, sein

Name zwischen Sätzen, die die Mutter zum ersten Mal sprach, aber auch der Name, mit dem seine Mitarbeiter ihn ansprechen, die älteren und die neueren, Großväter, Väter, Enkel, der Name, mit dem die Kunden ihn ansprechen, von Nord bis Süd, bis hin zu Kunden aus dem Ausland, und der Name, mit dem man ihn in den Straßen und Gassen von Campo Maior anspricht, den er bisweilen beinahe geflüstert hört, wenn jemand jemanden auf ihn aufmerksam macht, und der Name, mit dem seine Schwestern ihn ansprachen, und der gesprächige Onkel Joaquim, und der Lehrer in der dritten Klasse, wenn sein Name durch das Klassenzimmer klang, das Licht des Klassenzimmers, der Name, wenn er frühere Morgen durchdrang, und der Name, mit dem der Vater ihn ansprach, die Verbindung, die der Vater zu seinem Namen hatte, der Klang, mit dem er ihn aussprach, die Stimme des Vaters war da, war nicht vergessen, war da. Wo war die Stimme des Vaters in diesem Augenblick?

Der Trainingsanzug roch nach Schrank. Sobald er ihn angezogen, den Reißverschluss der Jacke zugezogen hatte, richtete er den Gummizug im Bund. Dann band er die Sportschuhe zu, ein Fuß, der andere Fuß, und stand langsam auf, doch sicher, ohne sich irgendwo festhalten zu müssen. Er strich mit der Hand über den Schnurrbart und ging.

2

Das Feuer muss sich mit bescheidenen Flammen zufriedengeben, ohne haltlos heftig zu lodern. Es kann die Scheite mit einer Flammenschicht umhüllen, darf sich jedoch nicht auf das Reisig stürzen, und wenn es noch so danach dürstet. Um unserer Familie dienlich zu sein, hat das Feuer zwei Aufgaben zu erfüllen. Bei der ersten Aufgabe geht es um die Stangen mit Mehlwürsten, Chourizos, Blutwurst und Schinkenwurst im Kamin. Würste, in Reih und Glied auf Stangen gefädelt, von zwei Bänken gehalten, bevor sie hochgezogen und im Kamin auf verschiedene Höhenstufen verteilt werden. Die zweite Pflicht dieses Feuers betrifft den Milchtopf und die Kaffeekanne. Man darf das Feuer nicht zu heftig werden lassen, wenn die Würste räuchern sollen, mindestens knapp zwei Wochen lang, die Milch aber benötigt einige Hitze zum Kochen. Deshalb halte ich Wache, ein Stock dient mir dazu, das Feuer anzufachen, wenn es am Ausgehen ist, aber auch dazu, ihm einen Dämpfer zu versetzen, wenn es zu übermütig hochzüngelt.

Milchrahm. Kaum tauchte ich mit der Kanne auf, versprach mir die Mutter diese Leckerei. Der Abend war schon angebrochen, aber ich weiß nicht, ob die Uhr der Stadtpfarrkirche schon sechs geschlagen hatte. Mütterliche Zuwendung, Wohlwollen von Natur aus. Wäre es nötig gewesen, dieses Wohlwollen lauthals zu begründen, dann wohl damit, der Rahm würde mir, dem Knaben von neun Jahren und stolz darauf, Kraft einflößen, doch niemand fragte nach Gründen. Heute marschierte ich den ganzen Nachmittag mehrmals durch Campo Maior. Ich legte das Schulbuch der zweiten Klasse beiseite, aß eine Suppe und war nach zwei kurzen Minuten Pause sogleich zur Stelle, in wohlerzogener Stille. Meine Mutter nahm eine Bestellung entgegen. Sie können sich verlassen, ich rede mit meinem Rui. Ich dort, durchsichtig oder unsichtbar, und meine Mutter, die über mich sprach, über ihren Rui. Wir hatten frisches Fleisch im Laden, das wusste man im ganzen Städtchen. Das Schwein wurde am Vortag geschlachtet und nun hing es schon nicht mehr mit dem Schädel nach unten, die beiden Hinterhaxen verschnürt. Man hat schon ganz früh in der Morgenkühle damit begonnen, es zu zerteilen, noch vor meinem Abmarsch in die Schule.

Sie können sich auf mich verlassen, ich rede mit meinem Rui, und sie würde reden, doch die erste Bestellung war womöglich schon fertig. In einer feierlichen Zeremonie überreichte mir meine Mutter einen Teller mit Schnitzelfleisch, mit einem Tuch bedeckt. Und sowohl der Teller als auch das Tuch und das Fleisch waren vom Feinsten. Ich ging über den Praça da República und wählte danach die Straßen, die mir für diese Parade am geeignetsten schienen. Den Teller hielt ich mit beiden Händen vor der Brust. Bei jedem Schritt hob ich fest den Fuß, riskierte nicht einmal, über einen Gedanken zu stolpern. In eiserner Disziplin begegnete ich Burschen meines Alters und dazu gezwungen, dieselben Flüsse Angolas auswendig zu lernen wie ich, doch trotz großer Vertrautheit grüßten wir einander nicht. Über den Ernst der Lage im Bilde, folgten sie mir schweigend nur mit Blicken.

Näher an des Doktors Haus, wuchs der Wunsch, meinen Vater zu sehen, vielleicht würde es klappen, ihn zwischen dem einen und anderen Auftrag anzutreffen, es könnte ja sein, es könnte ja sogar sein, im Auto des Chefs, des Doktors, ein Stückchen mitfahren zu können, Ledersitze, der Hals gereckt, um die Straße vor der Motorhaube zu sehen, eine lange Karosserie aus massivem Blech, und mein Vater konzentriert, die Hände auf dem Lenkrad, für jedes Manöver gewappnet. Doch beinahe zugleich, eng an diesen Gedanken geknüpft, tat das Herz einen Satz und klopfte wie eine Trommel, es war die Angst, auf den Sohn des Doktors zu treffen, die Angst, er könnte frei umherlaufen, vergifteter Geist. Die letzten Meter legte ich in dieser Qual zurück, als würde der Teller mit dem Fleisch mich hinter sich herziehen.

Ich ging direkt zum Hintereingang des Hauses, klopfte an die Tür der Wirtschaftsküche, es kam eine Küchenhilfe, die mich sogleich ernüchterte, ich könne meinen Vater nicht sehen, er sei unterwegs, müsse die Chefin, die Frau des Doktors, irgendwohin bringen oder von irgendwo abholen. Beim Warten auf das Geschirr wuchs meine Angst bei der Vorstellung, der Doktorsohn mit seiner Fratze könnte mir in den Weg springen. Sobald ich den abgespülten Teller, von dem noch Wasser tropfte, wieder in Händen hatte, das Tuch fein säuberlich gefaltet, wollte ich nur weg von dort. In dieser Not hörte ich ein dumpfes Brüllen, vielleicht der Sohn des Doktors, eingeschlossen in einem Winkel des großen Hauses oder in meinem Kopf.

Die Glutnester gleich kleinen Seelen. Die Asche gleichsam vermengt mit dem Schatten. Pulverschatten. Die Milch, versteckt in ihrer Farbe, jedoch schon auf dem Sprung, plötzlich aus dem Topf überzulaufen. Diese grobe Verschwendung muss ich verhindern. Auch muss ich mich vor plötzlichen Tropfen aus den Bäuchen der Würste hüten, langsamer Regen dicken Fettes, Fett, zerlaufen, um durch die Poren der Wursthäute zu dringen und sich dann, durch den beharrlichen Rauch erhitzt, zu einem zähen Pfropfen zu vereinigen. Ich wende meinen Blick nicht vom Feuer, bewache die Flammen und die Milch, spüre jedoch, wie das Licht der Lampe meine Haut berührt, spüre den toxischen und süßlichen Duft von verbranntem Petroleum. Mein Bruder ist noch nicht zu Hause. Man weiß nicht, wann mein Vater nach Hause kommen wird, vom Doktor endlich freigestellt. Meine Schwestern sind noch in ihrem Zimmer. Ich drehe mich nicht zu meiner Mutter um, spüre aber, dass sie da ist, Mutter über alles, das ist ihre Welt.

Als ich ihr den Teller und das Tuch aushändigte, hatte sie den Korb mit Fleischstücken, auf Kohlblättern angerichtet, schon fertig, Sie können sich verlassen, ich rede mit meinem Rui. Meine Mutter erklärte mir, bei wem die Bestellung auszuliefern war: Ohr, Speck, Knochen, Füße, Leber, Milz. Bevor ich ging, strich sie mir übers Haar, eine zärtliche Geste, als würde sie mich kämmen. Als ich von der ersten Tour zurück war, fingen die Frauen eben an, die Därme zu befüllen. Der säuerliche Geruch der Wurstmasse erfüllte den Raum. Mit dem neuerlich bestückten Korb am Arm machte ich mich auf den Weg. Die Straßen von Campo Maior gingen in den Spätnachmittag über. Der Kalk nahm verschiedene Gelbtöne an, Grau- und Blautöne, bis der Abend anbrach. Zurück von der zweiten Tour – Hände, die dankend die Bestellung entgegennahmen, Blicke, die das Fleisch genüsslich taxierten, die Struktur des Fleisches auf dem Kohl –, erwartete mich meine Mutter mit der Milchkanne, hatte das schon die ganze Zeit im Sinn. Nach der Wärme von Tierfett und Stroh, nach dem schwach aufflackernden Blick der Kühe, nach den Straßen, schon dunkel, noch bevor der Abend anbrach, Leute, die nach Hause gingen, kam ich mit einem Viertelliter Milch an, plus ein, zwei Fingerbreit als Draufgabe für gute Kundschaft. Bei der Übergabe der Kanne versprach mir die Mutter den Milchrahm. Das kannte ich schon, es geschah nicht zum ersten Mal. Ich betrat das Haus und setzte mich mit meinen Schwestern an den Tisch, die kleinere hatte vom Herumalbern noch immer nicht genug. Bohnensuppe mit Nudeln, meine Mutter immer auf den Beinen, von einer Aufgabe zur anderen, wir aßen in Stille, die Schatten in den Winkeln immer dichter. Doch die Kleine war noch putzmunter, dachte nicht an Schlaf, und meine Schwester Cremilde tat ihr den Gefallen, die Stimmen der beiden verfielen in Gelächter und mir nichts, dir nichts wurden aus dem Gelächter wieder Stimmen. Als das Geschirr abgeräumt war, holte ich mein Schulheft und setzte mich an den Tisch, richtete mich bei der Petroleumlampe ein und meine Mutter wies die Schwestern an, in ihr Zimmer zu gehen. Es machte ihnen nichts aus, wussten sie doch, dass sie dort ungestörter sein würden. Die Kohle des Stifts auf dem Papier, unter dem Licht der Petroleumlampe, Halbdunkel aus Schatten gemacht, schrieb ich Buchstaben mit Schatten. Die Zeit, meine Mutter und ich, sämtliche Gegenstände in der Küche.

Und vor wenigen Minuten verräumte ich das Heft wieder, die Arbeit beendet, tauglich für den prüfenden Blick des Lehrers, und sogleich die Geräusche von Aluminium und Email, die Aluminiumkanne, aus der die Milch in den Emailbecher kippte. Ich sehe mich noch dabei, wenn ich den Becher auf die Glut stellte, er auf dem Ascheboden schabte, neben der Kaffeekanne mit Wasser, die stets am Feuer stand. Dieser Augenblick fand statt und tut es noch immer, es gab den Punkt, an dem alles dieser Augenblick war, und es gibt den Punkt, zeitversetzt, in dem er ein Echo ist, ein zerlegtes Gebilde aus Mitteilungen, die ich erst jetzt erkenne.

Plötzlich einen Gedankengang unterbrechend, als wollte sie mich überlisten, bläht sich die Milch heftig auf und steigt hoch, doch ich reagiere sofort, beuge mich vor und ziehe den Becher weg. Meine Mutter hat alles mitbekommen. Hat alles vorbereitet, öffnet die Kaffeedose.

Ich starre auf meine Hände, die Hände eines neunjährigen Knaben, die Größe und Form der Finger, die Fingernägel, die Haut der Handflächen, die Handgelenke. Ich betrachte meine Arme und vergleiche ihre Maße mit all dem, was mich umgibt, diese Küche, die Küche meiner neun Jahre, betrachte die

Zeit, den Feierabend meiner Kindheit, Winter, Wochentag, mein Bruder, der noch nicht zu Hause ist, ein Bursche von sechzehn Jahren, meine Schwestern, Cremilde mit elf und Clarisse mit sieben Jahren, mein Vater, der ebenfalls noch nicht zu Hause ist, vom Chef noch nicht freibekommen hat, der sich irgendwo befindet, atmet, irgendetwas sieht, beinahe sicher an uns denkt, beinahe sicher denkt, hier sein zu wollen.

Und diese ganz bestimmte, eindringliche Stunde, meine Mutter, behütet vom Licht und vom Dunkel, die Petroleumlampe, die das gesamte Gewicht des Abends trägt. Meine Mutter, die Taille in Dunstschwaden gehüllt, gießt Wasser in den Filter. Es ist erstklassiger Kaffee, von meinem Onkel aus Spanien gebracht, ist Gold. Sie richtet für meine Schwestern und mich Becher mit Milchkaffee her, für meinen Bruder erst später, und Clarisse wird sich die Lippen lecken, damit ihr kein einziges Körnchen Zucker entgeht, und meine Mutter wird sich an der Freude ergötzen, uns erfreut zu sehen. Die letzten dunklen Tropfen fallen durch den Boden des Filters, umgestülpter Kegel, Kaffeeduft.

Meine Mutter wendet sich mir zu, ich trete ihr unter die Augen, es sind wahrhaftige Augen. Auf der erhitzten Milch hat sich der Rahm bereits verdickt. Die klaren Augen meiner Mutter, ihr Gesicht, das ist die Jugend, die hierbleiben wird, wir werden ohne sie weiterziehen müssen, werden weitermachen müssen, werden uns von nichts zurückhalten lassen dürfen, nicht einmal von dem, was am wichtigsten ist, vom einzig wirklich Wichtigen. Noch sind wir allein in der Küche, meine Mutter hat die Becher noch nicht hergerichtet, die Milch noch nicht eingerührt, den Kaffee noch nicht gezuckert, die Schwestern noch nicht gerufen, sie weiß noch nicht, was meinem Vater geschehen wird, es fehlen nur so wenige

Jahre, sie ist noch nicht gealtert, meine Mutter ist noch nicht gealtert. Meine Mutter, ihre jugendlichen und klaren Augen und ich mit neun Jahren, mein Rui, Sie können sich darauf verlassen, ich rede mit meinem Rui, ich mit neun Jahren, mit dem Wunsch, sie vor allem zu bewahren, alles zu lösen, ihr die Hand zu halten und ihr zu bestimmter Stunde ins Ohr zu flüstern: Hab keine Angst, Mutter, hab keine Angst, Mutter, ich bin's, dein Rui, ich bin hier.

*

Er war hinter dem Blattwerk und den Blüten eines Oleanders verborgen. Die Knie leicht gebeugt, spähte er nach dem Chauffeur. Die Blüten in üppigem Rosa verströmten einen honigsüßen, schweren Duft. Die Sonne heizte allmählich die Luft auf, und auch deshalb brachte der Duft die Süße besonders zur Geltung.

Er nahm eine angemessenere Haltung an, richtete sich auf, wollte jedoch nicht gleich in Erscheinung treten, brauchte noch ein paar Minuten. Er erinnerte sich an die Brille von Marcello Caetano, schon zum zweiten Mal an diesem Tag rief er sie sich ins Gedächtnis. Doch gleich darauf blickte er in Richtung Spanien, sein Blick drang durch den Zaun des Stadions, warf sich auf den Beginn der Landstraße. Links und rechts vom Straßenrand tauchten aus der Fantasie oder aus der Erinnerung kerzengerade ausgerichtete Olivenhaine auf, die er auch dort schon betrachtet hatte.

Verrückt schienen sie zu sein, die Spatzen, in tiefem Flug wild durcheinander, trotzten sie der Sonne, wussten, sie könnten jederzeit durch die Baumkronen tauchen und dort ihren Flügeln und Schnäbeln Ruhe gönnen. Der Warterei nun schon leid, ging er abermals leicht in die Knie und spähte erneut zwischen zwei Ästen des Oleanders nach dem Chauffeur. Der stand noch immer nachdenklich dort, lehnte sich an die Autotür, trat ein paar Schritte zur Seite, begrüßte einen Passanten, guten Tag, wechselte ein paar abgehackte Sätze mit den Feuerwehrleuten, die einen Schritt vor das Zeughaus machten.

Als Senhor Rui zur ersten Morgenstunde im Trainingsanzug, die Sportschuhe mit langen Schnürsenkeln zugebunden, auftauchte, blieben dem Chauffeur gleich zwei Wörter im Hals stecken. Routine hat Logik. Deshalb runzelte der Chauffeur auf dem Weg zum Stadion, wenige Minuten auf Straßen ohne Verkehr, die Stirn und rechnete nach, seit wie vielen Jahren der Chef den Tag schon nicht mehr mit dieser sportlichen Übung begonnen hat. Er kam auf keine exakte Zahl. Anstatt weiter darüber nachzudenken, verlegte er sich auf kleine Signale, Gesten oder Vorschläge, eine Art versteckter und ganz diskreter Fragen. Doch der Chef, Senhor Rui, sah lieber zur Seite und ignorierte den dreisten Blick im Rückspiegel und auch die üblichen angemessenen Verhaltensregeln.

Als der Chauffeur auf dem Parkplatz, die Handbremse angezogen, seine Begleitung anbot, bekam er sogleich ein Nein zur Antwort, Senhor Rui hob die Hand und winkte ab. Und er verzichtete auf weitere Worte, nur ein bestimmter Ton, eine ernste Miene. Hin und wieder war solch eine Strenge nötig. Und er entfernte sich, so aufrecht wie möglich, in Richtung Trainingsparcour. In Gedanken, geradezu beleidigt, schien ihm, diese Aufmerksamkeit hätte die Kompetenzen überschritten, und er reagierte auf Anschuldigungen, die ihm gar nicht gemacht worden waren. Es war das Alter, sinnierte er, die Skepsis des Chauffeurs rühre wohl vom Thema Alter her. Die jungen Leute erheben sich über das, was sie nicht kennen, winden sich in ihrem Dünkel, aufgesetzte Arroganz, bemerken nicht, dass sie über ihren Köpfen einen Himmel aus Stein hängen haben, gemeißelte Wolken. Er ist wirklich dort, eine Bewegung mit dem Nacken würde genügen, ihn zu sehen, doch ihre Augen sind trübe, wenn sie ihren Blick in bestimmte Weiten richten, gleich den Augen toter Fische von Blindheit überzogen.

Von Genugtuung erfüllt, ging er am Kassenschalter des Stadions Campomaiorense vorüber, vier quadratische Öffnungen in einer Wand, und betrat den Trainingsparcour. Mit erhobenem Kinn setzte er seinen Weg fort, begleitete die Schritte mit sportlich rhythmischen Bewegungen der Ellenbogen seitlich des Körpers, doch plötzlich überlegten es sich die Knöchel anders. Und schon bald versetzten ihm beide gleichzeitig einen Stich, der die Fersen, Fußrücken, Gelenke, Bänder und Muskeln erfasste. Er hatte gerade noch Zeit, sich an den Korpus des Oleanders zu lehnen und Ruhe zu geben. Er dachte an einen Stuhl oder an eine Bank, doch schon der Schatten war etwas wert. Er schloss die Augen, atmete tief ein. Erinnerte sich an die Wache der Kaserne do Trem in Elvas, beim genehmigten Ausgang, und die Wache dort, stets ein verängstigter Junge, so sehr er das auch hinter der einen oder anderen Miene zu verbergen suchte, ein Junge in strammer Haltung, der Kopf unter dem Helm am Braten, die Füße in den Stiefeln am Köcheln, Socken aus rauem Garn. Er öffnete die Augen, atmete kräftig aus. Schon gaben die Fersen Frieden, doch er wusste, sie würden erneut schmerzen, würde er sich abermals dreist in Bewegung setzen. Er erinnerte sich an die Gründe, weshalb er mit diesen Märschen aufgehört hatte: kleine Niederlage, noch eine.

Es war in diesem Augenblick, in diesem Frühling, dass er leicht in die Knie ging, bis er eine Öffnung zwischen dem

Grün und Rosa fand und von diesem Ausblick aus den Chauffeur erspähte. Er brauchte noch ein paar Minuten, wollte nicht gleich in Erscheinung treten, doch für eine lange Warterei fehlte ihm die Geduld. Im Stillen war er dankbar, diese frühe Morgenstunde gewählt zu haben, ganz früh zum Trainingsparcour gekommen zu sein, noch vor den flüchtigen Schatten, die über ihn gerichtet hätten, und trat kerzengerade hinter dem Oleander hervor, als würde er von einem echten Marsch kommen, und hob dabei die Arme, streckte sie nach vorn und zurück.

Ohne Erklärung stieg er ins Auto, setzte sich, trank gemessen aus einer kleinen Flasche Wasser. Es war nicht nötig, irgendetwas zum Chauffeur zu sagen, der wusste nun wieder ganz genau, wohin es als Nächstes gehen sollte. Die Straßen des Städtchens zeigten frisches Leben, Mopeds, Leute an den Fenstern, Hunde, die im Schatten der Hauswände umherstrichen.

Bester Laune passierte er das Tor zur Kaffeerösterei Camelo, offenes Lächeln, strahlende Zähne. Der Freitag war auf die subtile Weise, mit der sich die Wochentage voneinander unterscheiden, zu spüren. Die Zeit dreht sich im Kreis. Über den Kaffeebohnen drehten sich die Schaufeln, kühlten sie nach dem Rösten ab, als wären sie dort, um den Zyklus der Zeit praktisch zu demonstrieren. Zum Theoretisieren fehlte aber die Lust, die Arbeit war wie gewünscht bereits voll im Gang. Der Vorarbeiter legte sogleich etwas, das zuwarten konnte, beiseite und kam flink auf Senhor Rui zu, der wiederum auf ihn zuging. Was sie sagten, wurde vom emsigen Lärm der Maschinen erstickt, sie sprachen über Themen, die jemanden, der den Glanz in beider Augen nicht mitbekam, kaum interessieren würden. Der Chef hatte natürlich seine Geschichte, die

Erinnerungen, die ihm oftmals in den Sinn kamen, wenn er als Junge vom Vater und Onkel lernte, und all seine Altersstufen, wenn er für jeden Fortschritt dieser Hallen sorgte, bis er ein Mann von neunundachtzig Jahren war, bis das seine Lieblingsfirma war, klein unter den anderen Unternehmen der Gruppe, für die nun seine Nachkommen Sorge trugen. Nach all der Arbeit musste ihm als Veteran wohl irgendein Privileg zustehen.

Sie unterhielten sich vergnügt, die Meldungen über den Kaffee klangen Erfolg versprechend. Hinter ihrem Rücken ein Berg Jutesäcke, die Gestalten der beiden Männer sich vor diesem Hintergrund abzeichnend. Es handelte sich nicht um den Haufen Säcke gleich links vom Eingang, sondern um die anderen, ein wenig weiter vorne rechts, mit dem Aufdruck *Uganda Natural Robusta Coffee*. Das Ende des Gesprächs war von ein paar kleinen Schritten angezeigt und anschließend von zwei oder drei, die länger ausholten. Senhor Rui scherzte mit zwei Männern in Firmenuniform über irgendein Detail, Männer in den Fünfzigern, braune Hose, rotes T-Shirt, sattrot, in der Farbe eines reifen Granatapfels, Kappe auf dem Kopf, Brille. Die beiden lachten angemessen, einer von ihnen fügte einen passenden Kommentar hinzu und sprach ihn mit Senhor Comendador an.

In der Verpackungshalle entboten ihm drei Frauen mit einem undeutlich artikulierten Grußwort fast ohne Konsonanten ihren Respekt, wie jeden Morgen, wenn Senhor Rui dort eintrat. Während dieses Morgenrituals ließ die Maschine ohne Unterlass ihre Musik ablaufen, in Endlosschleife, die Pakete kamen in Reih und Glied, stolz und neu, glänzend und blendend, sahen die Welt zum ersten Mal, von einem Fließband aus, und fanden sich schließlich in den Händen der Frau, die sie in einen Pappkarton schlichtete, bereit zur Reise ins Unbekannte. Senhor Rui begrüßte die Frauen ebenfalls mit einem Wort, jedoch mit feinem Unterton. Eine von ihnen fragte er nach der Mutter. Er bekam eine Antwort und Dank: Senhor Comendador.

Er hatte es eilig, zu seiner Frau zu kommen, bestimmt war sie nun schon wach. Für ein paar Minuten beugte er sich über die Öfen, die Johannisbrot karamellisierten. Arbeiter kehrten die Asche weg, trugen Kessel, jeder einzelne mit seiner Aufgabe beschäftigt. Schon bald würden Spanier beim Frühstück diese Mixtur zu sich nehmen, bei ihrem *desayuno* zu Hause oder an die, wie sie sagen, *barra,* die Theke, gelehnt. Die Maschine der Rösterei Camelo ist zuverlässig, lässt nie nach. Er erinnerte sich an den trockenen Kuchen im Mund, erinnerte sich daran, wie er ihn kaute, ihn im Mund hin und her schob, an die Leute in ihrem Sonntagsstaat, es gab vieles, was sich diese Leute nicht hätten vorstellen können. Er rieb sich die Augen. Vor ihm waren noch immer die Männer bei der Arbeit an den Öfen, er lächelte ihnen allen zu.

Er kehrte in die Halle mit den Kaffeesäcken aus Uganda zurück, den Maschinen, die die Bohnen rösteten, den Schaufeln, die sie abkühlten. Die Hose verrutscht und ohne einen Gedanken an den altmodischen Trainingsanzug zu verlieren, war er von Freude, von einer Art Eitelkeit erfüllt. Als er schon am Gehen war, war es dem Vorarbeiter ein Bedürfnis, ihn kurz auf den Ort anzusprechen, den Senhor Rui am Nachmittag aufsuchen sollte.

Als er an den Ort dachte, den er am Nachmittag aufsuchen sollte, wechselte die Stunde ihre Farbe. Das Lächeln erstarb im Gesicht Senhor Ruis, des Senhor Comendador.

3

Es war eine säuerliche Spur, die sich ihren Weg durch ihn bahnte und sich vom übrigen Geschmack abhob. Dabei konnte er eine Art Frische ausmachen, die an grüne Äpfel denken ließ, wie damals, wenn er in einer anderen Zeit einen Apfel schälte und die Messerklinge feuchte Streifen aufwies, das Fruchtfleisch kleine Tropfen säuerlichen Saftes abgab. Natürlich bemerkte er aber auch die Süße, die er besonders mochte. Irgendwann hatte er wohl den Genuss daran entdeckt, die Süße erquickte ihn. Dennoch war diese Süße vielschichtig. Nun wärmte sie leicht den Mund und brachte ihm, ohne zu fantasieren, Kekse der Kindheit in Erinnerung, die mürben Kekse der Marke Maria besonderer Tage.

Er setzte die Tasse auf die Untertasse, der Klang von Porzellan auf Porzellan. In diesem Augenblick trat der Morgen zur Gänze ein, legte sich auf die weißen Wände, über den ganzen Tisch, auf das Tischtuch, den Brotkorb, auf die Worte, die die Frau sprach. Während er seine Frau anblickte, spürte er noch immer das Gewicht des Kaffees auf der Zunge, seine Stärke, und er fühlte auch ihren schönen Namen, Alice. Die Flüssigkeit stieg seine Kehle hinab, verschwand, und der Geschmack von Kaffee verflüchtigte sich langsam im Mund. Dabei entfaltete er neue Geschmäcker oder neue Abstufungen desselben Geschmacks, gleich den Nuancen der Farbe Braun. Was die Frau sagte, wies einen ähnlichen Zauber auf, spannte ein verwirrendes Geflecht von Töchtern und Söhnen, Enkeln und Urenkeln aus, die einander in vielfältige Richtungen überschnitten, Namen, die sich ineinander verflochten, Helena, Rui, Ivan, Rita, João Manuel, Marcos, Namen in verschiedenen Anordnungen; und ebenso die Kinder, die Töchter und Söhne von Rui, von Ivan, von Marcos; Namen, die verschiedene Verbindungen schufen, eine Landkarte mit vielen Wegen, als wären sie alle Töchter und Söhne, Cousinen und Cousins, Nichten und Neffen, Schwestern und Brüder voneinander; und wieder die Kinder, niemals vergessen, Kinder von allen, künftige Eltern, künftige Großeltern, künftige Urgroßeltern.

Es war kurz nach neun Uhr. Die Helligkeit dieser Stunde war üppig, ein perfektes Licht, um die von der Frau dargelegten Pläne aufzunehmen, die zarte Stimme der Frau, Alice. Er blickte ihr ins Gesicht und erkannte die Augen von einst, als er sie nur von Weitem sehen durfte, sie einander nicht näherkommen konnten, dennoch schon lächelten, er immer lächelte. Er lächelte auch in diesem Augenblick, vor dem vollen Tisch, voll gedeckt bis hin zu Speisen, auf die keiner von beiden Appetit haben würde, eine farbenprächtige und vielfältige Anordnung, und das weiße Hemd, angenehm leicht auf der vom Bad frischen Haut, und Alice, immer wenn er nur konnte, wiederholte er im Kopf ihren Namen. Wie hätte sein Leben ohne sie ausgesehen?

Es gibt Lektionen, die man erst nach einem ganzen Leben lernt. Versucht man, sie auf andere zu übertragen, können diese wohl die Oberfläche, den Ansatz erlernen, doch auch wenn noch so klug, können sie nicht wirklich verstehen, worum es sich handelt, sie würden dazu ein ganzes Leben benötigen, nicht mehr und nicht weniger. Vielleicht würden sie eines Tages diese Lektion begreifen; nun, vielleicht sich daran erinnern, wer sie erstmals darin zu unterweisen versuchte.

Er erinnerte sich an die Pousada São Lourenço in Manteigas. Erinnerte sich an das Hotel Grão Vasco in Viseu. Und er bemerkte die Stille: die Frau in Gedanken versunken. Und während er sich mit der Serviette über die Lippen fuhr, ordnete die

Frau im Kopf ein paar Einzelheiten, die von ihrem Gespräch übrig geblieben waren. Wie hätte sein Leben ohne sie ausgesehen? Er wäre nicht er, wäre nicht der Mann, der nun hier war. Ohne sie wäre er nicht er.

Als er aufstand, fielen ein paar Brotkrumen zu Boden, nicht viele. Er teilte der Frau mit, dass er zum Mittagessen nicht nach Hause kommen würde. Er erinnerte sich, wohin er am Nachmittag gehen musste, seine Miene verdüsterte sich und er fügte hinzu: Ich komme vorbei, um die Krawatte zu wechseln. Aus Achtung vor dem Ernst der Angelegenheit gaben sie keine weiteren Kommentare ab.

Während er die Arme in die Ärmel einfädelte, flüsterte er der Hausangestellten, die ihm die Jacke hielt, eine Anweisung zu, wollte sicherstellen, dass es seiner Frau gut gehen würde. Die Hausangestellte hatte schon mit diesem Auftrag gerechnet und sicherte ihm zu, dafür zu sorgen. Er richtete die Jacke auf dem Körper und die Uhr auf dem Handgelenk zurecht. Die Hausangestellte räumte bereits den Tisch ab, doch seine Frau blieb sitzen. Bevor er sich entfernte, ging er auf sie zu, legte ihr eine Hand auf die Schulter und küsste sie auf das Haar.

*

Ich betrete das Haus, spüre seinen Schatten, anders als der Schatten auf der Straße, auch wenn es schon Abend wird, auch wenn sich die Hitze des Nachmittags schon gelegt hat, die Glut des elenden Übergangs vom August in den September, und meine Mutter nimmt mich zur Seite, um mit mir zu sprechen. Es ist sonst niemand in der Küche, doch in der Stimme meiner Mutter liegt viel Bedacht, eine Angelegenheit zwischen ihr und mir. Nun schon zu Hause, hat sie das schwarze Kopftuch abgelegt, nicht aber den Ernst, die bedrückte Miene. Sie geht auf den Geschirrschrank zu, öffnet mit beiden Händen eine Schublade, greift nach einem Kuvert, öffnet es und zieht ein gefaltetes Blatt Papier heraus, lies das.

Exzellenz, besagt das Papier. Im schwachen Licht gleite ich über die Worte, die gespitzten Lippen folgen dem knappen Text, begleiten die wichtigsten Silben mit einem leisen Zischen. Es sind ausgesucht formelle Verben, es ist ein Schreiben an den Präsidenten der Republik.

Ich falte das Blatt Papier an den bereits geknickten Stellen wieder zusammen, gebe es sanft zurück, es ist kostbar. Meine Mutter nimmt es mit Fingerspitzen entgegen, glatte Finger, und legt es vorsichtig wieder ins Kuvert. Sie öffnet die Schublade, schließt die Schublade. Die Geräusche des Holzes füllen den Moment. Mein Schweigen sagt ihr, dass das Schreiben korrekt ist. Meine Mutter kann geschriebene Worte nicht lesen, kann keine wie die mit der Maschine an den Präsidenten der Republik geschriebenen Buchstaben lesen, kann jedoch viele andere Dinge lesen, kann winzigste Signale lesen, Haltungen, auf die sonst niemand achtet. Meine Mutter ist eine kluge Frau, und sie ist Witwe, wer sich nun um uns kümmert, sind wir, sie und ich.

Ich begreife, dass meine Mutter diesen Brief beauftragt hat. Ich sehe sie in den Straßen von Campo Maior, hartnäckig, eine schwarze Gestalt unter der Wucht der Sonne, als sie den schnellsten Weg sucht. Und dann, als sie ihr Anliegen darlegt, vielleicht sogar den Mann, der den Brief geschrieben hat und in einer Korrespondenz dieser Ordnung versiert ist, in irgendetwas unterweist, und Eure Exzellenz, und mit freundlichen Grüßen, und mit vorzüglicher Hochachtung, und mit viel zu lernen über eine Mutter, die für ihre Familie eine Bitte vorbringt.

Als die Namensliste für die Musterung ausgehängt wurde, war sie besorgt. Das kann nicht sein, sagte sie sogleich, und wenn sie es nicht sagte, war es, als hätte sie es gesagt. Ich dachte dasselbe, weiß jedoch, dass ich es nicht laut sagte. Ich stand weiterhin zur selben Zeit auf, fand mich weiterhin zur selben Zeit in der Rösterei ein. Und bei der Musterung fehlte ich nicht an der Seite der anderen, nackt wie die anderen, wurde ich für tauglich erklärt. Es war meine Mutter, die diese Initiative ergriff, es war sie, die dem Mann, der das Schreiben verfasste, einen Geldschein entgegenhielt und ihn damit bezahlte. Meine Mutter kann mit Geld umgehen.

Das Schreiben besagt, dass meine Mutter Witwe ist, ich Halbwaise bin, und mir ist nun völlig klar, das sind wir. Das sind wir tatsächlich. Mit Worten, die meine Mutter nie in den Mund nehmen würde, ersucht das Schreiben den Präsidenten, mich in die Reserve zu schicken oder mir zuzugestehen, nur das unerlässliche Minimum an Militärdienst abzuleisten. Das Schreiben besagt, dass ich die Stütze der Familie bin und dass, mein Bruder und meine Schwester verheiratet, die Familie nun aus meiner Mutter, meiner Schwester Clarisse und mir besteht.

Warten wir es ab, Mutter. Morgen geht das Schreiben mit der Post ab, von Campo Maior nach Lissabon, von meiner Mutter an den Präsidenten der Republik. Es appelliert an den Edelmut der Seele und des Herzens Seiner Exzellenz. Warten wir es ab, Mutter.

Ich wende mich dem Krug zu, fülle ihn mit Wasser. Meine Stiefel geben Männergeräusche im Haus ab. Ich gieße Wasser ins Waschbecken, tauche die Hände in diese Frische. Langsam fülle ich die aneinandergefügten Handflächen. Hebe sie vor das Gesicht.

*

Nächtlicher Geruch bedeckt die Kaserne. Gebäude und Natur regenerieren sich. Steine geben die Hitze aus ihrem Inneren ab, sie steigt auf, vermengt sich mit Lüftchen, die über den Kalk und die Dachziegel streichen, endlich vom dunklen Himmel abgekühlt, Sterne und ein Streifen Mond. Das nennen wir Frische. Außerhalb der Kasernenmauern bellen zuweilen Hunde, bis sie es leid sind, sie sind ein Teil der Nacht. Das Gebell dieser Tiere, Bewohner von Hinterhöfen oder Wanderer durch die Straßen von Elvas, hebt sich von dem allumfassenden Hintergrund des Grillengezirpes ab. Über den Hof hinweg, zieht eine desorientierte Fledermaus wirre Kreise um die einzige brennende Lampe, einen verrosteten Leuchter.

Ich bin zu faul, um auf die Uhr zu sehen, zu faul, den Mund zu öffnen. Mein engster Freund stimmt allein ein Klagelied an. Erzählt Geschichten von Campo Maior, die ich schon kenne, ergeht sich in wiederholten Betrachtungen. Aus Mangel an Neuigkeiten käut er sie wieder. Sein Lamento gesellt sich zu den übrigen Klängen und wiegt uns ein. Hier sind wir, sitzen auf den Stufen am Eingang zur Kaserne. Wir beide im ärmellosen Unterhemd, grobe weiße Baumwolle, die Gürtelschnalle offen, die Stiefel zur Seite gestellt, die Zehen benötigen Freiraum. Die Kühnheit, die Letzten zu sein, die noch wach sind, rührt daher, dass wir schon das Ende der Rekrutenzeit sehen, wir haben den Militärdienst fast hinter uns, können schon an den Fahneneid denken, sind an das geschorene Haar gewöhnt.

Mein engster Freund greift nach der Zigarette, die er sich hinter das Ohr geklemmt hat. Er nimmt ein Streichholz aus der Schachtel, zündet es an und verursacht auf Anhieb ein

Feuerwerk in der Nacht. Er kneift ein Auge zu, während er die Flamme an die Zigarettenspitze hält, saugt die Schärfe der Glut ein. Er schüttelt das Streichholz, macht es in der Luft aus. Aus dem Mund: eine lange Rauchwolke. Wir kennen einander von Wintern und Sommern, von sämtlichen Pausen in der Schule, zusammen in derselben Klasse, kennen einander vom Praça da República. Wenn nötig, könnten wir jedes Detail des Prangers beschreiben: die steinerne Statue, die die Waage hält und nach vorn blickt, mit Flecken von trockenem Moos: die vier Ringe, die in alle Himmelsrichtungen weisen, vielleicht noch in Erwartung von Verurteilten. Schon viele Male haben wir den Pranger auf seine Merkmale untersucht, neu und gleichzeitig alt.

Die Stille bringt mich auf Gedanken und dann zu Worten. Ich werde reich sein, sage ich laut. Mein engster Freund sieht mich an, der Rauch bekommt für ihn einen anderen Geschmack. Ich werde reich sein, du wirst schon sehen, ich werde ein Haus bauen, wie es sich gehört. Und er fügt hinzu: Wie man es in Campo Maior noch nie gesehen hat. Das ist nicht nötig, sage ich, es reicht ein Haus, in dem es an nichts fehlt. Ich gebe der Stille zwei Sekunden Schweigen, denke an Alice, bald werden wir heiraten, und fahre fort: Ich werde ein anderer Reicher sein als die, die es dort gibt.

Die Sterne studieren ein grafisches Schauspiel zum Grillengesang ein: Nadelköpfe, gespießt auf alles, was uns umgibt. Mein engster Freund sagt: Wenn ich reich bin, werde ich immer nur Brot mit Oliven essen.

Die Nacht macht die Zigarette aus, es ist Zeit fürs Bett. Als wir von den Stufen aufstehen, knacken die Knie. Wir packen die Stiefel. Das Jägerbataillon 8 liegt in tiefem Schlaf. Zwischen eisernen Stockbetten durchqueren wir Schnarchen und andere Körpergeräusche, den Geruch von jungen Männern und Füßen. Wir finden unsere Matratzen und suchen unsere Decken, sie kratzen an der Haut, grauem Schmirgelpapier ähnlich. Bald, schon bald die Morgendämmerung, der Morgenappell und bald darauf das Leben.

*

Ich kaue den Kuchen, er ist trocken, heftet sich an den Gaumen. Ich bemühe mich, ihn mit frischem Schwung zu kauen, doch der ganze Mund ist trocken, ich schiebe ihn hin und her, bis mir scheint, nichts als Mehl zu kauen. Ich nippe an einem Glas Likör, die Süße mengt sich in die trockene Kuchenmasse. Alice an meiner Seite nickt zu allem, was meine Mutter ihr sagt, die Stimme gewichtig, die Worte bewusst gewählt, ich kann sie nicht auseinanderhalten, Alice versucht, ein freundliches Gesicht zu machen, strengt ihre Lippen an, bringt jedoch nur ein nervöses Lächeln zustande: ein Mädchen vor einer Frau.

Nun kreuzen sich zum Glück die Gespräche der Leute über den Köpfen, nahe der Decke. Es ist noch nicht lange her, dass wir alle um den Tisch gesessen haben, die Zeit von bedrückenden Momenten des Schweigens aller gezeichnet, was dem traurigen Blick meiner Mutter Nachdruck verlieh und gleichzeitig das Motiv unseres Zusammenseins in diesem Aufzug null und nichtig zu machen schien: ich im Anzug, neue Schuhe, Brillantine, Alice im Brautkleid, das sie zusammen mit der Mutter geschneidert hat. Wir sind ein Dutzend Leute, plus zwei oder drei, essen Junglammeintopf, in den Brotbrocken hineingeschnitten wurden, Löffel, die auf das Geschirr schlagen, meine Schwester Cremilde, die die Teller abräumt, die in ihrem besten Kleid, fein zurechtgemacht, mithilft, mit einem Stoß Teller vorübergeht, darauf einige Knöchelchen, dieselben Teller, die wir jeden Tag benutzen.

Ruhe machte sich breit. Das war es also. Das Unbekannte, auf das ich mich zubewegte, war also das. Der Morgen aber mit viel Aufregung, das Bild meiner Mutter, meiner Schwestern und einiger Nachbarinnen, nur weniger, die zwei Töpfe mit Lammeintopf zubereitet haben, voller Angst, es würde nicht ausreichen, und die irgendeinen Kuchen fertiggestellt haben, vielleicht diesen Biskuit, den ich nun kaue, einen Zahnstocher hineingesteckt haben, um zu sehen, ob er schon durchgebacken war. Dann fehlten nur wenige Minuten auf vier Uhr Nachmittag, als wir die paar Schritte auf der Straße zurücklegten, und die Kirche: meine Mutter niedergeschlagen, niedergeschmettert vom Fehlen meines Vaters, das dichte Schwarz ihrer Kleidung, bedrückt vom Altar und von der Miene der Statuen; und meine Schwester Clarisse mit Hustenanfällen aus der Tiefe ihrer Kehle, Schleimresten aus den Tiefen ihrer schwachen Lunge, ein Husten, der durch die ganze Kirche hallte, bis in die steinernen Gewölbe des Gotteshauses vibrierte; und meine Schwester Cremilde mit dem Ehemann, eine wehrhafte Frau, die eisern die Familie zusammenhielt; mein Bruder und seine Frau, auf alles gefasst, wachsam; mein Onkel Joaquim und meine spanische Tante; mein Pate und meine Patin, feierlich. Noch in Zivil, tauchte der Pfarrer an der Sakristeitür auf und bestätigte, dass alles seine Ordnung hatte. Und nach ein paar Minuten: Alice: ihr Gesicht, das Brautkleid, einen Blumenstrauß in beiden Händen, ich lächelte ihr von Weitem zu, um sie zu beruhigen. Alices Familie nahm ihre Plätze ein, die Mutter, die Schwestern, einige Verwandte. Und die Zeremonie, die Worte des Pfarrers waren gewaltig. Es war zu viel Kirche für eine so bescheidene Zusammenkunft.

Irgendjemand schenkt mir noch einen Fingerbreit Likör ein. Mein Bruder zupft mich am Ellenbogen. Möchte mir Instruktionen für das Auto geben, das Öl, die Zündkerzen, die Motortemperatur. Er vertraut wohl meinen Fähigkeiten nicht, ich lasse ihn reden. Unser Vater hatte mehr Zeit, ihn darin einzuweisen. António, nannte er meinen Bruder immer oder erwähnte seinen Namen inmitten dessen, was er sagte. In diesem Raum, in dem mein Vater einst zugegen war, in diesem Augenblick, in dem er dermaßen bedrückend fehlte, gibt es einen Stich in der Brust, sich an seine Stimme zu erinnern. Ich bin zweiundzwanzig Jahre alt, habe vor ein paar Stunden geheiratet, am 25. Oktober 1953, und glaube, dieser Stich wird nie vergehen. Wird nie vergehen.

Über die Schulter meines Bruders hinweg sehe ich Alice, sie lauscht noch den Verwarnungen meiner Mutter; unsere Blicke kreuzen sich, mit einem leichten Hochziehen der Augenbrauen teilt sie mir etwas mit Nachdruck mit. Sie ist nun meine Frau, es ist seltsam, so an sie zu denken, doch ich werde mich daran gewöhnen. Und noch heute werde ich sie, endlich allein, in den Armen halten, niemand kann es verwehren. Und morgen fahren wir mit dem Auto – mein Bruder soll sich bloß nicht so anstellen, ich fahre besser als er – die Strecke mit den Hotels und Pousadas ab, die Senhor Lopes angezeigt hat: zuerst nach Manteigas in der Serra da Estrela, dann nach Viseu, eine schöne Stadt, wie Senhor Lopes sagt, anschließend nach Porto, du darfst Porto nicht versäumen, mein Junge, dann nach Figueira da Foz, anschließend nach Nazaré, einmalig schöne Strände, und dann wieder zurück nach Hause. Senhor Lopes von der Kaffeerösterei in Lissabon kennt das Land wie seine Westentasche und nennt mich mein Junge.

Mein Bruder hat schon keine Ratschläge mehr parat. Wäre

heute kein Festtag und wäre er nicht mein Bruder, würde ich mich über ihn ärgern. Wir kauften das Auto gemeinsam, einen Fiat 1400 mit dem polizeilichen Kennzeichen IE-18-82, woher so viel Misstrauen? Nach dieser Reise wird das Auto, gewaschen und poliert, noch besser laufen als jetzt, leichter, runder.

Ich gehe auf Alice zu, nehme ihre Hand, meine Frau. Werde ich mich auch an die feinen Finger gewöhnen? Der Ehering ist über die zarte Haut geglitten, allein von Näharbeit strapaziert, ich spüre nun diese Haut, ihre Wärme. Und mir scheint, ich könnte in diesem Gefühl verharren, mich darin einrichten. Ein so angenehmes Bild, ich wende verstohlen den Blick, um es zu erleben: unsere Hände zusammen.

Meine Mutter hat vor einer Weile das Gespräch beendet, bleibt jedoch an unserer Seite, beobachtet uns, wie wir um uns blicken. Sie strengt sich an, dem Fest zu folgen, doch sie ist eine in sich gekehrte Frau. So haben ihre Träume für diesen Tag nicht ausgesehen. Wo ist mein Vater? Sie sucht ihn bisweilen, kann nicht widerstehen. Und sie möchte nicht aufhören, ihn zu suchen, das Fünkchen Hoffnung dieses Impulses kompensiert den überwältigenden Schmerz, den ihr die Feststellung seines Fehlens bereitet, oder ist zumindest besser als gar nichts, als das absolute und definitive Nichts.

Rui, sagt Alice, meine Frau. Und da ist dieser Moment genau zwischen meinem Namen, wenn sie mich anspricht, und dem, was dann kommt. In diesem Moment, in der Pause zwischen meinem Namen und dem Wort danach, gibt es diesen Raum, unsere Familien, unsere Gesichter, zweiundzwanzig Jahre ich, zwanzig Jahre sie, es gibt die kurze Erinnerung an meinen Namen, von ihrer Stimme gesprochen, und es gibt alles, was danach kommt. Die Leute hier in ihren besten Kleidern, in eben diesem Moment, denken nicht daran, was danach kommt, die Gegenwart erhebt sich um sie herum wie die Wände des Raumes. Doch ich weiß, was danach kommt, ich weiß, was danach kommt, meine Augen füllen sich mit dieser Wahrheit.

4

Der Junge mit dem Augenproblem stimmt hüstelnd eine Melodie an, tut so, als würde er husten. Zwei oder drei Knaben, und einige tun es ihnen dann noch nach, prusten durch die Nase. Sie pressen die Lippen zusammen, um das Lachen zu unterdrücken, es entkommt ihnen durch die Nase. Solche Töne, ohne Kommentar, in der Stille des Klassenzimmers für sich, während draußen langsam der Regen fällt, haben ihre ganz eigene Komik. Die Tafel trägt mit weißer Kreide den Na men des Städtchens und das Datum des Tages: Campo Maior, 23. Januar 1940. Der Tag davor ist ebenfalls da, dürftig gelöscht, ein paar Buchstabenreste unter dem Nebelschleier. Mein engster Freund ist einer von denen, die stets zu einem Streich aufgelegt sind, jeder Vorwand ist ihm dabei recht. Ich fühle mich bemüßigt, das Kinn vom Buch zu heben und einen missbilligenden Blick durch das Klassenzimmer zu werfen, durchkämme es langsam. Und sie tun so, als hätten sie nichts getan, schauen ganz sittsam und unbeteiligt drein. Doch der eine oder andere bewegt sich weiterhin an der Grenze zur Provokation. Der Schlimmste von allen ist der Junge mit dem Augenproblem.

Rui hat die Aufsicht, waren die letzten Worte des Lehrers. Streng genommen waren es nicht exakt die letzten, aber es waren die, die hervorstachen. Mit ihnen nahm ich plötzlich eine besondere Position ein. Davor zeigte er noch auf eine Seite des Lesebuchs. Dann ging er hinaus. Minutenlang warteten wir, bis der Lehrer sich entfernt hatte, räumten Zeit für eine schnelle Lektüre ein, der Form halber, wobei das Auge über jeden einzelnen Buchstaben wanderte, ohne dabei die Sätze zu verstehen.

Es ist nicht das erste Mal, dass der Lehrer mich zum Aufpasser macht, keiner der Jungen wundert sich über diese Nominierung. Ich höre zu lesen auf, verlasse die Buchseite und kehre zu meinem Wachposten zurück. Über einen, der die Nase hochgezogen hat, wird gelacht. Dem Geräusch nach kann man die Konsistenz des Schleims abschätzen. Es kam vom Jungen mit dem Augenproblem, er tut sich gütlich und provoziert. Es gibt eine Übereinkunft: Er legt sich nicht mit mir an, weiß, niemand würde ihn vor meinem Bruder António retten, und ich lege mich nicht mit ihm an. Um Ärger zu vermeiden, bat mein Bruder eines schönen Tages, den Jungen nicht so zu nennen, wie die anderen es taten, nämlich mit Anspielungen auf das Augenproblem, die ihn außer sich geraten lassen, bereit, jemandem den Schädel einzuschlagen. Und wieder räumt er die Kehle mit derselben Hüstelei, derselben Melodie. Vor dem Rohrstock hat er so gut wie keine Angst, harte Knochen, die Ohrfeigen des Lehrers machen ihm nichts aus. Mein engster Freund gehört zu den wenigen, die das noch lustig finden.

Ich verpetze niemanden, habe dafür keinen Nerv. Stattdessen schaue ich durch das Fenster. Es sind hohe Fenster, gutes Holz und dickes Glas. Der Regen fällt wie ein Aufruhr winziger Tropfen im Grau, ein Flaum am Schweben, vom Wind beseelt. Greißlerei und Fleischerei Senhora Maria Azinhais, meine Mutter, Senhora Maria Azinhais, wo mag meine Mutter wohl sein? Sicherlich ist sie im Laden, aber was macht sie wohl gerade? Ich kann mir vorstellen, wie der Regen durch die offene Tür eindringt, eine Schrittlänge den Boden nass macht. Fährt mein Vater gerade das Auto des Chefs? Die Scheibenwischer, die über die Windschutzscheibe gleiten, ohne Unterlass, auf die eine Seite, auf die andere, streitbar und martialisch. Und mein Onkel? Der Gedanke an das Gesicht meines Onkels bringt mich zum Lächeln, doch niemand bemerkt es. Alle sind still, halten sogar den Atem an, versuchen, die Schritte des Lehrers auszumachen, analysieren die kleinste Kleinigkeit, Bruchstücke von Tönen aus dem Klassenzimmer der Mädchen oder vom Monat Januar. Im Kopf bin ich für diese Stille dankbar. Mögen sie so weitermachen.

*

Wie einen auf merkwürdige Art klaren Nebelschleier, der ihn umhüllte, ihm um den Kopf schwebte, trug er das Bild seiner Frau mit sich. Während der Körper Senhor Ruis die Bewegungen ausführte und durch den Hof schritt, die Blumentöpfe entlangging, Pflanzen, die ihn wortlos begrüßten, während er sich hinunterbeugte, um das Tor zu öffnen, die Klinke in Hüfthöhe, konzentrierte er sich auf die jüngste Erinnerung an die Frau, die Augenbrauen, eine Falte vom linken Augenwinkel abwärts, die Hände. Sie waren Gegenstand einer weiteren Betrachtung, die auch die Stimme der Frau einschloss, wenn sie Pläne für den Sonntag schmiedete, die Enkelschar, die wiederum ihren Namen miteinschloss, Alice, wie ein Duft, der desgleichen siebenundsechzig Ehejahre miteinschloss, untrennbar von seinem Sein. Der Sinn von allem.

Einer der erheblichen Unterschiede zur Vergangenheit liegt im Naturell der Zeit: Die Begebenheiten folgten in anderem

Tempo aufeinander, die Aufmerksamkeit war eine andere, die Zeit verging anders. Früher, vor zehn, zwanzig, dreißig Jahren verließ er das Haus, überquerte die Straße und war im Nu eines Gedankens im Büro. War er zu Hause, dachte er an irgendetwas, und ehe er es sich versah, war er schon im Büro, mit jemandem im Gespräch. Seit einigen Jahren aber gab es immer mehr Momente, in denen er buchstäblich bei jedem Schritt achten musste, wohin er den Fuß setzte, sich der Stabilität des Geländes versichern, gewährleisten musste, den Fuß gut zu setzen, bevor er das Gewicht seines Körpers verlagerte, aufrecht ja, im Gleichgewicht ja. Er erinnerte sich an den Trainingsparcour, den Trainingsanzug, die Gewohnheit vor einigen Jahren, die festgestellten Fortschritte. Er erinnerte sich an seine Behändigkeit. Nun aber musste er wieder auf den Boden achten, auf den er trat. Gleichzeitig bemerkte er, dass es eine bedeutsame, symbolische Situation war, auf der einen Seite zu leben, die Straße zu überqueren und auf der anderen Seite zu arbeiten.

Auf dem Bürgersteig, das Tor bereits geschlossen, spürte er einen Kleinbus sich nähern. Mit zwei Schritten hätte er in vielleicht wenig mehr als zwei Sekunden den Zebrastreifen erreichen können, drosselte jedoch das Tempo, wollte nicht, dass der Bus auf ihn wartete, wollte nicht gezwungen sein, den Zebrastreifen vor dem Busfahrer und den Passagieren zu überqueren, das Publikum regungslos. Und er drehte sich erst um, als das Fahrzeug schon vorüber war, ein Brausen und ein Windstoß. Er vergewisserte sich, ob links und rechts alles frei war und machte sich auf den Weg über den Zebrastreifen, weiße steinerne Streifen auf grauen Steingrund gepflastert. Granitpflaster. Auf halbem Weg, in einer winzigen Pause seiner Konzentration auf die Aufgabe, bemerkte er an der Ecke, wo es zur Firma geht, einen Mann an die Pappel gelehnt. Der Mann bemerkte auch ihn und trat einen Schritt nach vorn. Im Schatten kam er auf ihn zu: Entschuldigen Sie, Senhor Comendador. Bevor er fortfuhr, kam der Mitarbeiter vom Sicherheitsdienst der Firma näher, in kurzärmeligem Hemd, Krawatte und Ausweiskarte mit Passfoto um den Hals gehängt, und sagte mehrmals, er habe den Mann gebeten, nicht dort auf den Senhor Comendador zu warten. Es sei in Ordnung, gab der mit einer Bewegung des Kinns zu verstehen, er habe einen Augenblick Zeit, worum es denn gehe? Der Mann war etwas über dreißig oder vielleicht vierzig Jahre alt und suchte Arbeit. Da er ein gewisses Maß an Initiative zeigte, sah Senhor Rui, wie es seine Gewohnheit war, ihn direkt an, während ihm die verschiedenen Firmen der Gruppe und die vielen infrage kommenden Funktionen durch den Kopf gingen. Es gab natürlich den Kaffee, aber es gab auch zum Beispiel den Wein und das Olivenöl; er könnte Autos verkaufen, Buden oder Grundstücke verpachten, Sonnendächer oder Sonnenhüte anfertigen, mit Planen arbeiten, Maschinen reparieren oder laden, Kleintransporter oder Lastautos fahren. Was könne er? Aufgeregt antwortete der Mann, dass er zwölf Schuljahre habe. Ja, aber was könne er denn? Er verhaspelte sich, sprach vom Großvater. Sagte, der Großvater sei mit dem Senhor Comendador zur Schule gegangen. Wer war er? Er nannte den vollständigen Namen des Großvaters, als würde er ihn für ein Dokument anführen. Achselzucken. Im Schatten auf dem Bürgersteig sahen die drei Männer einander an. Der Mitarbeiter vom Sicherheitsdienst folgte dem Gespräch aufmerksam, auch er ohne Ahnung, um wen es sich bei diesem Namen handelte. Der Mann, Enkel eines unbekannten Namens, fuhr fort, den Großvater zu beschreiben, und schließlich erzählte er, dass der Großvater ein Augenproblem hatte.

Senhor Rui ließ sich nichts anmerken, die Miene regungslos. Er erinnerte sich an die Erde des Schulhofs, lose Sandkörner, die unter den Füßen rollten, wenn man lief. Erinnerte sich an das Geräusch, das die Erde des Schulhofs unter jedem Schritt von sich gab, von den Füßen ausgelassener, unschuldiger Burschen abgetretene Erde, Burschen ohne Böses im Sinn, die unverzüglich stoppen mussten, wenn die Schulglocke läutete, die Füße auf der Erde des Schulhofs, auf den losen Sandkörnern und dem Staub am Rutschen.

Senhor Rui drückte dem Mann die Hand, wie er allen die Hand drückte. Er bat ihn, seinen Namen und die übrigen Daten beim Mitarbeiter vom Sicherheitsdienst zu hinterlassen, irgendetwas würde man schon arrangieren.

*

Es gibt nicht viel Platz, nur der Blechschmied und mein Onkel haben mehr Freiraum. Der Blechschmied sitzt und steht auf, wenn er an die Drehbank muss. Mein Onkel Joaquim steht, zieht die Hände aus den Taschen, lässt sie wild gestikulierend wie zwei losgelassene Tauben vor seinem Körper tanzen. Dann steckt er sie wieder in die Hosentaschen. Die übrigen Männer stehen ebenfalls, doch sie müssen sich aneinanderschlichten, einige sich seitwärts einrichten, um noch Platz zu finden. Die Werkstatt des Blechschmieds ist ein sehr enger Raum, beinahe nur ein Winkel, die offene Tür tut uns gut, die einzige Quelle von Luft und Licht. Ich bin inmitten der Männer, reiche ihnen bis zur Schulter, sehe meinen Onkel von vorn.

Den Männern gefallen die Bewegungen des Blechschmieds, sie haben an diesem Schauspiel ihre wahre Freude, deswegen sind sie ja hier, rund um ihn herum, und nutzen seinen

Schatten. Es sind Bewegungen, die eine Vielfalt von Geräuschen hervorrufen, die Schere, die Weißblech schneidet, die Stahlspitze, die Schablonen zeichnet, die verschiedenen Hammer, die schlagen, einige mit feiner Finne nach der Art von Spechten, andere mit großen hölzernen Köpfen, für schwere Schläge geeignet, die Männer, die im Rhythmus der Donnerschläge blinzeln. Die Stimme meines Onkels schlängelt sich durch die Werkstatt, zwischen den begeisterten Augen der Männer, erhellt ihnen die Gesichter. Mein Onkel wägt die Taktschläge und die Dramatik der Geräusche des Blechschmieds ab und bedient sich ihrer für seinen Cantus, von einem Flüstern bis zum Schmettern. Als wären der Blechschmied und mein Onkel ein musikalisches Ensemble. Die Männer haben sich auch meines Onkels wegen hier versammelt.

Mit Ausnahme des Blechschmieds, schmutzige Schürze, sind alle in ihrer besten Kleidung hier, es ist Sonntagnachmittag, freier Tag und freie Zeit. Und doch unterscheidet sich mein Onkel Joaquim von ihnen, ist auf einem anderen Niveau. Ist ein fortschrittlicher Mann. Von der Bügelfalte bis zu den benutzten Verben hebt er sich von diesen einfachen Gesichtern ab. Er ist viel unterwegs gewesen, hat anderes gesehen, weiß mehr. Die Männer hören ihm aufmerksam zu und wenn sie den Mund aufmachen, begegnen sie ihm mit einem ehrerbietigen Sie, selbst die Älteren.

An der Wand hängt Werkzeug, in aufsteigender oder absteigender Größe, wie es passt. Abgesehen davon, hat der Blechschmied auf einer niedrigen Arbeitsplatte in Reichweite Feilen und Zangen angehäuft. Er muss nicht aufstehen, um ein Werkzeug aus diesem Haufen herauszuholen. Konzentriert, den Rücken über das Werkstück gekrümmt, verrichtet er seine

Arbeit. Noch weiß man nicht, was dabei herauskommt, vielleicht ein Trichter, eine Gießkanne, ein Leuchter.

Laute Tiraden meines Onkels Joaquim schüchtern die ganze Versammlung ein. Er spricht, als hätte er vor nichts Angst, als würde er keine Gefahren scheuen. Die Männer antworten ihm leise. Früher oder später würden alle für ihn arbeiten. Ein Grenzübertritt würde ihnen mehr einbringen, als tagein, tagaus auf dem Feld zu arbeiten.

Ich sauge alles auf. Wie alt bin ich? Zehn oder elf Jahre vielleicht. Da bin ich noch in der Schule, wahrscheinlich in der dritten Klasse. Doch das zählt jetzt nicht. Der Blechschmied hämmert und hämmert, seine Hände biegen das Weißblech zurecht. Was jetzt zählt, sind die Worte meines Onkels und die Art, wie er mich manchmal ansieht und mir zeigt, dass er bei mir ist, dass ich einer von den Seinen bin.

*

Er erinnerte sich daran, wie man ihn ausdrücklich gebeten hatte, niemanden einzustellen, die dicken Wände des Rathauses, die Fensterscheiben, die draußen eine glänzende Welt zeigten, und wie er im Büro des Stadtrats, das später sein Büro als Vizebürgermeister und dann als interimistischer Bürgermeister sein sollte, saß und jene Stimme ihn mit Du ansprach, mit Rui, und ihn bat, niemanden mehr einzustellen, eine Bitte, die einem entschiedenen Vorschlag, einer Anweisung oder Verordnung glich, es war die Stimme des Ingenieurs, wie ein Echo anderer Stimmen, Thesen, die er schon viele Male gehört hatte, der Ingenieur am Insistieren, nur während der Erntezeit, am Bitten, er möge die Arbeiten in der Gemeinde drosseln, die eine oder andere Instandsetzung bremsen. Er erinnerte sich an das Gesicht des Ingenieurs nach dessen Frage: Wenn du weiterhin sämtliche Leute im Rathaus beschäftigst, wie überteuert muss ich dann die Erntehelfer bezahlen?

Auch diese Erinnerungen blätterte er im Firmenbüro durch, als er mit beiden Händen Papiere festhielt. Er war allein, die Sekretärin würde zum nächsten Tagestermin wiederkommen, eine angesetzte Besprechung. Glitt die Schiebetür auf oder zu, glitt auch eine leichte Veränderung durch die Räumlichkeiten. Die Menschen, die in den angrenzenden Räumen arbeiteten, am Computer, das Geräusch von Tasten und Leertasten, die Stimmen einiger Leute am Telefon gleichsam ein Gemurmel, aus dem Zusammenhang gefallene Halbsätze, waren präsent oder abgeschottet.

Er erinnerte sich abermals an das Rathaus. Fünfzig Jahre sind seither vergangen? Solche Berechnungen konnte er nicht leiden, sie anzustellen konnte er sich aber nicht verkneifen, hatte er doch den Kopf voller Rechnungen. Hatte er Zahlen vor sich, neigte er dazu, sie zu addieren, zu subtrahieren, zu prüfen, bis er herausbekam, ob damit etwas anzufangen war.

Er erinnerte sich an Onkel Joaquim und seine Besuche, immer freundlich, immer beste Manieren, Mann einer anderen Zeit und doch völlig angepasst an die Siebzigerjahre, sämtliche Zeiten waren die seinen und er tauchte immer zur rechten Zeit auf, platzte nie herein, sie führten im Wohnzimmer lange Gespräche, der Neffe wollte ihn im bequemsten Lehnstuhl sitzen sehen. Er erinnerte sich an die Zuversicht des Onkels bei diesen Gesprächen, es schienen Lächelduelle zu sein, man hätte eine Jury gebraucht, um festzustellen, wer mehr lächelte, und wenn der Sohn ach so oder beinahe erwachsen vorüberging, begrüße deinen Großonkel, und er herbeikam, ausweichend, mit dem einen oder anderen Pickel im Gesicht. Er erinnerte sich an einen Fußballspieler, gelber Dress, der ein Foul beging. Diese Erinnerung blendete er jedoch aus. Er erinnerte sich an Onkel Joaquim, erinnerte sich lieber weiterhin an den Onkel, an die Aufmerksamkeit, mit der er den Neuigkeiten aus dem Rathaus lauschte oder noch interessierter, den Neuigkeiten aus den Fabriken, blühende Geschäfte, Evolution der Welt, er hatte einen außergewöhnlichen Neffen, dieser Stolz leuchtete ihm aus den Augen, iss mit uns zu Abend, die Frau kam ins Wohnzimmer, in Begleitung der Mutter oder auch ohne sie, und bestand darauf, dass der Onkel zum Abendessen blieb, der lächelte über das ganze Gesicht und konnte es ihr nicht abschlagen.

Patriarch sein heißt vor allem, zu überleben.

Er erinnerte sich an diese Abendessen, bewahrte gute Gedanken daran, sie kompensierten das Übermaß an Arbeit, Onkel Joaquim munterte alle auf, die Frau und Schwiegermutter glichen eventuelle Lücken im Gespräch aus, die Tochter offen und keck, mit fünf oder vielleicht sechs Jahren, war immer gut für einen Ausspruch, der sie alle rührte, der Sohn wusste auf jede Frage des Onkels eine Antwort, guter Sohn und guter Großneffe.

Andere Fähigkeiten sind nötig, zu überleben ist aber die wichtigste. Um Patriarch zu sein, er erinnerte sich an die Mutter als Matriarchin, muss man jedem Tag Paroli bieten, wiederkehrende Jahreszeiten ertragen, sich wenig über den Winter beklagen, Jahre ansammeln und nie aufhören, sie einzeln zu betrachten. Patriarch sein heißt, zu schauen und zu sehen, vernünftig zu bleiben, auch wenn die Beine unsicher werden, auch wenn das Essen nicht mehr so schmeckt, und selbst eine klare Sicht ist von wenig Belang, wenn man die Augen geschlossen hält. Das Wichtigste von allem ist, an Ort und Stelle weiterzumachen.

Er erinnerte sich an den Ingenieur, wenn er ihn in einem Korridor des Rathauses auf sich zukommen sah und seine Reklamation ertragen musste, dass Männer mit Straßenbau oder irgendwelchen Steinmetzarbeiten beauftragt wurden. Erinnerte sich daran, wie ihm der Schweiß aus den Poren trat, während er so tat, als würde er sich den Verweis des Ingenieurs anhören, und sich hinter einem Lächeln, das ihm Schutz bot, verschanzte.

Mehr als fünfzig Jahre später lächelte er, als die Sekretärin auftauchte. An diese Freundlichkeit gewöhnt, setzte sie ihr bestes Timbre ein, um ihm über die Besprechung um elf Uhr Bescheid zu geben, eine der Herzensangelegenheiten von Senhor Rui. An dieser Besprechung würden eine Frau und ein Mann teilnehmen, sie waren schon da. Herein, nur herein, er sei bereit, sie zu empfangen, sagte er, ohne mit dem Lächeln aufzuhören.

*

Die Brille von Marcello Caetano ist edel. Die Stärke der Linsen tut dem Schnitt der Augen keinen Abbruch. Beachtlich groß, bewahren die Augen eine bange Lebendigkeit, sie wissen nicht, ob sie sich zeigen können, schätzen ein, wen sie vor sich haben, kämpfen gegen die Furcht an, und sobald sie an Sicherheit gewonnen haben, lassen sie einen Bruchteil unschuldiger, bubenhafter Lebendigkeit entschlüpfen, scheitern jedoch so gut wie immer an ihren Erwartungen und nehmen sich wieder zurück. Das Brillengestell verlängert die Autorität der wohlgeformten dunklen Augenbrauen. Die Bügel sind stärker, als sie im Fernsehen erscheinen.

Die Stimme aus dem Apparat klingt fast wie in natura, nur

etwas gepresster. Es ist eine Art Stimme mit Aussetzern, so gut sie kann, geleitet sie eine Rede, die, selbst mit allen Silben gelesen und mit einstudierter Theatralik abgerundet, feine Modellierungen aufweist. Sogar unter den gegebenen Umständen, er Staatsoberhaupt und ich nur interimistisches Oberhaupt des Städtchens Campo Maior, er umgeben von einem Ambiente, das ihn größer macht, der ganze Pomp, ist sein Zögern, seine Scheu zu spüren, und gleichzeitig seine Angst aufzuhören, die gekünstelte Art, Sätze zu erweitern, und noch etwas, und immer noch etwas, nur um irgendeine Verlegenheit zu vermeiden. Mir tut der Mann leid. Er hat die Laufbahn eines guten Beamten zurückgelegt, um bis hierher zu kommen.

Wenn ich zu Hause bin, wenn er in Schwarz-Weiß zu sehen ist, habe ich das Privileg, ihm nicht zuhören zu müssen. Zu Hause, weil meine Schwiegermutter ins Zimmer gekommen ist, sich bewegt, ohne stören zu wollen, ihre Gesten jedoch eine unüberhörbare Stille erzeugen, die sich über sämtliche Geräusche legt; hier, weil ich mich lieber auf Details konzentriere, den Moment analysiere, weiß ich doch, dass ich Onkel Joaquim darüber berichten will. Deshalb verfolge ich mit Unterbrechungen, was er sagt, es gibt Ausdrücke, die hervorstechen, als würden sie eine andere Dichte besitzen, sie kommen dem Verständnis in die Quere. Zum Beispiel das Wort Provinz, weit weg: Will er gefallen, versucht er, irgendeine Banalität über Campo Maior zu sagen, spricht vom Alentejo, jenseits des Flusses Tejo, oder am Abschweifen ohne bestimmte Richtung spricht er das Wort Provinz aus, als spräche er von alledem, was man nicht vom Fenster aus sehen kann. Benutzt er den Plural, Provinzen, entfernt er sich noch weiter. In diesem Fall kann es bis Timor, bis zu den Überseeprovinzen gehen.

Apropos Vokabular: Mitleid ist ein Wort, das erniedrigt.

Mitgefühl, Erbarmen oder sogar Rührung wären vielleicht besser gewählte Wörter. Ich sehe den sorgfältig gekämmten Mann an, sehe die Zurückhaltung, mit der sich seine dünnen Lippen bewegen, ein verbitterter Mann, man merkt ihm an, dass er nicht hier sein möchte, doch er hat keinen anderen Ort, an dem er sein könnte. Bisweilen scheint er Pausen zu benutzen, um sich die Zukunft, die ihn erwartet, vorzustellen: Er ist noch hier und doch schon dort, an diesem Punkt, an dem er melancholisch auf die ferne Feststellung blicken wird, hier gewesen zu sein.

5

Die Beerdigung des Faschismus. Männer, Burschen und Knaben gehen ganz langsam voran, sie beugen die Knie, zeigen jedoch nur alle zwei, drei Schritte ein Vorwärtskommen an. Als sie am Ausgang des Städtchens in der Friedhofstraße ankommen, brechen sie begeistert in ein Geschrei aus, viel lauter als jenes, das sie schon in den Straßen zuvor erhoben hatten, wo sich Frauen und ältere wie jüngere Mädchen mit auf der Fensterbank aufgestützten Ellenbogen oder vor der Haustür sehen ließen.

Man könnte meinen, ihre Kehlen seien schon müde, nichts dergleichen, sie sind noch lange nicht heiser. Der Faschismus liegt im Sarg, den sie auf den Schultern tragen, in Gestalt eingerollter Pappe und Lumpen. Dieser Faschismus hat kein Gewicht. Von einer Wolke aus gesehen, vielleicht gibt es Spatzen, die zu ihr Zutritt haben, sind wir ein Knäuel Krach, das sich langsam die Straße vorwärtsbewegt. Ich bezweifle, dass irgendetwas von diesem Klagegesang bis zu den Wolkenresten gelangt, die sich da oben auflösen, unbeteiligt angesichts solch eines Tumults. Hier aber, inmitten der Menge, schmerzt diese Mixtur aus Geheule und Gelächter in den Ohren.

Als die Nachricht aus Lissabon eintraf, waren wir alle bei der Arbeit, ein gewöhnlicher Donnerstagmorgen. Die Maschinen hielten nicht inne, die Kaffeebohnen hatten von nichts eine Ahnung. Die Nachricht wurde von Mund zu Mund weitergegeben, unter dem Lärm und dem Duft der Röstung. Männer und Frauen nahmen sie argwöhnisch auf, wollten nicht sogleich in Hektik verfallen, es könnte ja immerhin ein falscher Alarm oder schlechter Scherz sein. Bei etwas derart Heiklem genügt schon ein kleiner Fehltritt, um großes Ungemach heraufzubeschwören. Doch der erste Bote, der die Fabrik betrat, trug in seiner Miene noch einen Rest der ursprünglichen Euphorie, genug, um Echtheit zu garantieren.

Ein Gezischel ging durch Campo Maior. Die Leute erwähnten inmitten der Gespräche immer wieder das Datum, denn sie wussten, an diesen Tag, den 25. April 1974, würden sie sich noch lange erinnern. Auf dem Weg zum Mittagessen waren sie auf der Suche nach Informationen. Mit dem Kofferradio am Laufen, wusste meine Frau weitaus mehr als ich. Auf dem Rückweg verspätete sich niemand, die Gewissheit hatte an Bestand gewonnen, doch die Euphorie war noch verhalten. Am Nachmittag verdauten die Fabrikarbeiter die Revolution und das Mittagessen.

Feierabend und Nachtschlaf. Als sich am 26. April das morgendliche Dämmergrau zwischen den abgeschalteten Maschinen dem Ende zuneigte, hörte ich draußen in der Kühle Stimmengewirr. Es war noch ganz früh, ich war allein in der Rösterei, von Schatten umgeben. Ich trennte die Stimmen von den Gedanken, konnte sie erkennen: Ja, sie waren von dieser

Welt. Ich ging auf das Tor zu, öffnete es, und die Leute, die nicht erwarteten, mich zu sehen, waren plötzlich verlegen. Es waren zirka ein Dutzend. An anderen Freitagen kamen sie nie zu dieser Stunde, es war noch zu früh, die Arbeit anzutreten. Einer von ihnen, der Verwegenste, sagte: Chef, wir sind gekommen, um die Fabrik zu besetzen.

Ich verschluckte mich, hustete eine ganze Weile. Einer von ihnen sah sich bemüßigt, mir zwei- oder dreimal auf den Rücken zu klopfen. Als ich mich wieder aufrichtete, musste ich mir die Augen reiben, der Morgen begann anzubrechen. Mann, lass das, sagte ich, während ich mir ein gekünsteltes Lächeln abrang, um nicht unhöflich zu sein. Der Wortführer blickte um sich, auf der Suche nach Unterstützung in den Augen der anderen. Sie alle kannten einander ja von klein auf und sie kannten mich, alle hatten noch den Tag im Gedächtnis, an dem sie um Arbeit bitten kamen oder an dem sie erfuhren, dass ich sie sprechen und ihnen Arbeit anbieten wollte, die Arbeit, die sie nun hatten. Und alle wussten, wie ich meine Tage verbrachte. Als ich das Lächeln nicht mehr aufrechterhalten konnte, sahen wir einander schweigend an. Die Stille wurde unerträglich und schließlich von einem der Männer gebrochen: Ich hab schon gesagt, dass es keine gute Idee war. Die Übrigen untermauerten die Worte mit einem Gemurmel. Senhor Rui, nehmen Sie es uns nicht übel, sagte er noch. Verdrießlich, als wollte er einen Schlusspunkt setzen, endete er mit: Wo gibt's denn so was?

Der Beschluss wurde von allen angenommen, Einstimmigkeit unsichtbarer Arme, und der Morgen, der inzwischen schon seinen Platz eingenommen hatte, durfte fortfahren. Da standen wir, am Eingang, die übrigen Arbeiter kamen an, die Frauen gut gelaunt, die Männer, ohne die Kappe zu ziehen.

Dann machte die Runde, jemand hätte einen Feiertag angeordnet, wer das gewesen war, ging unter. Schon am frühen Vormittag waren jedenfalls alle weg. Ich kehrte in die Rösterei zurück, schloss das Tor von innen und kümmerte mich um ein paar Angelegenheiten, die anstanden.

Irgendeiner hatte auch die glorreiche Idee, den Faschismus zu begraben. Ob ihm diese Erfindung Ansehen einbrachte, entzieht sich meiner Kenntnis. Alle verstanden auf Anhieb, worum es sich handelte, es ist wie beim Umzug, bei dem man am Fastnachtsdienstag den Karneval zu Grabe trägt. Mit dem Unterschied, dass niemand mit alten, zu Hause aufbewahrten Klamotten maskiert daherkommt. Das vorgetäuschte Geheule ist gleich. Mein teurer Faschismus, schreit jemand, Klageweib oder Witwe, und die anderen erlauben sich zu lachen. So läuft die Parodie. Zwei oder drei Korbflaschen Wein machen die Runde. Ich werfe ein Auge auf die Gesellschaft, um die Altersgenossen meines Sohnes João Manuel auszumachen. Er ist ja nicht hier, ist in Lissabon, kümmert sich um sein Studium. Während ich sie betrachte, denke ich, wo mag er gerade sein? Dieser Haufen junger Leute beunruhigt mich. Früher hat man mit zwanzig Jahren mehr Diensteifer gezeigt. Vielleicht spielt jemand Ziehharmonika, es könnte sein. Wenn ja, dann eine Rhapsodie von traurigen, für eine Beerdigung geeigneten Weisen und Spottlieder wie »Ó Malhão Malhão«.

Inmitten dieses unsinnigen Spektakels, ganz in meiner Nähe, kommentiert jemand laut genug, dass der Ingenieur und noch andere seinesgleichen die Familie zusammengesammelt, ihre Siebensachen gepackt haben und zackzack über die Grenze sind. Zu dieser Stunde dürften sie schon in Sevilla vor einer kalten, sämigen Salmorejo sitzen oder in Madrid mit der

Gabelkante ein Stück Tortilla abschneiden, je nachdem, in welche Richtung sie von Badajoz aus aufgebrochen sind. Vom weiteren Gespräch bekomme ich nichts mit. Vielleicht schießt jemand Feuerwerksraketen in die Luft.

*

Entspannt saßen sie im blitzsauberen, neuen Auto, Sonnenlicht drang durch die geschlossenen Scheiben, lauer Frühlingsbeginn, das Radio ausgeschaltet, quer über Senhor Ruis Brust der Sicherheitsgurt gespannt, die Fahrt geruhsam, die Kurven in weiten Bögen lang gezogen, die Straße gut, ein Teppich aus Asphalt. Die Stimme der Sekretärin tat der Sanftheit der Fahrt keinen Abbruch, sie existierte zwischen anderen Dingen, die es noch gab. So enthielt ihre Rekapitulation der Termine für den Rest des Tages kein Quäntchen Unruhe. Punkt folgte auf Punkt. Erst als sie den Ort erwähnte, den Senhor Rui am Nachmittag aufsuchen sollte, war ein Knick in der Harmonie der Atmosphäre wahrzunehmen. Auch wenn es keinerlei Reaktion, keinerlei Veränderung der Miene, im Rhythmus der Atmung gab, spürte es die Sekretärin, und der Chauffeur spürte es auch. Sie kommentierten es nicht einmal in Gedanken.

Die Frau und der Mann fuhren ihnen hinterher, einer der beiden lenkte das Auto, hielt genügend Abstand. Sie staunten über die ländliche Landschaft, Lissabonner, die nach Ampeln Ausschau hielten. Die Besprechung war nach zwei Dritteln unterbrochen worden, das letzte Drittel der Übereinkunft für das Mittagessen anberaumt. Allen war klar, dass die Einladung diese Arbeitsordnung voraussetzte, das letzte Drittel der Besprechung war das wichtigste.

Sie kamen früh am Landgut Herdade dos Adaens an, die

Reifen rollten auf dem Pflaster aus. Senhor Rui stieg am Eingang des Restaurants aus, die Autos wurden ein paar Meter weiter vorn geparkt. Er trat ein, begrüßte die Angestellten, die eben die Tische herrichteten, ging weiter in die Küche, sah dort nach dem Rechten, versetzte dem Personal einen Schrecken, was nicht seine Absicht war. Er genoss es, Apparate in Funktion zu sehen, Maschinen mit all ihren Teilen, ob im Restaurant oder in einer Fabrik.

Er bat die Sekretärin, den Gästen die Herdade dos Adaens zu zeigen. Während sich die Erläuterungen in der Ferne verliefen, vor weniger als zwei Jahren eröffnet, Tourismus, das Restaurant, die Zimmer, die Schwimmbecken, Satzteile aus dem Prospekt, wollte er sich die Hände waschen. Das war ein Vorwand, um sich im Spiegel tief in die Augen zu sehen, wie in die Tiefen eines Sees, eine Art ursprünglicher Name, sogar noch vor dem Namen Rui und der Art, wie er als Kind genannt wurde.

Er erinnerte sich an die Tejobrücke, das Wasser da unten. Und blinzelte. Erinnerte sich daran, wie dieses Landgut früher ausgesehen hatte. Fast eine Minute lang konnte er in aller Ruhe am Tisch sitzen, doch irgendjemand bemerkte das, sorgte sich, dass Senhor Rui allein war, und wies einen Kellner an, zweimal nachzufragen, ob er etwas wünsche, eine Vorspeise, etwas zu trinken.

Die Gäste beendeten ihren Rundgang; es gebe noch viel mehr zu sehen, sagte die Sekretärin abermals. Nun schon bei Tisch, taten sie kund, wie gut ihnen alles gefalle, die Servietten auf den Oberschenkeln ausgebreitet. Als wollten sie die Hälfte ihres Gesichts verbergen, waren sie hinter der Speisekarte verschanzt, während Senhor Ruis Sohn auf sie zukam, um den Vater zu begrüßen. Bleiben Sie nur, bleiben Sie nur, sagte er angesichts des leichten Stühlerückens. Ein rechtschaffener Kuss zwischen Vater und Sohn, ein Gemurmel. Alle im Restaurant hielten inne, um diesem Moment beizuwohnen.

Sehr angenehm, bleiben Sie nur, bleiben Sie nur, und der Sohn kehrte zu seinem eigenen Arbeitsessen zurück. Die Männer an seinem Tisch hatten die Sakkos noch nicht abgelegt, nahmen ihn mit ein paar Höflichkeitsfloskeln über das Aussehen des Vaters in Empfang. Er sieht gut aus, haben sie vielleicht gesagt. Es waren Männer, die Transaktionen mit der Delta-Gruppe besprachen, Leute mit Geld, anders als die Frau und der Mann ohne Krawatte, mit denen Senhor Rui und seine Sekretärin zu Mittag aßen: ein persönliches Projekt. Die Zeit von geschäftlichen Besprechungen war vorüber, neunundachtzig Jahre sind neunundachtzig Jahre. Während sie an seinem Tisch über irgendetwas sprachen, das ihn wenig interessierte, dachte er an die vielen Male, die er am anderen Tisch gesessen hatte, ganze Lebensjahrzehnte. Er verspürte Wehmut und auch nicht.

Mit zwanzig Jahren ist man sich seiner Sache sicher, um dann mit vierzig, große Verblüffung, auf die Person zu schauen, die man war, und festzustellen, dass nun alles ganz anders ist. Von da an macht man im Lauf seines Lebens von Zeit zu Zeit diese Bewertung und erlebt stets dieselbe leicht traurige Überraschung. Hörten wir auf, die zu sein, die wir waren, wer wurden wir dann? Oder haben wir womöglich nicht aufgehört, die zu sein, die wir waren, und wissen nur jetzt besser, wer wir immer gewesen sind?

Er aß kleine Portionen. Die bei dieser Besprechung erforderlichen Entscheidungen zu treffen, war für ihn kein Problem. Dann und wann blickte er verstohlen zu seinem Sohn, sah ihn lebhaft im Gespräch. Dieses Bild nährte ihn. Zum Abschluss des Mittagessens bestellten sie vier Kaffee.

*

Es werden Pfiffe ausgestoßen, die sogar auf die Entfernung meine Ohren zum Sausen bringen. Pfiffe wie Peitschenhiebe, sie stechen inmitten eines Infernos an Gehupe und Geschrei aller möglichen Art hervor, Leute mit pulsierenden Adern auf der Stirn, da ist sogar einer, der eine Kuhglocke mitgebracht, dem Vieh eine Ruhepause verschafft hat, um das Volk hier zu bestrafen, und dennoch können die Pfiffe den gewaltigen Lärmpegel durchstoßen und meine Ohren attackieren.

Meistens beginnt es ganz sachte, die Stimmen der Menschenmenge tun sich wie eine Brise zusammen, gleiten dann wie ein riesiger Vogel in halber Höhe über das Stadion. Vielleicht hat ein Spieler auf dem Mittelfeld den Ball abgenommen, hat womöglich eine unerwartete Finte ausgeführt. In dem Maß, in dem er vorwärtsprescht, zum Laufen ansetzt oder den Ball einem Kameraden zuspielt, wird das kollektive Gebrüll angeheizt. Ist es einer von uns, kommt in uns glühende Hoffnung auf, jetzt ist es so weit; ist es einer von ihnen, versuchen wir, den Gram zu beherrschen, doch er gerät außer Kontrolle. Wenn sie den Strafraum umwerben, spielt alles verrückt. Und einer von ihnen schießt.

Es gibt einen Moment Ungewissheit, die Zeit, in der der Ball durch die Luft fliegt und wir nicht wissen, ob er im Tor landet, nicht wissen, ob der Torwart ihn hält. Bis jetzt hat keiner getroffen oder der jeweilige Torwart war immer behände wie eine Katze. Ist es einer von uns, fahren wir bei jedem Versuch mit der Hand über das Gesicht, wischen uns den Schweiß von der Stirn; ist es einer von ihnen, tun wir dasselbe.

Für mich ist dieses Stadion eines der schönsten. Nun ist es voll, allein aus Campo Maior kamen mehr als dreißig

Autobusse, ich stelle mir vor, dass wohl auch viele aus Aveiro gekommen sind, doch wenn es leer ist, sieht man, dass es ein Bauwerk mit viel Stein, gutem, altem Beton ist. Der Rasen ist gepflegt, aber es herrscht bereits Sommerhitze, die Männer mühen sich ab und finden für das Dilemma keine Lösung. Die Verantwortung lastet auf ihnen. Bei der Siegesfeier im Halbfinale fantasieren sie vom Sieg im Finale, wir alle tun es. Hin und wieder suche ich mit den Augen meinen João Manuel, er sitzt auf der Ersatzbank, neben dem Trainer, ich möchte ihn mit meinem Blick telepathisch beruhigen. Doch die Nervosität kommt nicht von ungefähr, der Portugal Cup ist eine große Sache. Seitdem mein Sohn den S.C. Campomaiorense als Vereinsvorsitzender übernommen hat, sind noch keine zehn Jahre vergangen, tatsächlich, noch keine zehn Jahre, wer hätte gedacht, dass er so weit kommen würde? Er ja, mein João Manuel hat immer daran geglaubt. Alle sagen, es sei für den Alentejo ein historischer Moment. Möge die göttliche Vorsehung dafür Sorge tragen.

Einen von Beira-Mar haben sie schon hinausgeworfen, besser so, ich wünsche dem Jungen zwar nichts Böses, er ging völlig empört, aber wir sind der Sache ein wenig näher. Ich halte nichts vom Hasardspiel, ziehe Garantiertes vor, kalkulierbare Risiken. Doch wenn man es recht bedenkt, ist vielleicht alles ein Spiel. Selbst morgens die Augen zu öffnen, ist ein Spiel, niemand kann sich sicher sein, was am Tag alles geschehen wird; und selbst abends die Augen zu schließen, ist ein Spiel, niemand weiß mit Sicherheit, ob er sie am nächsten Morgen wieder öffnen wird.

Zu dieser Stunde gibt es keine verlorene Seele in den Straßen von Campo Maior. Die Straßen, durch die ich als kleiner Junge gegangen bin, die Steine älter als ich, staunen nun über die Leere bei vollem Tageslicht, rätselhafter Sonntag, es ist schon nach halb sieben. Und selbst bei so vielen vollen Autobussen, in denen volkstümliche Vierzeiler im Chor erklangen, die für eine Jause oder eine Pinkelpause anhielten, selbst mit so vielen Pkws gab es noch Leute, die in den Cafés die Tische füllten, sie sehen nun im Fernseher, was wir hier sehen, oder besser gesagt, für sie bleiben weniger Fragen offen. Wie bei diesem Foul, das der Schiedsrichter pfeift. Hier im Stadion scheinen nur wenige Leute an diesem Foul interessiert zu sein, es ist nur eines mehr, die Stimmen sind zerstreut.

Nun laufen sämtliche Bewegungen in Stille ab, in einer Sequenz ohne Unterbrechungen: Bei diesem Foul kickt ein Spieler in gelbem Dress den Ball gerade nach hinten und beginnt sogleich, nach vorn zu preschen, der Spieler im gleichen Dress, der den Ball annimmt, macht zwei, drei Trippelschritte, von einem Fuß auf den anderen, und schießt den Ball wieder zum Ersten, der schon viel weiter vorn ist und zielstrebig auf das Tor zuläuft, der nimmt den Ball an, schießt ihn zwischen zwei der Unsrigen, erreicht den Strafraum, und mit noch zwei Verteidigern vor sich, schießt er nach links, der Tormann hechtet dorthin, gleicht einer Fahne, doch obwohl der Ball an die Latte prallt, geht er hinein und ist drinnen.

Die Stille wird von einer Explosion gebrochen, zerbricht die Stille in tausend Teile. Die Gelben werfen alles, was sie bei sich haben, in die Luft. Der Staatspräsident Jorge Sampaio dreht sich taktvoll zu mir um, ich zucke mit den Schultern und sage über die Köpfe hinweg ein paar passende Worte, die mir vielleicht nicht einmal wirklich aus dem Mund schlüpfen, ich weiß nicht, ob sie im Lärm überhaupt zu hören sind. Es drängt mich mehr, die Mienen meiner Enkel zu suchen, sie nur anzusehen, wohlerzogen, wie sie sind, reicht es auch ihnen, den Großvater anzusehen, sie wissen, was ich ihnen zu sagen hätte. Und mein Sohn befindet sich mit dem Trainer und den Ersatzspielern am Rand des Spielfeldes, im Gilet, in der Hitze, mein João Manuel.

Es gibt das Tor, doch den Moment, in dem es geschossen wurde, gibt es schon nicht mehr. Hier im Stadion dauerte es eine Sekunde, dann geriet die Welt aus den Fugen, alles geriet in Aufruhr. An den Cafétischen von Campo Maior halten in dieser Sekunde noch alle inne, verfolgen das Tor in Zeitlupe, die Sekunde dauert zwei oder drei Minuten.

Schließlich und endlich liegt der Ball im Anstoßpunkt. Nervöses Warten, dass der Schiedsrichter pfeift. Immer mit der Ruhe!, in zwanzig Minuten kann noch viel geschehen, diese Stimme dröhnt mir im Kopf, als würde sie von den Lautsprechern im Stadion verstärkt. Doch die Zeit verrinnt viel zu schnell, die Körnchen rieseln schneller als sonst durch die Sanduhr. Die Spieler des S.C. Campomaiorense tragen das Delta-Symbol auf ihrem Trikot, in Schweiß getränkt, und sie scheinen gegen eine riesige Null Sturm zu laufen, es ist eine Null aus Stahl, aus Stein, aus festem und dichtem Material. Und sie spurten los, schlittern auf dem Rasen dahin, um den Ball abzunehmen, sie haben sogar eine Chance, doch vor dem entscheidenden Moment passiert immer ein Schnitzer. Die rote Karte für einen von ihnen, es ist die zweite, es fehlt bereits ein Spieler. Und jetzt aber, sagt die besagte Stimme wieder in meinem Kopf, nun ausgestrahlt von alledem, was zu sehen und nicht zu sehen ist. Und ein Freistoß wird verhängt, die Mauer ist bereit, doch der Torwart reißt die Arme in die Höhe und fängt den Ball ab. Und nach vorn und nach hinten, hin und her, und sie drängen auf dieselbe Seite, und ein Foul, es wird ein Foul gepfiffen und der Ball geht ins Aus, es dauert, bis er eingeworfen wird, ein Schuss, er geht abermals ins Aus, eine seltsame Aktion ohne Resultat. Und Probleme, jetzt in dieser Bedrängnis Probleme, alles läuft irgendwie aus dem Ruder. Die gelbe Karte, nach ein paar Minuten die rote Karte für einen unserer Spieler. Es reicht, hört auf damit. Aber noch ein Freistoß vor dem Tor. Hoffnung oder Verzweiflung, viele hier kennen den Unterschied zwischen diesen beiden Aufwallungen des Gemüts nicht mehr. Dann endlich der Schuss, er prallt an die Latte und verliert sich über dem Tor, in weiter Ferne.

Der Schiedsrichter in seinem rot-schwarzen Dress strafft seinen Körper zum Schlusspfiff. Die Unsrigen bleiben wie angewurzelt an Ort und Stelle stehen, wie Bäume, die in ihren Knien keine Kraft mehr haben. Die anderen stürmen los, rennen ziellos umher, bis sie irgendwo anstoßen. Ich meide den Blick auf die Ränge unserer Farbe, es kostet mich Mühe. Hier auf der Tribüne muss ich mit anderen reden. Ich bin nicht in der Lage, sogleich ein Lächeln aufzusetzen, vielleicht später. Über bejackte Schultern hinweg blicke ich auf das Spielfeld, mein Sohn und seine Kameraden gehen niedergeschlagen auf und ab. Ich denke an all das, was ich ihm gerne sagen würde. Wir sind zwei Männer, da verliert man häufig nicht zu viele Worte. Mein Blick fällt auf den Trainer von Beira-Mar, er und der Spieler, der das Tor geschossen hat, liegen sich in den Armen. Und erst jetzt erfahre ich, jemand sagt es mir, dass sie Vater und Sohn sind. Haben Sie so etwas schon gesehen, Senhor Comendador? Was für ein Zufall, der Trainer und der Torschütze sind Vater und Sohn.

6

Bevor die Tropfen platzen, üben sie Druck auf meine Haut aus, ich spüre, wie sie auf verschiedene Stellen meines Körpers prallen, kugelrund auf der Kleidung. Erst dann bricht ihre Hülle auf und sie ergießen sich über mich, auf das Haar, das Gesicht, den Hals, den Hemdkragen, die Jacke, die Hose, eingesogen im Stoff, gelangen sie auf die Haut, auf der sie dann ablaufen, ziemlich kalt, Januar, ziemlich lau, erwärmt von meinem Blut. Unter diesem Regen, einem gewaltigen Unwetter, nimmt der Kalk auf den Häusern wieder sein erstes Weiß an, Kanten runden ab. Es ist schwierig, in den Straßen von Campo Maior die Augen offen zu halten, das Wasser rinnt mir in den Mund, es hat den frischen Geschmack dieser Stunde, der Abend noch jung, ein Überrest des langen, herben Nachmittags, dieses Kalkgefühl und die Verheißung des Feierabends und dann der tiefen Nacht bis zum Morgengrauen.

Am besten geht man in der Straßenmitte, von den Dachtraufen der einen und anderen Seite schießt Wasser. Wassermassen strömen in parallelen Bögen von den Dächern, geben nur einen schmalen Weg frei und selbst dort zerstieben sie in wilde Fontänen, Wasser, das auf den Boden prallt, von unten nach oben spritzt, sich mit dem Wasser kreuzt, das von oben nach unten vom Himmel fällt. Ich bin in meinen Gedanken eingeschlossen. Mein Körper kann keinen Beschluss fassen, ist allem, was man mit ihm anstellt, ausgeliefert. Mein Körper, ein Baum, ein Haus: Das Unwetter macht keinen Unterschied, auch wenn mein Körper allein durch die Straßen von Campo Maior geht, die ganze Welt herausfordert, bereit, standzuhalten. Dennoch fasse ich neuen Mut, wenn ich mir einen Augenblick lang die Erinnerung an den Beginn dieses

Weges gewähre. Ich kann nirgendwohin fliehen, schleppe den Regen auf meinem Weg mit. Und doch kann ich mir schon die winzigen Einzelheiten des bisschen Wegstücks, das mir noch fehlt, vorstellen, habe Gewissheiten, die mich schützen. Und ich sehe die Haustür. Durch das Dunkel hindurch sehe ich die Haustür.

Plötzlich das Licht der Petroleumlampe und das Behagen trockener Schatten, der Regen nun ein Geräusch draußen auf dem Dach. Ich blicke auf die Balken, die die Decke und den ganzen Winter tragen. Weiter drinnen im Haus hebt mein Vater seine Stimme und bittet um Handtücher, er ist ernstlich besorgt. Um mich herum bildet sich eine Pfütze, sie breitet sich mit all dem Wasser, das mir vom Körper und aus meinen Kleidern trieft, weit aus. Mein Vater wiederholt seine Bitte, und als meine Mutter mit einem frischen Handtuch kommt, ist er es, der es mit beiden Händen hält und mir über den Kopf stülpt. In der Dunkelheit spüre ich seine Finger, wie sie mit dem Handtuch mein Haar rubbeln, mein Gesicht, um die Ohren herum. Seine Fürsorge ist brüsk, bestimmt sind seine Worte, mit denen er sich um mich kümmert, um seinen Sohn. Ich bin sechzehn, mit ungeschickt runzeligen Fingern knöpfe ich das Hemd auf, drücke die Knöpfe aus den eingelaufenen Umrandungen ihrer Schlitze. Mein Vater trocknet mir mit dem Handtuch die Brust ab. Die konzentrierte Miene ist ein Zeichen von Zuneigung. Meine Mutter sammelt die Jacke und das Hemd ein. Noch am Eingang bücke ich mich ergeben und schnüre meine Stiefel auf, übergebe sie, wie auch die aufgeweichten Socken, meiner Mutter. Meine weißen Füße werden langsam wieder gelenkig; die feuchten Zehen reiben sich aneinander, um sich wieder zu spüren. Mein Vater ist schon auf seinen Platz zurückgegangen. Mit nacktem Oberkörper, das Handtuch auf der Schulter, gehe ich mich umziehen.

Ich kehre zurück in die Küche, überrascht darüber, wie die Zeit, die ich allein im Zimmer war, beinahe an mir vorübergegangen ist, ich die Haut abrieb und ein weiteres Handtuch durchnässte, es sich mit Regenwasser vollsaugen ließ, dann dieses Gewand auswählte, schön glatt und weich, das Kohlebügeleisen noch im Gedächtnis, meine Mutter, die das Feuer anfachte, ihre Hand um den Holzgriff, das Gewicht des Metalls. Das Haar gekämmt, Streifen vom Kamm, so gehe ich zu meinem Vater. Wir sitzen still vor dem Feuer, Lichtschein, der uns berührt. Ohne seinen Blick von einer winzigen Flamme, die über einem Holzscheit züngelt, zu wenden, fragt mich mein Vater, warum ich nicht ein wenig gewartet habe, bevor ich die Rösterei verließ. Das Prasseln des Regens auf das Dach ist schon viel leiser, ich muss die Ohren spitzen, um es zu hören, vielleicht hat es schon aufgehört zu regnen. Gleich darauf stellt er mir Fragen über die Arbeit in der Rösterei und er hebt den Blick, um mich zu sehen. Dieses Interesse berührt mich, ist konkret wie bestimmte Worte. Mein Vater sieht mich an, wartet auf meine Antwort, hört mir zu, glaubt mir, was ich zu sagen habe. Die Aufmerksamkeit meines Vaters. Wie Stolz. Ich bin ein Mann von sechzehn Jahren, bin Manns genug. Die Aufmerksamkeit meines Vaters zerstreut alle Zweifel, löst sie in Luft auf.

Die Muskeln entspannen sich nun nach einem langen Tag ohne Pause, sind von Adern durchzogen, die nun die Blutzirkulation zur Ruhe bringen. Ich gebe Gedanken von mir, die mir zum ersten Mal durch den Kopf gehen, sie nehmen klare Gestalt an. Und ich höre zu sprechen auf, da ist die Stille des Feuers. Einen Flecken Zeit lang spüren wir diese Stille. Nach und nach steigt mein Vater in die Geschichte der Marke Camelo ein, Kaffee Camelo. Ich höre sie nicht zum ersten Mal, sie ist mir schon unzählige Male erzählt worden. Meine Augen waren Zeuge dieser Geschichte, und trotzdem begriff ich sie erst zur Gänze, als ich sie mit der Stimme meines Vaters frei erzählt und in Gesprächen zwischen ihm und meinem Onkel gehört habe. Nun nehme ich den Lauf der Handlung wieder auf, behaglich, erzählt mit derselben Wortwahl wie damals, als ich noch kurze Hosen trug, in der Schule, ein Knabe war. Die ursprüngliche Satzfolge erhöht den Wert ihrer Existenz, steigert diesen Augenblick, eine Zeit geflutet von Vergangenheit und Zukunft. Ich lausche der Stimme meines Vaters, fange seinen Blick auf, die Petroleumlampe, die Schatten des Hauses, und ich bin sechzehn: Die Anwesenheit meines Vaters, die vollkommene Sicherheit, die sie erlaubt, noch nicht wissend, was die Welt ist. Nie wieder werde ich zu diesen Tagen ohne Tod, zu dieser Unschuld, den Mühen gegen alle Hindernisse, den Mühen, alles zu schaffen, zurückkehren. Ja, ich bin ein Mann von sechzehn Jahren, doch einen Augenblick lang befreie ich mich von diesem Auftrag.

*

Er erinnerte sich an den Vater, das Gesicht des Vaters kam deutlich hoch, die lebendigen Augen, der Klang der Stimme, einige Ausdrücke, die er gebrauchte, die Art, wie er sie formulierte.

In der Helligkeit des Büros: der Nachmittag. Im matten Hintergrund zählte die Sekretärin Gründe auf: Sätze, Wörter. Der Text stieg vor ihnen auf, wie schematisch gegliedert: Themen, die sich unterteilten, mit anderen Themen Bezüge und

Zwischenbezüge aufbauten, die sich wiederum unterteilten. Doch die Sekretärin griff einen Satz heraus, indem sie ihn, Senhor Rui, mit seinem Namen ansprach, und er musste sehen, welche Reaktion von ihm erwartet wurde.

Letzten Endes war es nur ein rhetorischer Kniff, er kehrte zu seinen Gedanken zurück. Es lohnte sich nicht, gegen einen Tag wie diesen anzugehen. Bei derlei Angelegenheiten schickte er sich ins Unvermeidliche. Für Geschäftsführer gilt nun einmal, etwas zu bezwingen, heißt, sich zu verausgaben. Dieser Tag hatte eigenwillig begonnen. Der Ort, den er an diesem Nachmittag aufsuchen musste, ließ es nicht zu, sich auf andere Angelegenheiten zu konzentrieren. Doch schon vor langer Zeit hatte er gelernt, mit solchen Tagen umzugehen. Er hatte die Fähigkeit aufgebaut, sich, wenn nötig, zurückzunehmen, die Hände vom Steuer zu nehmen und zuzusehen, wie alles läuft, was er an langer Hand im Lauf der Jahre in die Wege geleitet hatte.

Er nahm Informationen über das Centro Educativo entgegen, das Kinderbetreuungszentrum, das auf den Namen seiner Frau getauft war. Alice, er wurde es nie müde, in seinem Inneren immer wieder ihren Namen auszusprechen. Er genoss es aus ganzem Herzen, Projekte dieser Art zu begleiten, ihren Fortgang abzuschätzen, aber es lohnte sich nicht, gegen einen Tag wie diesen anzugehen. Gehen musste er diesen Nachmittag an einen Ort in Campo Maior wie zu jedem anderen Termin; in seinen Gedanken hätte er viele andere Optionen gehabt.

Er erinnerte sich an die Tejobrücke, das Wasser da unten. Und er blinzelte. Die Sekretärin sprach ihn abermals mit seinem Namen an, Senhor Rui. Dieses Mal ging es darum, eine klare Feststellung zu akzeptieren, was er auch tat.

Er erinnerte sich an den Vater, das Licht der Petroleumlampe, der Geruch des Lampendochtes, die Flamme, die sich damit spielte, die Spitze des Dochtes zu erheischen, ein glühender Faden, und das andere Ende des Dochtes getränkt in rosafarbenem Petroleum, in seinem Behältnis eingerollt, und der Vater, der darauf blickte. In dieser Erinnerung war er sechzehn Jahre alt.

Mit sechzehn hatte er sich nicht all die Zeit vorgestellt, die er ohne seinen Vater würde leben müssen, er hatte sich nicht vorgestellt, dass es eine immens lange Zeit in seinem Leben geben würde, in der er damit wird leben müssen, nie wieder einen Vater zu haben. Ereignisse würden weiterhin stattfinden, der Lauf der Geschichte, doch nie wieder würde er einen Vater haben. Mit sechzehn hatte er nur Augen dafür, was an diesem und am nächsten Tag geschehen würde, aber mit neunundachtzig begriff er, dass es der Vater vielleicht bereits gewusst hatte. Er dachte, dass der Vater es vielleicht bereits gewusst hatte, wenn er ihn ansah, weil er, wenn er den Sohn und die Tochter, die Enkel und Urenkel ansah, es bereits wusste.

*

Dann und wann gönne ich meinem Kopf eine Pause, während die Kaffeeröstmaschine in Betrieb ist. Die Arbeit hält meine Gedanken nicht in Beschlag, der Körper bewegt sich eigenständig, die kleinen Schritte, die Gelenke der Ellenbogen, auch das anatomische Manöver des Körpers ist eine Maschine, die Muskeln mit den Knochen koordiniert, die Gedanken aber entfernen sich, schweifen dorthin, wo ich sie haben möchte oder wohin unsichtbare Fluten sie geleiten, Hänge eines zauberhaften Terrains. Es gibt den Schweiß, dick und heiß, es gibt einen Teil von mir, der ebenfalls bei dieser Arbeit geröstet wird, die Haut erhärtet wie Stiefelleder, aber selbst die Geräusche sind berechenbar, ich erwarte sie einen Nu im Voraus, und wenn sie auftreten, gehören sie dazu.

Doch es kann sein, dass mich jemand an der Schulter berührt oder eine Stimme mich ruft, zwischen Geräuschen hervorsticht, Rui, zwischen Motoren gerufen. Nun muss ich wieder ganz zur Arbeit zurückkehren, es gibt etwas, das ich lösen, eine Entscheidung, die ich fällen muss. So ist es, wenn niemand sonst sich in der Rösterei befindet, der dies tun kann, mein Onkel, mein Bruder, oder wenn einer von ihnen mir diese Entscheidung überträgt. Das Kriterium kann die Wahl zwischen hier oder dort? sein, oder es kann um ein Problem gehen, für das es keine Lösung gibt, was nun?, oder auch um eine Menge von Kaffeesäcken, die entladen oder anderswo gelagert werden müssen. In diesem Fall ist die Abhilfe einfach: Die Säcke werden mit den Armen umfasst, man kann sie ja umarmen und mit besonderer Technik über die Schulter werfen. Es kostet Mühe, mit einem Kaffeesack über der Schulter die Füße zu heben, die Fußsohlen graben sich in den Boden.

Es gibt hier Männer, die, auch wenn sie mich von klein an kennen, mein Alter nicht kennen und glauben, ich sei älter. Sechzehn Jahre ist nicht gerade wenig, es reicht aus, um sicher zu sein, was ich will, doch mir scheint, diese Männer bereits über dreißig, einige von ihnen schon weit darüber, würden mir nicht so viel Achtung entgegenbringen, wenn sie sich mein Alter ausrechneten. Wenn sie nicht doppelt so alt sind wie ich, dann deshalb, weil sie dreimal so alt sind, mit eigenen Kindern in meinem Alter und älteren, von denen einige auch hier arbeiten. Die Männer kennen mein Alter, lassen es aber absichtlich außer Acht, begegnen mir mit derselben Achtung und Wertschätzung, mit der ich ihnen begegne.

In den Morgen- und Nachmittagsstunden ging mir alles leicht von der Hand. Verglichen mit anderen Dienstagen verlangte die Arbeit nicht weniger ab, es ändert sich nichts an dem, was zu tun ist, es kann viele Formen annehmen, doch es bleibt immer das, was getan werden muss. Der große Unterschied bestand darin, dass ich mich an die Stimme der Mutter erinnerte, geflüstert, seit den Schatten der Morgenstunden, die Flammen, die im Feuer züngelten, ein Brotkanten, der mit den Zähnen gerissen wurde, im Kaffee aufgeweicht. Diese Erinnerung begleitete mich den ganzen Tag, die Stimme meiner Mutter, als sie mir sagte, mein Vater würde an diesem Abend, wenn ich von der Arbeit käme, zu Hause sein, es mir versicherte. An diesem Abend würden der Doktor, seine Frau und sein Sohn ihn endlich nach Hause lassen.

Als ich in der Morgendämmerung den ersten Fuß auf die Straße setzte, war der Tag schon ein einziges Grau in Grau, das Licht brachte sogleich diese Farbe des Himmels zutage, der Regen kam und ging, schoss in heftigen Schauern herab und hielt inne, fiel erneut und befand dann wieder, es wäre an der Zeit für eine Pause. Doch ungeachtet dieses Graus sah ich alles vor mir. Mein Vater würde todmüde, erschöpft von der Betreuung des verwirrten Doktorsohnes, nach Hause kommen. Die Medikamente beruhigen den Jungen, wenn man es schafft, dass er sie einnimmt, doch es gibt keine Apotheke, die durchschnittene Verbindungen instand setzt, es fehlt an Ersatzteilen. An den Gebärden meines Vaters, an der Art, wie er in seinen Beschreibungen, nie bis ins letzte Detail, bestimmte Wörter ausspricht, ist zu sehen, dass der Geisteszustand des Doktorsohnes schwierig ist. Und doch übertragen die Eltern neben dem Chauffeurdienst und noch zwei oder drei Dienstleistungen ihm die Aufgabe, sich um den Jungen zu kümmern, mit ihm kommen sie nicht zurecht, nur mein Vater bringt ihn zur Ruhe.

Der Nachmittag hat schon zu dunkeln begonnen. Ich habe noch aufgeräumt, den Tag abgeschlossen und den nächsten für seinen Beginn bereit gemacht. Nun gehe ich zum Tor, wo eine Gruppe Männer am Warten ist. Sie sind seit Arbeitsschluss hier, ihre Gesichter nur vom Regen beleuchtet. Das schaut gar nicht gut aus, sagt einer, als müsste er das Spektakel, dem alle beiwohnen, untertiteln: ein Wüten von dichten Tropfen, lärmendes Wasser, das sich in Strömen in den am Straßenrand laufenden Regenrinnen sammelt, Wasser, das anscheinend alles mit sich reißen möchte. Ich schlage mir den Jackenkragen hoch, um mich auf den Weg zu machen. Jemand fragt mich, weshalb ich nicht ein wenig warte, bevor ich die Rösterei verlasse. Ich lächle, das ist meine Antwort. Heute kann ich nicht warten. Ich habe meinen Vater zu Hause.

*

Als ich zum Einparken ansetzte, hörte es zu regnen auf. Die Scheibenwischer, die in redlichen Bögen über das Glas glitten, rutschten plötzlich ab, vom Weg abgebracht, ob ihrer Unfähigkeit verlegen, Gummi auf der trockenen Windschutzscheibe. Mir ist, als hätte die Sonne während der kurzen Schritte bis zum Amtsgebäude des Gouverneurs vom Verwaltungsdistrikt Portalegre, als hätte der ganze Praça do Corro, als hätten die Häuser von Portalegre gestrahlt, sowohl der Kalk als auch der Stein; und auch die Gymnasiasten, wohl eben in der Pause, frisch und putzmunter; doch kaum bin ich im Gebäude, beginnt es wieder zu regnen.

Der Polizist, der auf dem Bürgersteig beide Seiten des Eingangs bewacht hat, zieht sich bekümmert zurück, er mag keine feuchte Uniform. Was für ein Glück, ich schüttle die Arme aus Gewohnheit und nicht, weil es nötig ist, der Himmel wollte mich wohl verschonen.

Mein Lächeln trage ich bis zur Sekretärin des Gouverneurs. Normalerweise gefällig und gern zum Plaudern bereit, voll höflicher Floskeln, Verzeihung, bitteschön, ist ihre Miene nun angespannt. Die Arme, sie wird auch ihre Sorgen haben, wie wir alle. Schon lange standen wir einander nicht mehr von Angesicht zu Angesicht gegenüber, das Gemüt der Menschen stürzt eben auch einmal ab, so ist das Leben, die Fron von Tagen, Monaten, Jahreszeiten. Ich möchte ihr gern Trost spenden, lasse es aber natürlich sein, es könnte ja missverstanden werden. Es war die Sekretärin des Gouverneurs, die angerufen und den Termin zu dieser Stunde telefonisch hinterlassen hat. Ich bin pünktlich da, höre aber die ernste Bitte zu warten, und mit demselben Gesichtsausdruck verschwindet die junge Frau durch die hohe Tür des Büros. Nun ganz allein, muss ich mir den Hals verrenken, um die Decke zu bestaunen, ein schönes, kunstvolles Werk. Ich atme die Geräusche des Palais tief ein. Und da ist sie wieder, steif an der Seite der offenen Tür, gewährt sie mir förmlich Einlass ins Büro des Gouverneurs.

Die Tür schließt sich hinter mir von allein. Noch verfüge ich über ein Quäntchen Lächeln für den Gouverneur, einen Mann in schwarzem Anzug, schwarzer Krawatte, Herr über eine kleine Welt. Meine Zuvorkommenheit prallt gegen eine Mauer, die Augen des Gouverneurs glühen in der Stille. Für gewöhnlich wären vielleicht durch die noch so dicken Wände Geräusche von draußen gedrungen, wären durch das geschlossene Fenster, Scheiben aus einer anderen Zeit, gedrungen, wären unter der Tür hereingeschlüpft, knapp über dem mit einem Teppich belegten Boden, doch die Anspannung macht die Luft dichter, das Gesicht um die Lippen verkniffen. Man spürt die Sekunden. Nun die Fäuste auf dem Möbelstück vor sich geballt, nahe an einem Tintenfass aus Ebenholz und Silber, jedes Wort kontrollierend, informiert mich der Gouverneur, dass ich nicht für das Bürgermeisteramt vorgesehen sei, es mir an Befähigung fehle, sagt, dass ich einen Ausweg finden, den Platz jemand anderem, der sich besser für dieses Amt eignet, überlassen müsse.

Ich glaube, nicht recht zu hören, runzle die Augenbrauen, im Versuch zu verstehen. Welche Gründe mag der Gouverneur für diese Zurechtweisung haben? Irgendetwas hat seinen Sinn verloren, hat die Logik wie ein Streichholz geknickt. Das Blut pocht mir in den Schläfen. Ich habe eine Kehle, doch im Moment scheint sie nicht zu funktionieren. In meinem Kopf gibt es nur eine Frage: warum?

7

Weil ich von Marcello Caetano empfangen worden bin. Der Zivilgouverneur des Verwaltungsdistrikts Portalegre ist weit von der erwarteten Förmlichkeit entfernt, von einer jähen Raserei mit steigender Tendenz getrieben, weil ich von Marcello Caetano empfangen worden bin. Zu meiner Verblüffung sehe ich ihn immer mehr außer sich. Seine Umrisse nehmen Kanten an, seine Bewegungen sind brüsk, er öffnet und schließt den Mund mit einer Härte, als kämen die Wörter abgehackt und deformiert heraus. Von Marcello Caetano spricht er stets als Präsident des Ministerrats, so viel Anstand ist ihm noch geblieben, sei es, um ein Minimum an Korrektheit zu bewahren, sei es, weil er keine andere Sprache als die protokollarische kennt. Seine Heftigkeit aber schaukelt sich hoch und steigert sich in eine Erregung, in der ein Gebrauch von glatteren Ausdrücken angebracht gewesen wäre. Jetzt begreife ich die Anspannung der Sekretärin, sie steht wohl zitternd hinter der Tür.

Trotz alledem, vielleicht im Versuch, sich zurückzunehmen, den Zorn zu zügeln, macht der Gouverneur Pausen, um Luft zu holen. Diese Sekunden erlauben mir einige Aufmerksamkeit für das Büro, ich lasse meinen Blick auf den Büchern im Regal ruhen, Lederrücken, die Fensterscheiben im Regen matt, die Formen da draußen unter dem Wasser am Verzerren. Und da ist er wieder, der Mann, er kann nicht davon träumen, dass ich ihn in meinen Gedanken einen Mann nenne. Solche Gouverneure möchten nicht Männer sein, sind lieber Herren. Sie denken, sie seien als Eigentümer dieses Anrechts zur Welt gekommen, da sie gleich beim Verlassen des Mutterleibes jemanden gefunden haben, der ihnen beibrachte, dass es sie gibt: die Leute, die die einen bitten und die anderen befehligen.

Womöglich hat er sich aus dieser aristokratischen Überzeugung heraus einen Schnurrbart wachsen lassen, mit der Schere gestutzt, mit Wachs geformt, nicht imstande, auf der Oberlippe eine Position zu finden, ein krummer und mutwilliger Schnauzbart. Er fragt mich, was ich im Palast São Bento gemacht hätte, weshalb ich beim Präsidenten des Ministerrates um eine Audienz angesucht hätte. Der Schnauzbart gerät in die eine und in die andere Richtung aus den Angeln, kommt am Ende der Frage zur Ruhe. Vielleicht ist diese Stille ein Fallstrick, vielleicht kennt er die Antwort schon und möchte mich nur auf die Probe stellen. Meine ruhige Stimme steht im Kontrast zum Echo seines Gebrülls. Das Beben dieser Wut, die Nasenlöcher weit geöffnet, hält unsichtbar an. Beim Anschlag meiner ersten Silben bemerke ich sogleich, dass für einen wutschnaubenden Mann wie diesen die Ruhe, mit der ich antworte, eine Provokation sein mag. Gut so.

Mit allem Pomp, dessen auch ich fähig bin, informiere ich den Herrn Zivilgouverneur von Portalegre, dass ich eine kurze Zusammenkunft mit Seiner Exzellenz, dem Präsidenten des Ministerrats, hatte, mit dem Zweck, ihn zum Volksfest in Campo Maior einzuladen. Als hätte er es vernommen, nickt er in gespieltem Einverständnis mit dem Kopf und fragt mich, wobei er fast mit der Faust auf den Tisch donnert, wie ich dazu gekommen sei, diese Zusammenkunft zu vereinbaren, in das Wort Zusammenkunft legt er einen sarkastischen Ton. Doch er erwartet keine Antwort, hat davon schon Abstand genommen, wiederholt lieber, dass ich als Bürgermeister nicht für befähigt befunden werde, und zählt die Hierarchiestufen der öffentlichen Verwaltung auf, wobei er seine Position zwischen mir und Lissabon betont. Diese Richtigstellung macht er drei-, viermal, ich zähle schon nicht mehr mit. Für Gouverneure dieser Kaste ist fehlende Buckelei schlimmer als fehlender Respekt.

*

Mitten am Nachmittag änderte sich der Tag. Während er in Begleitung eines Vorarbeiters durch die Fabrik ging, vergaß er alles, was rund um ihn vorging, denn plötzlich erinnerte er sich an den Ort, den er später am Nachmittag aufsuchen musste, und noch schlimmer, er erinnerte sich, dass es schon dieser Nachmittag war.

Auf seinem Weg entlang der Geräte und Mitarbeiter in Aktion durch die Novadelta Fabrik, seinen Unternehmertraum, würdigte er die Uhr am Handgelenk keines Blickes, die Arme wie Pendel nahe am Körper, die Uhr links, zyklisch am Überholen oder Überholtwerden. Er hoffte, dieses Utensil vergessen zu können.

Die Zeit existiert nur, wenn wir stillhalten.

Helligkeit strahlte von den transparenten Platten oben an der Decke und von den Lampen, in regelmäßigen Abständen geometrisch angeordnet. Auf der Straße wartete der Chauffeur auf ihn. Er brauchte keine Uhr, um zu wissen, dass es an der Zeit war, er musste noch nach Hause, die Krawatte wechseln; doch er fand immer wieder eine wichtige Angelegenheit, stellte dem Vorarbeiter eine Frage, sie kannten einander seit Jahrzehnten, und so gingen sie abermals durch die Fabrik, geradewegs auf den Mitarbeiter zu, der sie beantworten können würde.

Er erinnerte sich an die Tejobrücke, Wasser. Er blinzelte.

Als es schließlich eine Antwort auf seine Frage gab, interessierte er sich über die Maßen dafür, was ihm der Mitarbeiter zu sagen hatte. Er vertiefte das Thema mit Befragungen, die den Mitarbeiter dazu nötigten, einen weiteren, einen Spezialisten auf diesem Gebiet, hinzuzuziehen, da sich bestimmte Details seiner Kenntnis entzogen. Man musste schon etwas sehr Besonderes finden, das dieser Mann, der die Arbeit von der Pike auf gelernt hat, nicht beantworten konnte, aber Senhor Rui drang in diese Winkel vor. Notwendigkeit und Schläue: Während er hier war, war er nicht an dem Ort, den er diesen Nachmittag aufsuchen musste.

*

Ich merke nicht, ob es regnet. Von meinem Blickwinkel aus kann ich es durchs Fenster nicht sehen. Der Himmel ist weiterhin weiß, wie die Häuser im Portalegre meiner Erinnerung. Die Gymnasiasten müssen wieder in den Pausenhof gegangen sein, den gedämpften Stimmen zu entnehmen, die dennoch bis hierher dringen, in dieses Büro gelangen, als würden sie aus der Stille, die sich in den letzten Momenten, ja vielleicht sind es Minuten, eingestellt hat, erblühen; es ist schwierig, innerhalb dieses zu keinem Ende gebrachten Themas die Zeit zu messen.

Als ich dabei bin, meine Beherrschung zu verlieren, wie der Gouverneur die seine verloren hat, fällt der Ansatz eines Wortes. Von der ersten Silbe an ist es zu sehen: Der Gouverneur hat seine Fassung wiedergefunden. Nachdem er sich in einem Wutausbruch ausgelassen hat, einem furiosen Festspiel an Gegeifer, kehrt er zur Mäßigung zurück, Strategie eines Schachspielers. Der Gouverneur und sein Schnauzer fragen: Wie haben Sie es bewerkstelligt, vom Präsidenten des Ministerrats empfangen zu werden?

Meine Laufbahn als interimistischer Bürgermeister von Campo Maior hat hier ihr Ende gefunden. Sie war eine schöne Schimäre, ich werde anderes finden, um etwas für meine Heimat zu tun. Die Industrie kann dem Volk vieles bieten. Der Zivilgouverneur blickt mich weiterhin an, wird jedoch keine Antwort erhalten, soll er sich doch mit dieser leeren Luft den Bauch vollschlagen.

*

Als er fragte, ob wir etwas zu essen für ihn hätten, teilten wir gerne. Seiner Haltung, der Jacke, dem Benehmen, der Brillantine nach zu schließen, war er eine honorige Persönlichkeit, und doch war ich verwundert, als er sich als Abgeordneter der Nationalversammlung vorstellte. Es ist schon klar, dass hier wichtige Leute anwesend sind, dennoch geschieht es nicht immer, dass man ein Stück Brot mit einem Abgeordneten teilt. Er kaute mit vollen Backen und rief einen Freund herbei, ist es Ihnen recht? Dem schnitt ich ebenfalls eine Scheibe ab, eine dünnere. Hier in den fast letzten Reihen der Tribüne taten wir uns keinen Zwang an und machten uns an die Brotzeit. Zu Beginn der Reden blickten meine Begleiter und ich einander mit demselben Gedanken an. Wohl aufeinander abgestimmt, zog einer von ihnen nach zehn Minuten das Brot aus der Innentasche seiner Jacke, der andere die Wurst, ich klappte das Taschenmesser auf und teilte aus. Alles nur Happen, als der Abgeordnete näher kam, gab es schon keine Wurst mehr, war nur noch ein Kanten Brot übrig, die Reden waren noch weit von ihrem Ende entfernt, sind es immer noch.

Die Geschehnisse scheinen nicht aktuell, sondern wie eine Erinnerung an längst vergangene Zeiten zu sein. Die Straßen von Campo Maior waren verwaist. Am Haus des Ersten war ich schon vorüber, wir hielten vor der Tür des Zweiten an, Motorenlärm erfüllte die Straße, das Scheinwerferlicht gab einen Weg zum Pflaster und zum Kalk frei. Die Tür öffnete sich und wir sahen ihn mit dem Proviant kommen. Er kletterte auf den Rücksitz, wo mein João Manuel mit seinen zwölf Jahren und verschlafenen Augen saß. Wir atmeten eine Duftwolke Kölnischwasser, Zwiebel und Rotwein ein, der Duft des frühen Morgens, feine, frische Luft. Vor der Abfahrt hatten wir noch etwas gegessen, doch der Einfall mit dem Proviant kam gut an. Die Frau des zweiten Begleiters erschien am Fenster und winkte zum Abschied.

Die Einladung zur Einweihung der Tejobrücke löste im

Rathaus ein großes Hallo aus, alle hatten etwas dazu zu sagen, doch am Vorabend legten nur diese beiden Begleiter und ich die Uhrzeit der Abfahrt fest. Meinen Sohn musste ich davon überzeugen, mitzukommen, er erinnerte sich an frühere Fahrten, lange Übelkeit, kurzes Vergnügen. Als ich ins Auto stieg, noch bevor ich die Mitreisenden aufsammelte und wir uns auf den Weg nach Lissabon machten, war in der Luft noch die Nacht zu spüren, tiefste und finsterste Nacht, nur der Form halber konnte man vom Morgengrauen sprechen, der Tag war noch in weiter Ferne. Stunden an Kilometern legten wir schweigend zurück, die Olivenbäume, mit der Zeit Schatten im Inneren der Dunkelheit, zogen an uns vorüber wie Gedanken, nach und nach nahmen sie in verschiedenen Tönen klare Gestalt an, blaue Olivenbäume, graue Olivenbäume und schließlich rote, gelbe Olivenbäume unter der vollständig aufgegangenen Sonne.

Als wir uns dem Bauwerk näherten: neue Straßen, das Auto verwundert dahingleitend, und ich dann nach dem Vorzeigen der Papiere, Einladung, Genehmigung, Ausweis, das Auto auf dem angewiesenen Platz parkte, wickelte der Begleiter, der neben mir saß, ein Brot in eine Serviette und verstaute es in der Tasche. Noch bevor wir ausstiegen, während ich eben die Scheibe hochkurbelte, bot sich der auf dem Rücksitz an, die halbe Wurst mitzunehmen, ebenfalls eingewickelt. Wir streckten die Beine aus, zupften die Bügelfalten zurecht und mussten dann nur noch der Menge folgen, um auf den Platz der Mautstelle zu gelangen. Mein João Manuel, der beinahe während der ganzen Fahrt geschlafen hatte, war schon ganz Feuer und Flamme, lief etliche Schritte vor uns her.

Diskret mache ich den Abgeordneten auf Brotkrümel aufmerksam, er wischt sie vom Rockaufschlag. Unter den aufgeblähten, ausgedehnten Worten eines Redners, denen einige

Leute vorgeben zuzuhören, stellen sich die Abgeordneten flüsternd vor. Wir stellen uns ebenfalls vor. Offenherzige Leute, ich habe gleich einen guten Eindruck von ihnen, wir verstehen uns, und als ich höre, einer sei aus Viseu, erwähne ich das Hotel Grão Vasco, in dem ich die Flitterwochen verbracht habe, kennen Sie es? Natürlich kennt er es, und so finden wir eine weitere Verbindung, wir kennen dieselben Orte. Ich gebe ihm meine Visitenkarte: Delta, Eigentümer und Geschäftsführer. Nachdem er sie studiert hat, öffnet er seine Brieftasche, verwahrt sie sorgfältig in einem Fach und zieht eine seiner Visitenkarten heraus, hält sie zwischen Daumen und Zeigefinger an der Kante fest und streckt sie mir entgegen. Um die Ansprache, die sich in Begeisterung steigert, nicht zu stören, flüstert er mir zu, ich möge ihn anrufen, wann auch immer, wirklich, rufen Sie mich an, wenn Sie was auch immer brauchen. Mit einem Kopfnicken, einem Heben des Kinns und des Blicks, verabschieden wir uns voneinander. Als die Abgeordneten zu ihrem Platz zurückkehren, bricht stürmischer Beifall aus. Alle applaudieren der Rede, die nun zu Ende ist, doch in meinem Kopf scheint mir, der Applaus gälte diesem Moment, als würden am heutigen Tag mehr Brücken eingeweiht als die, die sich über den Tejo spannt.

Der Morgen ist schon fortgeschritten, es ist nicht verwunderlich, dass die Abgeordneten Appetit bekamen, als sie uns schnabulieren sahen. Seitdem wir hier auf dem angewiesenen Platz auf der Tribüne eingerichtet sind, haben wir ein wenig von allem gehabt: die Marinekapelle, die die Nationalhymne spielte, die Trommel, die bei jedem Einsatz des Refrains donnernd wirbelte, ein Echo in den Rippen auslöste; die Schiffe, die Salven von Schüssen in den Fluss abfeuerten, ferner, weniger lautstark als die Trommel, und meine Begleiter, die Witze rissen, wer weiß, vielleicht schießen sie schon die Brücke, noch nicht einmal eingeweiht, in die Luft; die Auszeichnungen für die Erbauer der Brücke, eine Abordnung von Ingenieuren; und die offiziellen Ansprachen, wir warten immer noch, dass sie ein Ende finden.

Am Ufer, das von der Christusstatue steil abfällt, gibt es Menschenmengen, überall Menschen, bis hinauf zu den Füßen der Statue. Die Leute, die sich dort unbekümmert eingefunden haben, bedecken, so gut sie können, den Kopf: mit einer Jacke, den Handflächen oder einem dieser billigen Papierkäppis, die für zehn Tostões feilgeboten werden. Selbst hier auf der Tribüne, unter der Plane, habe ich schon Klagen über die Sonne gehört. Bekämen diese Leute auch nur einen Teil der Hitze von Campo Maior ab, würden sie vielleicht ihren Atem nicht mit so viel Gejammere vergeuden. Meine Begleiter scheinen diese Klagen nicht einmal zu verstehen, sie hören mit demselben Gesichtsausdruck zu wie bei anderen Szenen, die sie sinnlos finden, sie tun einfach so, als ob.

In sämtlichen Ansprachen kommt das heutige Datum meistens öfter als einmal vor: der 6. August 1966. Ganz gewiss wird dieser Tag in die Annalen eingehen, ein Gedenktag unserer Zeit und unserer Leben. Ich bin fünfunddreißig Jahre alt: Von meiner Geburt an bis hierher, welche sind die Daten meines Lebens? Die Tage, an denen meine Kinder zur Welt gekommen sind, der Tag, an dem mein Vater gestorben ist, die Hochzeit, der Tag, an dem ich beschlossen habe, Delta zu gründen? Doch ich bin mir sicher, es gibt auch eine Zukunft, sie ist gewaltig: Tage im Februar, März oder Oktober, die jetzt unbemerkt vergehen, anonyme Dienstage, so wie wenn wir nicht wissen, der Wievielte heute ist und jemanden fragen: Was ist heute für ein Tag? Doch irgendwann wird irgendetwas geschehen, das diesen Tag für immer in unserer Geschichte festschreibt. Wie eine Roulettekugel, die sich dreht und dreht und auf eine bestimmte Ziffer fällt. Von da an wird es nicht ein Tag wie jeder andere sein, wird für immer etwas sehr Gutes oder Schlechtes anzeigen, an das wir uns an diesem Jahrestag besonders klar erinnern, sei es, dass wir ihn feierlich begehen wollen, sei es, dass er uns beharrlich zermalmt: eine Wunde.

Die letzte Ansprache ist zu Ende und ungeachtet des Protokolls und des Anstands haben alle das Bedürfnis nach Bewegungsfreiheit, haben das Verlangen, die Muskeln zu rühren, die Glieder zu lockern. Als wir von der Tribüne hinabsteigen, gibt es wieder einen Himmel, dort fliegt ein Hubschrauber, ein Insekt, das nicht von uns ablässt, sich entfernt und immer wiederkommt, auf kreisförmigen Wegen. Ich freue mich, dass mein João Manuel das alles erlebt. Inmitten der Menschenmenge gibt es an verschiedenen Stellen Fernsehkameras, ein Teil von ihnen auf den Präsidenten der Republik, den Kardinal und den Präsidenten des Ministerrats gerichtet. Meine Begleiter machen mich auf etwas aufmerksam: Ich stelle mich auf die Zehenspitzen und mache in der Ferne die Abgeordneten von vorhin aus, die diese hohen Persönlichkeiten begrüßen. Man darf niemals einen einfachen Bittsteller um Brot abweisen.

Kollektiver Applaus bricht los, als Tausende Tauben freigelassen werden, sie zerstreuen sich am Himmel, gleichsam als visuelle Darstellung dieses Beifalls, der ganzen Begeisterung, die zu spüren ist. Meine Uhr geht genau, es ist fast eins. Nach der feierlichen Eröffnung der Brücke wird abermals die Nationalhymne gesungen, ein triumphaler Abschluss mit Feuerwerkskörpern. Die Fernsehkameras gleichen behäbigen Tieren, die nicht wissen, wohin sie sich wenden sollen. Ich denke, meine Frau, Alice, kann mich in Campo Maior sehen, stelle mir diese Grenzüberschreitung als möglich vor.

Langsam gehen wir zum Auto, tauschen dabei Gedanken aus. Am hingerissendsten ist mein Sohn: und das?, und das dort?, und das da drüben? In einem Durcheinander, wie sie ihm gerade durch den Kopf gehen, denkt er an Bilder, die wir vor Kurzem gesehen haben. Wir suchen einen der raren Schatten auf, um die Reste unserer Brotzeit, die noch im Auto liegt, zusammenzukratzen. Es ist nur wenig und ganz warm, Brot wie frisch aus dem Ofen, Wurst wie aus dem Kamin, Wein am Köcheln. Wir warten bis drei Uhr, rund um uns gibt es viel zu sehen.

Es fehlen noch ein paar Minuten bis zur festgesetzten Zeit, doch die Autos sind schon bereit, auf der Straße aufgereiht, einige mit laufendem Motor. Wir schwitzen. Es ist kurz nach drei Uhr, als wir uns wie vereinbart in Bewegung setzen, eine langsame Prozession, doch es kommt der Moment, in dem wir die Brücke näher kommen sehen, riesig, modernes Rot, unwirkliche Pfeiler in Begegnung mit dem Himmel, und die Autos schieben sich über die Brücke, ein Heer von Blechbüchsen, Menschenstimmen sind zu hören, sie kommen aus den Fenstern, vorfreudiges Staunen. Und die Reifen setzen tatsächlich auf der Brücke auf, wir sind so weit entfernt vom Fluss, in solch einer Höhe, es ist, als würden wir fliegen, da unten liegt Lissabon, eine schöne Stadt. Ob gut oder schlecht, es ist diese Stadt, nach deren Pfeife wir tanzen. Ich werde Alice und Helena hierherbringen, meine Frau auf dem Beifahrersitz, meine Schwiegermutter zusammen mit ihren Enkeln auf der Rückbank. Und viele Firmentransporte werden sich über die Brücke wälzen. Mögen die Schrauben fest angezogen sein, denn viele Ladungen Kaffee, geröstet und verpackt, werden sich hier darüber wälzen, der Firma wird es zugutekommen.

Bewegt kommen wir am Ende der Brücke an, folgen dem

Verkehrsstrom, um in Lissabon einzufahren, bewundern die Schilder, gestochen scharfe Buchstaben. Weder meine Begleiter noch ich sind Männer vieler Worte, jeder behält seine Gefühle für sich. Auch João Manuel mit seinen zwölf Jahren ist schweigsam, scheint plötzlich reif geworden zu sein. Am Abend wird ein Galadiner stattfinden, ein Fest mit Feuerwerk, doch morgen muss ich diesen freien Tag einarbeiten, auch wenn es ein Sonntag ist. Bremsend oder einen Gang zurückschaltend, löse ich mich nach und nach aus der Menschenmenge, durchquere Lissabon und nehme direkten Kurs auf die Brücke bei Vila Franca de Xira, eine alte Freundin.

*

Senhor Rui erinnerte sich an gar nichts, war in die logischen Abläufe versunken, vermochte in diesen Überlegungen Zuflucht zu finden. Doch schon bald, in einem unbedachten Moment, erinnerte er sich an die Schule, Rui hat die Aufsicht, der Lehrer, der ihn anweist, auf die Mitschüler aufzupassen, Regen, der gegen die Schulfenster schlägt. Er erinnerte sich an: nein. Nein. Er unterbrach die Erinnerungen. Das Gedächtnis kann unerträglich sein. Er kehrte in die Fabrik zurück, an den Ort, an dem er sich befand.

Die Fabrik bewahrte die Geräusche und die Temperatur. Die Angestellten nahmen die folgenden Bewegungen schon vorweg. In bestimmten Momenten hoben sie das Kinn, um aufzumerken, wenn der Vorarbeiter oder der Chef die Runde machten. Zwischen den Maschinen waren Stimmen zu hören, doch auf die Entfernung waren sie nicht zu verstehen.

Wie in einem Spiel hatte der Vorarbeiter den Rhythmus schon verinnerlicht. Mit derselben Aufmerksamkeit, die

Senhor Rui auf der Suche nach offenen Fragen in das Gespräch legte, in die Details der Informationen und der Miene des Gegenübers, wählte auch der Vorarbeiter die Begriffe und schätzte die Reaktion auf das Gesagte ein. Sie sahen einander in die Augen, alles Übrige fand sich von da aus. Es war ein Wechselspiel an Reaktionen.

Als Senhor Rui nicht imstande war, den Takt zu unterbrechen, und eine neue Frage stellte, machte sich der Vorarbeiter sogleich daran zu antworten und beugte seinen Körper in die Richtung der Stelle, um die es ging, doch Senhor Rui unterbrach ihn.

Basta, dachte er bei sich. Er konnte es nicht länger aufschieben. Es gab einen Ort, den er aufsuchen musste.

8

Ihm war, als würde der Chauffeur schon weit vor der Aufbahrungshalle das Tempo drosseln. Von einem Moment zum anderen zogen die Häuser an der abfallenden Straße langsamer vorüber, die Fassaden zweidimensional, das Weiß der einen im Weiß der anderen fortgesetzt. Vielleicht wurde das Auto schon langsamer, als er von den Erinnerungen an zu Hause abließ, frische Erinnerungen, die Frau, wie sie ihm helfen will, komm her, die Frau, wie sie ihm die Krawatte richtet, Alice, erst vor wenigen Minuten, Alice, wie sie ihm im Sitzen, er über sie gebeugt, mit ausgestreckten Armen die schwarze Krawatte zurechtrückt. Das neumodische Auto erlaubte es nicht, aus dem Geräusch des Motors Schlüsse zu ziehen. Vielleicht war die Temporeduktion der Sensibilität des Chauffeurs zuzuschreiben. Die Reifen auf dem Pflaster, der Gummi der Reifen auf dem Granit des Pflasters. Anstatt die Zeit aufzuschieben, belud das langsamere Fahren jedoch jeden Augenblick mit noch größerem Ungemach. Eine Straße folgte unvermeidlich der anderen, Wege, die Senhor Rui fest eingraviert hatte. An so vielen Orten war er schon gewesen, doch Campo Maior kann man mit nichts vergleichen. Im Inneren der Stille und des Kalks wohnen Gedanken. Campo Maior ist ein Städtchen, das denkt.

Trotz aller Vorkehrungen hielten sie plötzlich vor der Aufbahrungshalle. Mit einer anderen Einstellung hätte er den Chauffeur gebeten, etwas seitlich zu parken, ein paar Meter davor oder danach. Wer nahe der Tür war, Männer mit Händen hinter dem Rücken verschränkt, hielt inne, ohne die geringste Regung, ohne Worte, und sie blickten nur in seine Richtung, analysierten jede seiner Bewegungen. Und plötzlich verwandelte sich jede Bewegung, auferlegt oder zufällig, in eine Etappe, die Knie steif, die Knöchel ebenso, bis hin zu bestimmten Gelenken, die er noch nie bemerkt hatte und die nun beschlossen, nicht mehr mitzumachen. Angesichts derart mangelnder Agilität stieg er mit Verrenkungen aus dem Auto: ein Bein, das sich nicht abwinkeln ließ und sich gleich darauf überstreckte, der Fuß auf der Suche nach dem Boden, eine Schulter eingezogen, ohne sich gerade richten zu lassen. Auch beim Treppensteigen, eine Treppe mit vielleicht zehn Stufen, dieselbe Schwierigkeit, an den Handlauf geklammert, machte es ihm Mühe, die Beine abzuwinkeln. Der Chauffeur, der das Auto schon geparkt hatte, kam eiligen Schrittes herbei, kam jedoch nicht dazu, ihm Hilfe anzubieten. Senhor Rui drehte ihm den Oberkörper zu und hielt ihn mit einem Blick davon ab, er brauchte nicht den Mund zu öffnen.

Als er die oberste Stufe erreicht hatte, zwei Schritte, bevor er die Aufbahrungshalle betrat, war er allein. Die Männer um ihn herum zählten nicht. Der Nachmittag roch nach dem Rauch filterloser Zigaretten, beißende Asche. Die Männer blickten ihn an, ließen nicht davon ab, ihm mit Blicken zu folgen, doch auch sie begriffen, dass er, wenn auch körperlich hier, in Wirklichkeit an einem anderen Ort weilte, wohin sie nicht gelangen könnten, auch wenn sie es noch so gewollt hätten. Vielleicht begrüßten sie ihn deshalb nicht, es wäre ein sinnloses und lächerliches Unterfangen gewesen. Auch Senhor Rui erkannte die Differenzen. Als er noch im fahrenden Auto saß, in gewisser Entfernung, machte er ihre Gestalten aus, und aufgrund der Art, wie sie miteinander sprachen, aufgrund ihrer Körperhaltung stellte er sogleich fest, dass sie die Totenwache ganz anders empfanden als er. Dass er sich darüber so im Klaren war, entsprang seinen ins Gedächtnis eingegrabenen Erinnerungen. Es war noch nicht lange her, da dachte er genauso wie diese Männer. Vierzig und mehr Jahre lang, fünfzig oder sechzig und mehr Jahre hatte auch er zu der Gruppe gehört, die meinte, angesichts des Alters des Verstorbenen mit seinen mehr als achtzig Jahren sei der Tod etwas Normales, sei zu erwarten gewesen.

Sterben ist eines der Verben, bei dem es zwischen der ersten und dritten Person einen erheblichen Unterschied gibt. Stirbt ein Er, ist es das Leben, verdient womöglich einen Augenblick des Innehaltens, den Blick kurz gesenkt, oder gar nichts; stirbt ein Er, findet womöglich gar keine Reaktion statt; stirbt ein Ich, bricht die Welt zusammen und es gibt kein anderes Thema.

Als am Vorabend, schon nach dem Abendbrot, die Hausangestellte mit dem entgegengestreckten Telefon auftauchte, war sein erster Impuls, sie zu schelten. Es war nicht die Zeit für

Telefonate, und abgesehen davon war sie instruiert worden zu melden, wer am Apparat war, und erst mit Einverständnis den Hörer weiterzureichen. Doch außer dem ausgestreckten Arm der Hausangestellten war da noch ihr Gesicht, mädchenhaftes Bekümmern. Senhor Rui gab ein Zeichen, da zu sein, hallo, wartete eine sekundenlange Stille lang ab und erfuhr, dass sein engster Freund im Lissabonner Krankenhaus Santa Maria verstorben ist, wie es seit einer Weile bereits zu erwarten war.

Nachdem er aufgelegt hatte, wollte er lieber nicht gleich sprechen, blickte ins Leere. Weise, wie sie war und dachte, wartete die Frau, bis er ihr erzählen würde, was los war, und so geschah es auch, dann im Schlafzimmer, Alice, Alice. Und erneut fiel er in Schweigen. Senhor Rui stellte sich beim Einschlafen die Frau seines engsten Freundes vor, er kannte sie sehr gut, und die Söhne und Töchter, er stellte sich beim Einschlafen vor, wie sie auf nächtlichen Straßen dem Leichenwagen bis Campo Maior folgten, die Brücke überquerten, die über den Tejo führt.

Er betrat die Aufbahrungshalle, und vor dem Weiß der Wände machte er just als Erstes die Frau seines engsten Freundes aus, mit hängenden Schultern, inmitten der Nachkommenschaft von Söhnen, Enkeln, Schwiegertöchtern. Da man von Senhor Ruis Eintritt Notiz genommen hatte, hob die Witwe die Stirn, löste sich noch mehr auf, als sie ihn erblickte. Die Enkel kamen näher. Senhor Rui war Pate von drei dieser Enkel, ebenso von zwei Söhnen. Er ging den offenen Sarg entlang, ein Flecken am Rand des Gesichtsfeldes, und wandte sich der Witwe zu. Sie brauchten nichts zu sagen. Als sie sich erhob, standen sie einander gegenüber und reichten einander die Hände, sie mit Schmerz in der Miene, er diesen am Verbergen, wie Männer es tun. Um sie herum waren die Söhne, die Enkel und vielleicht auch ein Urenkel. Jedem wurde die Hand gedrückt. Alle erwiesen ihm die entsprechende Ehrerbietung, dem wichtigsten Mann der Gegend, Freund des Vaters, Pate, Patron. Wie der am Vorabend verstorbene Vater, der Großvater ihrer Kinder, hatten alle Söhne für Senhor Rui gearbeitet oder taten es noch. Die beiden ältesten waren schon in Rente, vertrieben sich gerne beim beliebten Scheibenwerfen die Zeit, doch die anderen arbeiteten noch Vollzeit, jeder auf seinem Gebiet.

Es war einer der Älteren, weiße Augenbrauen, der ihm mit einer Geste den Weg zum Sarg des Vaters wies. Das wäre nicht nötig gewesen, Senhor Rui wusste, was er dort zu tun hatte. Der Duft der Blumen und des grünen Beiwerks rund um das Sargende erfüllte die Luft der Aufbahrungshalle. Den Kranz der Firma Delta brauchte er nicht zu suchen, er sah ihn sogleich, er war der größte.

Er erinnerte sich an die Totenwache für seinen Vater, im Inneren dieser Erinnerung war er siebzehn Jahre alt, die Mutter, der Bruder und die Schwestern waren verschwommen hinter ihm, so, wie nun die Familie seines engsten Freundes hinter ihm war. Er erinnerte sich daran, wie er auf den Sarg des Vaters zugegangen war, der Körper dort drinnen gebettet, bereit für die Erde.

Seit dem Moment, als er zum ersten Mal feststellte, an zu vielen Totenwachen teilzunehmen, waren schon Jahre vergangen. Er musste sich anstrengen, diese Zeit aufzurufen, dieses erste Mal, als er das Gefühl hatte, dass alle Leute am Sterben waren. Dann folgten abwechselnd Momente, in denen er sich an die Sterblichkeit gewöhnte, und andere, in denen er wieder Bedrückung empfand, die, obwohl immer seltener, jedes Mal schwerer wog. Als die Aufbahrungshalle gebaut wurde, vielleicht vor fünf, sechs Jahren, hörte er auf, zum Friedhof zu gehen. Er pries das Werk allerseits, ein kleiner Beitrag zur Lokalpolitik, doch das wahre Motiv war die wachsende Qual, die ihm Begräbnisse verursachten, sie verdarben ihm an diesen Tagen das Abendessen. Es waren schon zu viele. Er hatte nicht nur das Gefühl, alle Leute würden sterben, er begann zu empfinden, dass alle bereits tot waren. Eine traurige Neuigkeit seiner achtzig und noch mehr Jahre. Was sich mit dem Alter nicht änderte, war die Erinnerung an die Totenwache für den Vater. Bei sämtlichen Trauerzeremonien für mehr oder weniger nahe Verstorbene erinnerte er sich jedes Mal an die für seinen Vater. Sie war die Schablone, in die er seine tiefe Abscheu vor der Sterblichkeit goss.

Als er seinen engsten Freund sah, legte er sein Kinn auf den Ansatz der Brust. Der Verstorbene war alt. Auf der Haut, grob und entspannt, über dem Gehirn bleich und verbraucht, eine unnatürliche Farbe, vielleicht der Tod, vielleicht der späte Nachmittag, das ungewöhnliche Licht, das in die Halle einfiel, machte er Züge ferner Tage aus. Er erinnerte sich an damals, als sie, noch Jungen, am Spielen waren; was sie sich nicht alles ausgemalt haben, in diesem Augenblick schien ihm, dass sie sich nicht alles haben ausmalen können, was das Leben war, Jahre und Jahre, schnelle und langsame, volle. Er erinnerte sich an das Gesicht, nicht an das, das er hier leblos vor sich hatte, sondern an jenes, das alterte, wenn sich ihre Wege in der Fabrik kreuzten, der Angestellte, der mit dem Patron sehr vertraut war, der engste Freund, erinnerte sich an die Taufen der Kinder und Enkelkinder, fröhlich und herausgeputzt. Er erinnerte sich an das Lächeln, so einfach, so aufrichtig. Und nun sah er ihn für immer ernst, eine männliche Puppe im Schlaf. Er verlegte sich darauf zu glauben, die Krawatte wäre für den Kloß in seiner Kehle verantwortlich, aber so war es nicht.

Was würde Senhor Rui nun tun, wenn am folgenden Tag, einem Samstagmorgen, der Freund beerdigt wird? Er wurde sich des Bruchs seiner jüngsten Gewohnheit bewusst, das Tor zu durchschreiten, den Gang entlang zu gehen, zwischen Marmor, Namen, Fotografien auf Email, so viele Menschen, die er kannte, der Schatten von Zypressen, Bäume mit vertikalen Wurzeln. Den ganzen Freitag hatte er in flüchtigen Momenten, von Gedanken gemartert, geistesabwesend, den morgigen Gang zum Friedhof in Erwägung gezogen, die Feindseligkeit des offenen Grabes, Farbe und Geruch von Erde, doch das war nur ein Ablenkungsmanöver vom Denken an den Ort, den er diesen Nachmittag würde aufsuchen müssen, den Ort, an dem er sich in diesem Moment befand: nun wieder die Aufbahrungshalle, der Sarg seines engsten Freundes. Abgesehen davon war der Samstag zu nahe am Sonntag, er wollte die Absichten, die er für den Sonntag hegte, nicht beeinträchtigen, zu nahe war der Tod dem Leben.

Er hob seinen Blick, noch immer diese Halle: auf der einen Seite die Familie seines engsten Freundes; auf der anderen Menschen, die den Tod eines Mannes von neunundachtzig Jahren, praktisch seines Alters, seines Jahrgangs, 1931, drei Monate jünger als er, zu rechtfertigen wussten, Menschen, die davon überzeugt waren, zu verstehen, wie die Natur verläuft, naive Illusion. Ungeachtet des Dufts der Blumen und der Desinfektionsmittel, mit denen der Körper gewaschen worden war, machte ihm die gedankliche Rückkehr in die Aufbahrungshalle alles völlig klar, als verstünde er plötzlich alles. Zusammen mit seinem engsten Freund hat er sich viele Male auf die Grenze eingelassen, das eine Land und das andere Land. Der Tod ist ebenfalls eine Grenzlinie zwischen zwei Seiten, man kann über diese Linie blicken, ein klein wenig sehen, nur das, was nahe ist, und sich weit mehr vorstellen. Doch der Tod gestattet keinen Schmuggel. Geht man, gibt es keine Wiederkehr oder, falls es sie gibt, taugt nichts, was man von dort bringt, für hier.

Sonntag, in Gedanken ließ er diesen Tag schon heranwachsen. Langsam wandte er sich zu den Familienangehörigen seines engsten Freundes um. Nickte ihnen zu, ernst und respektvoll, mehr wurde nicht erwartet. Sie schöpften voneinander Kraft, die Witwe war der Mittelpunkt, sie erhielt am meisten, sie benötigte am meisten. Und sie bereiteten sich auf den langen Abend vor, der bereits anbrach, lange Stunden, unendlich lang, eine Tortur, die zu ertragen ihnen unmöglich schien, und doch würde am Samstag über ihrer Trauer der Morgen des folgenden Tages anbrechen.

Senhor Rui trug den Sonntag bereits in sich, noch in der Aufbahrungshalle, doch schon am Ausgang. Der Gedanke an den Sonntag beflügelte ihm die Schritte. Er gelangte oben auf der Treppe noch zur rechten Zeit ins Freie, um einen Rest Klarheit vorzufinden, den Himmel über Campo Maior. Tief sog er die Luft in die Lunge ein, spürte ihre kühle Frische. Und bemerkte in diesem Augenblick, dass er die ganze Zeit, die er dort drinnen gewesen war, kein einziges Wort gesagt hat.

9

Die Krawatte legte er nicht ab, nur das Jackett. Endlich das Abendessen. Lange hatte sich der Freitag hingezogen, Bruchstücke von Eindrücken kamen während der Suppe und der Unterhaltung in ihm hoch, ein Wetterleuchten vor ihm, Blitze, die seine Gedanken durchzuckten. Er achtete darauf, wie Alice sich beim Essen Zeit ließ, wie sie die Suppe auf dem Löffel ausbalancierte, ihre Umsicht, ja keinen Tropfen zu verschütten. Plötzlich aber schweifte Senhor Rui zu den Oleandersträuchern beim Stadion Campomaiorense ab, bis ins kleinste Detail, sogar ihren Duft konnte er wahrnehmen; oder er sah sich klar und deutlich in einem ganz bestimmten Moment des Nachmittags im Auto sitzen, bereits ganz in der Nähe des Landguts Herdade dos Adaens, das Licht durch die Scheiben gefiltert. Nun aber legte die Frau den Löffel auf den Teller und die Hände auf den Tisch, suchte sich von der Anstrengung auszuruhen und ihren Mann zurückzuholen. So ließ Senhor Rui von den bruchstückhaften Erinnerungen ab und, als würde er den Kopf schütteln, berichtete er nun wieder über die Totenwache, beantwortete die Fragen, die ihm gestellt wurden.

Diese Minuten, die erste Hälfte des Abendessens, liefen so ab: die Zärtlichkeit, die Senhor Rui empfand, als er seine Frau mit ihrer Beharrlichkeit und ihrem schönen Namen, Alice, ansah, als er sah, wie sie die Schwierigkeiten mit dem Besteck und den kleinen Gesten meisterte, die Blitze, die Senhor Rui ohne Vorankündigung trafen und sich seiner Gedanken bemächtigten, die Rückkehr zu den Erzählungen über die Totenwache, die Beschreibung aller Einzelheiten auf Bitten der Frau, die nicht mitkommen konnte, derlei Ausgängen nicht mehr gewachsen war, die Menschen jedoch keineswegs vergaß. Das Alter ist ein Geschäft voll Unwägbarem, eine unlogische und ungerechte Ökonomie. Wo war das Alter, von dem er mehr hatte als die Frau? Die kurze Phase, in der sie nur ein Jahr auseinander waren. Jedes Jahr gab es diese Wochen, diese paar Monate, in denen der Altersunterschied nur ein Jahr betrug. Es fehlte nur wenig, dass die Zahlen übereinstimmten, zwei gerade oder zwei ungerade Zahlen, augenscheinlich parallel, doch wo war dieser Altersunterschied jetzt?

Nun aber der Sonntag. Als die Hausangestellte das Speisezimmer betrat, eingehüllt in eine wohlige Aura, stolz auf die goldene Kruste, die sich im Ofen über dem Stockfisch und den Zwiebeln gebildet hatte, nahm das Gespräch eine Wende. Davor hatte sie als Unterbrechung der Stille und der unterdrückten Seufzer zuerst der Frau des Hauses, die nur ganz wenig nahm, serviert und dann dem Hausherrn, der ebenfalls nur ganz wenig nahm. Gleich nachdem die Hausangestellte den Raum verlassen hatte, begannen sie während der minuziösen Operation mit den Gabelzinken und dem Messer über den Sonntag zu sprechen. Streng genommen war sie es, die die Initiative ergriff, wollte sie doch den Enthusiasmus, der sie zum Strahlen brachte, mit ihm teilen. Es gab tatsächlich Lichtstrahlen, die durch die Augen drangen, die aus ihrem Mund austraten, während sie von all ihren Plänen für den Sonntag sprach. Sie sprach über all das, was stattfinden würde, als wäre sie sich der Sache absolut sicher, als würde sie alles genau in diesem Moment erleben, als wäre alles ein Faktum.

Es war einfach, sich an die Worte der Frau zu heften, war Musik, über Sohn und Tochter, die Enkel, Urenkel zu hören, all die Portionen Zukunft, großzügige Vervielfältigung von Hoffnung. Und er nahm auch den einen oder anderen Ziergegenstand wahr. Und erinnerte sich an Felipe González. Kurz wich er ab, kehrte jedoch sogleich zum Gespräch mit der Frau zurück, verlor nicht den Faden, trug das eine oder andere Mal mit irgendeiner Bemerkung dazu bei, sagte, was sie hören wollte, freute sich daran, sie erfreuen zu können, seine Frau mit dem schönen Namen Alice, ein Name, der sich gut immer wieder sagen lässt. Es waren immer sie beide, er mit seinen neunundachtzig und sie mit achtundachtzig, neun Wochen lang nur mit einem Jahr Altersunterschied, die sich unter dem Lüster des Speisezimmers miteinander unterhielten, es war genau dieser Augenblick, als die beiden sich miteinander unterhielten und dann und wann mit den Gabelzinken ein Stückchen Stockfisch aufspießten.

*

Auf Bitten der Großmutter faltet mein João Manuel das Tischtuch auseinander und breitet es über dem Tisch aus. Zwei Schritte entfernt erlebe ich, wie sich der Junge mit dieser Arbeit abmüht und trete deshalb näher, um ihm unter die Arme zu greifen. Jeder von uns kümmert sich um seine Seite, kaum haben wir es geschafft, taucht meine Helena auf und hält mit beiden Armen in Brusthöhe fünf Teller. Wir brauchen nicht lange, wie lange weiß ich nicht, bis wir den Tisch fertig gedeckt haben, Servietten, Brotkorb, alles.

Ich bin nicht imstande zu sagen, wie viele Minuten verstrichen sind, fünf oder zehn, ebenso wenig kann ich sagen, welches Jahr wir schreiben. Ich könnte zwei, drei Berechnungen anstellen: Ich weiß, dass es nach dem 25. April ist, das kann man an der Transparenz der Luft ablesen; noch in den Siebzigerjahren, meine Kinder sind schon zwanzig und soundso viele Jahre alt, oder ganz nahe daran. Ich könnte weitere Berechnungen anstellen, aber es tut nichts zur Sache. Eine derartige Tüftelei würde den Genuss, hier zu sein, verderben.

Sammeln wir genügend Zeit an, verwandeln sich die Sonntage in einen Lebensabschnitt. Wir erinnern uns an die Sonntage als eine Einheit, ganze Jahre von ausschließlich Sonntagen, ganze Jahreszeiten von nichts als Sonntagen: die Sommersonntage, Herbstsonntage, sämtliche Wintersonntage und dann wieder die Verheißungen der Frühlingssonntage. Es waren durch Wochen getrennte Tage, denen Samstage mit ureigenen Illusionen vorangingen, gefolgt von Montagen mit genauem Tagesplan, unseligen Aufgaben, die zu erledigen waren, doch all das löst sich auf, bis nur ein Gemisch aus Sonntagen bleibt. Indem sie erlebt werden, verwandeln sie sich in dieses Gemisch, gleich einem sonntäglichen Mittagessen ohne Ende, das unaufhörlich aus seinem Inneren erwächst.

Meine Schwiegermutter betritt den Raum mit ihrer Spezialität, einer Auflaufform mit überbackenem Stockfisch, ein perfektes Mahl für diesen Augenblick. Gleich danach bringt ihre Tochter, meine Frau, Alice, das Besteck, mit dem wir uns bedienen werden. Wir sind bereit, verbleiben in dieser besonderen Stunde, versuchen sie im Lauf des Lebens viele Male zu wiederholen. Über den Tisch hinweg vermengt sich unsere Zufriedenheit, mein Sohn streckt den Arm aus, um an den Brotkorb zu gelangen, meine Tochter hebt ein Glas Orangenlimonade an die Lippen, meine Frau stimmt uns aufeinander ab, meine Schwiegermutter lächelt, ist in diesen Augenblick eingetaucht, atmet diese Luft.

Wir sind eine Momentaufnahme. Es gibt das Verstreichen von Sekunden, vielleicht von Minuten, es gibt die Gesten, doch wir sind eine Momentaufnahme, sie füllt die ganze Zeit, die uns gehört.

*

Die Stimme von Mário Soares am Telefon. Ein Staatsmann, jawohl. Die Stimme von Mário Soares am Telefon trage ich in meinem Gedächtnis, als würde ich sie noch immer hören, als hätte ich den Telefonhörer am Ohr. Die Schuhsohlen setzen auf dem Boden auf, finden ihn beinahe nicht. Die Stimme von

Mário Soares schert sich nicht um das Tempo, in dem ich die Korridore entlangeile, ich steige Treppen hinab, öffne Türen.

Die Sekretärin im Rathaus hat mein Büro betreten und mich flüsternd darauf aufmerksam gemacht, ans Telefon zu gehen. Ich antwortete in normaler Lautstärke, von ihrer plötzlichen Befangenheit überrascht. Es ist Mário Soares, fügte sie hinzu, wobei sie den Namen lediglich in die Luft modellierte, ihr Mund die Sprechbewegungen ausführte, ohne einen Laut auszustoßen. Ich ging ans Telefon, das auf dem Tisch stand, ja bitte? Mein teurer Freund, sagte Mário Soares, schon bei der Begrüßung sein Anliegen darlegend, ohne Zeit zu verlieren, ohne ein Stückchen Lebenszeit zu verlieren, ganz Portugal in Erwartung.

Diese Szene fand vor Minuten statt, das Gespräch war kurz, es gab keinen Grund, es zu verlängern. Wir wissen, was wir wollen, einmal gesagt, ja oder nein, fertig. Auf eben diese Weise gehe ich auch, ich verlasse das Rathaus, steige in mein Auto, Tür, Motor, all das, und fahre durch die Straßen von Campo Maior, schlage das Lenkrad in die gewünschte Richtung ein. Meine Gedanken schieben sich in die Erinnerung an die Worte von Mário Soares am Telefon, ein Sermon, der an Korpus verliert, der sich auf dem Straßenpflaster oder am Kalkweiß abreibt.

Ich betrete die Kaffeerösterei Delta, ohne verschiedene Personen, die sich über meine Eile wundern, gebührend zu begrüßen. Ich gehe in die Küche, unterbreche den Abwasch von großen Töpfen und trommle das Personal zusammen, das nun innehält und mich still ansieht. Alle wollen wissen, was ich ihnen zu sagen habe. Ich reibe die Lippen aneinander. Erzähle, dass Mário Soares und Felipe González morgen nach Campo Maior zum Mittagessen kommen. Wir werden sie in der Genossenschaft Progresso Campomaiorense empfangen und ihnen ein Mittagessen auftischen. In den Augen der absolut zuverlässigen Frauen sehe ich die Reaktion auf diese Nachricht, sie haben Tücher um den Kopf gebunden und die Augen weit aufgerissen.

Immer mit der Ruhe. Sie atmen beim Zuhören tief durch, stellen fest, dass ich ganz entspannt bin, auch, dass ich lächle, werden aber wieder nervös, als ihnen klar wird, um wie viele Münder es sich handelt, wenn man das portugiesische und spanische Komitee zusammenzählt. Entmutigt lassen sie den Kopf hängen. Noch dazu sind die Sozialisten gute Esser, klagt eine der Frauen. Immer mit der Ruhe, und ich erkläre ihr, ich hätte Mário Soares gesagt, da so kurzfristig angekündigt, müssten sie essen, was wir essen, anders ginge es nicht. Wenig überzeugt, sagt dieselbe Frau, wohl um sich selbst zu überzeugen: Wenn das so ist, nun, was am meisten ausgibt, ist ein *cozido de grão*. Ein alentejanischer Kichererbseneintopf mit Fleisch, das klingt sehr gut für mich.

*

Die Papiere auf dem Tisch, wie die Worte eines Buches vor ihm aufgereiht. Jedes dieser Papiere hatte eine Bedeutung. Er hatte sie schon geordnet und deshalb genügte es, sie durchzusehen, er wusste augenblicklich, was sie enthielten, wozu sie dienten. Aufrecht sitzend, zeichnete die Tischplatte oberhalb seiner Körpermitte eine Linie, was seinen Armen Bewegungsfreiheit gewährte. Hin und wieder musste er nach einem Blatt greifen, das weiter weg lag, und dabei überflog er alle anderen Blätter. Viele davon waren von der Sekretärin ausgedruckte E-Mails, in Mappen organisierte Korrespondenz, bereit, nach

Hause mitgenommen zu werden, wo Senhor Rui sie las und eigenhändig beantwortete. Nur das unbedingt Nötige geriet in seine Hände, die Sekretärin verstand sich vortrefflich auf die Selektion. Auf dem Tisch lagen auf einem separaten Stapel auch Rechnungen, seine persönliche Buchführung beizubehalten, darauf legte Senhor Rui Wert. Es gab noch weitere Arten von Dokumenten, weitere kleine Stapel, einzelne Visitenkarten, laufende Angelegenheiten.

Wie spät es wohl war? Daran dachte er, sah jedoch nicht gleich auf die Uhr. Stattdessen legte er die Hände auf das Gesicht. Er nahm die Brille ab und strich sich mit den Handflächen über die Augen. Diese Massage und diese Sekunde Dunkelheit benötigte er, um frische Kraft zu tanken. Als er zum elektrischen Licht und zu den Bildern zurückkehrte, spürte er klar und deutlich, dass er allein war. Die Frau hatte sich zurückgezogen, er wusste nicht, wie lange das her war. Plötzlich, gleich einer Erinnerung, dachte er genau in diesem Augenblick, dass die Familie seines engsten Freundes noch in der Aufbahrungshalle für den Verstorbenen Wache hielt, er dachte an die Nacht über dem Tod. Genau dieser Moment, in dem er hier war und, wie ein unmögliches Wunder, auch an jenem Ort, in jenem Schmerz. Der Körper seines engsten Freundes, auch er existierte in diesem selben Augenblick, im Sarg liegend, in Erwartung.

Der Freund, mit all seinem Elan, den Senhor Rui an ihm gekannt hatte, war schon nicht mehr Zeuge dieser konkreten, genauen Zeit, dieses Augenblicks. Auf dieselbe Art und Weise würde eine Zeit kommen, die auch ohne ihn weitergehen würde, ohne seinen Willen: die erste Nacht nach seinem Tod, die erste Woche und danach das Jahr, das unentwegt ablief. Er stellte sich diese Zeit vor, nahm die Zeit, in der er sich befand, als Bezugspunkt. Der Tod erschien ihm als eine Art absolute Einsamkeit, für immer allein in einem Winkel des Hauses.

Hier, an diesem Punkt von Zeit und Raum, gab es ungeachtet der Abwesenheit seiner Frau die starke Präsenz ihres Namens, Alice, er wusste, er würde sie später sehen. Auf dieselbe Art und Weise wusste er ungeachtet der Abwesenheit seiner Kinder, Enkel, Urenkel, dass sie sich an irgendeinem Ort befanden und sie einander in Zukunft garantiert wiedersehen würden. Er stellte fest, dass es unter den unzähligen Materien, die das Leben ausmachen, eine Abwesenheit gibt, die den Tod zulässt.

Wie spät es wohl war? Wäre das Leben ein Tag, so wäre die Kindheit der Beginn des Morgens, in allem nichts als Verheißung, wäre das Erwachsenenalter der Nachmittag in allen Abstufungen bis hin zur Dämmerung, wie spät wäre es in seinem Leben? Er blickte noch immer nicht auf die Uhr, nun absichtlich. Mit Bedauern, aber auch mit Akzeptanz zog er den Schluss, in seinem Leben wäre es genau so spät, wie es nun war, vor dem Einschlafen, den Schlaf schon im Sinn.

27. März 2021

1

Irgendetwas in mir weckt mich. Ich brauche keine Uhr und auch niemanden, der mich an den Schultern rüttelt, mich beim Namen ruft, Rui. In diesem ersten Augenblick bin ich mit dem Dunkel eins, bin ein Teil davon. Von seinem Innersten aus erkenne ich nach und nach die Formen der Welt und auf diese Weise nehme auch ich Form an. Als Erstes erkenne ich in der weiten Dunkelheit die Anordnung der Wände, spüre ihre vertikale Position, seinerzeit mit dem Senklot genau ausgerichtet. Dann erkenne ich, ebenso in dieser unendlichen dunklen Dichte rund um mich, die Höhe der Decke, Schutz gegen den Morgenhimmel in weiter Ferne. Bald danach räume ich ein, dass das Bett, in dem ich liege, keine Oberfläche ist, die im All treibt, ohne Richtung und Gewicht dahinsegelt; es ist ein Bett, das mit vier Beinen auf dem Boden steht, Holz, das bei der geringsten Bewegung ächzt. Erst dann beginne ich, Geräusche zu unterscheiden, die verwaisten Straßen und Gassen von Campo Maior, von Hunden und anderen schlaflosen Tieren bevölkert, vielleicht eine kleine Brise und näher, genau hier, der Atem meines Bruders, tief, Luft, die ihm in die Nasenlöcher strömt, ein Röhrenwerk passiert, bis sie in der Lunge ankommt, wo sie verarbeitet und durch dasselbe Kanalsystem zurückgegeben wird, mit dem einzigen Unterschied, nun vom Mund ausgestoßen zu werden, über die oberen Zähne, die halb offenen Lippen, paff, eine Atemwolke. Des ganzen Zimmers bewusst, bin ich mir auch meines Körpers bewusst, der Information, die über die Haut übermittelt wird: die Temperatur, die Struktur des Bettzeugs und, im Kontrast dazu, meine eigene Dichte, mein eigenes Volumen, meine eigene Präsenz. Der Augenblick findet sein Ende, als ich aufzustehen beschließe. Das ist bereits meine ureigene Entscheidung.

*

Irgendetwas in ihm weckte ihn. Er brauchte keine Uhr und auch niemanden, der ihn an den Schultern rüttelte, ihn beim Namen rief, Senhor Comendador. Während dieses ersten Augenblicks war er mit der Dunkelheit eins, war er ein Teil von ihr. In seinem Gedächtnis erkannte er langsam die Form von allem, was ihn umgab, den Rauminhalt des Zimmers, das Mobiliar, die Dekoration und, über das Gebäude hinaus, begann er, die Straßen von Campo Maior zu erkennen. Dieses mentale Bild zeichnete er nicht so sehr mit alldem, was er tatsächlich hörte, das Trommelfell noch träge, sondern vor allem mit Erinnerungen an andere Tage, andere Märzsamstage, an denen er zu dieser Stunde schon unterwegs war: Hunde in Hinterhöfen, Blicke durch schmiedeeiserne Gitter, vielleicht eine Brise, die durch die Bäume des Stadtparks strich. Und diese Bilder brachten Geräusche zuwege, die Krallen der Hunde auf dem Pflaster, ein Gewinsel verhaltener Gereiztheit und die Blätter der Bäume wie eine rauschende Menge, die sich kollektiv wundert oder empört. Gleich darauf die Geräusche im Zimmer selbst, die Existenz: die Frau, Alice, so zart am Atmen, trotz der Defekte dieser in zwei, drei Schüben ausgeführten Luftbewegung, der zweite und dritte Schub vorige korrigierend, Alice, der Ausstoß ihres Atems gleich einem Seufzer riesiger Erleichterung. Des ganzen Raumes bewusst, war er sich auch seines Körpers bewusst, seiner Haut und seines Alters, noch neunundachtzig Jahre. Er erinnerte sich daran, als er zwölf war, wenn er am frühen Morgen neben seinem Bruder aufwachte, es waren Samstage wie dieser, doch er war zwölf und deshalb war alles anders. Er schloss mit dieser Erinnerung ab, und dann dieser Moment, als er aufzustehen beschloss. Das war schon seine ureigene Entscheidung.

*

Mein Bruder António verhaspelt sich beim Atmen, als würde er einem Traum hinterherlaufen und plötzlich über seine eigenen Ideen stolpern. Schlaftrunken wacht er im Zimmer, in dem ich mich im Dunkel anziehe, auf. Ich zwinge mich dazu, nicht über das ungeschliffene Morgenständchen zu lachen, mir entkommt nicht einmal ein Kichern, das mich in der Nase kitzelt, doch muss ich ärger gegrinst haben, als ich dachte, denn selbst ohne Licht wird mein Bruder auf mich aufmerksam und schimpft, machst du dich über mich lustig?, stößt ein paar leere Drohungen aus, du wirst schon sehen, und verstrickt sich in schlechte Laune. Ich höre ihn aufstehen, sich kratzen, sich strecken, gähnen. Um Spritzer zu vermeiden, erleichtert er die Blase auf Knien in den Nachttopf, der frische Urin wühlt den Geruch des Urins von mitten in der Nacht auf. Er braucht lange dazu, das Depot ist randvoll. Bei den letzten Strahlen, unregelmäßig und ersterbend, ist er schon wacher und besser gelaunt. Als Erstes zündet er ein Streichholz an, das Gesicht meines Bruders, sein Körper und die Winkel des Raumes werden von diesem leuchtenden Punkt, den er zwischen zwei Fingern einer Hand festhält, mit Schatten gezeichnet. Und er zündet die Kerze an. Ich bin schon angezogen, es fehlen nur noch die Stiefel. Das Kerzenlicht erwärmt die Luft, durchwärmt den Geruch der Körper, von Körperfett und Schweiß auf dem Bettzeug.

Bevor wir ins Freie gehen, während mein Bruder die Beine in die Hose einfädelt, die Schnürsenkel bindet und sich mit der Hand durch die Haare fährt, debattieren wir über die Herkunft eines verdächtigen Geräusches. Nachdem wir den Unterschied zwischen Eingeweiden und über den Boden scharrenden Stuhlbeinen analysiert haben, schneiden wir das Thema der Urheberschaft an, eine unnütze Debatte, da wir nur zu zweit sind, ist das Ausschlussverfahren leicht anzuwenden: Wenn ich es nicht war … Im Grunde genommen beweist dieser Disput unseren Gefallen an der Redekunst, an der Lust zum Gespräch. Mein Bruder führt die Diskussion mit derselben Umsicht, mit der er den Nachttopf auf die Straße transportiert, starker Arm, Ellenbogen im rechten Winkel, ein wachsames Auge auf die Wogen Urin, die bei jedem Schritt anmutig und bedrohlich auf den Bürgersteig schwappen. Die Debatte endet mit einem Unentschieden, als wir am Rinnstein ankommen und mein Bruder sich duckt, um den Nachttopf auszuleeren. Schweigend warten wir auf das Ende des Strahls und dann auf den letzten hartnäckigen Tropfen. Als mein Bruder sich aufrichtet, genießen wir die Muße dieser frischen Stunde. Es ist bald vier Uhr morgens, wir benötigen keine Kirchenglocke oder Armbanduhr, haben den Rhythmus verinnerlicht. Auch bei den Insekten, die auf den Erdstreifen zwischen den Steinen des Bürgersteigs flink dahinwuseln, verhält es sich so, und bei den Vögeln, die nachts rege sind, und den anderen, die den Morgen besingen und schon irgendwohin unterwegs sind, und selbst bei der Straße, die eng zum Praça da República führt, begrenzt von einer Hauswand nach der anderen, bereits erwacht, nur noch in Erwartung des Tages, um ihr belebendes Kalkweiß zur Schau zu stellen.

Massive und zarte Lichtstreifen zeichnen ein Muster in die Tür. Es ist mein Bruder António, der sie öffnet, er benutzt dazu den Ellenbogen, die Schulter und die freie Hand. Unser Vater und unsere Mutter machen weiter, womit sie gerade beschäftigt sind, sie blicken nicht in unsere Richtung, wissen schon Bescheid. Unser Vater kümmert sich im Sitzen um die beiden Scheiben Brot, die eben über dem Feuer rösten. Unsere Mutter wäscht eine Schüssel ab. Wir wissen, was zu tun ist. Ich schließe die Tür, für ein paar Minuten vergessen wir die Straße wieder. Mein Bruder stellt den Nachttopf auf den Boden, Email gegen Stein, in die Ecke, von der er später zum Waschen abgeholt wird, schneidet mit dem Klappmesser eine Scheibe Brot ab und setzt sich zum Vater. Ich nehme die Schüssel entgegen und zerbröckle Stückchen von hartem Brot. An den Wänden der Schüssel laufen noch Wassertropfen hinab. Mein Vater und mein Bruder treten mit Brotscheiben, die ihnen die Fingerkuppen verbrennen, an den Tisch. Meine Mutter kommt mit der dampfenden Milch herbei. Das gelbe Licht der Petroleumlampe mit ihrem beißenden Geruch ist das Glied, das uns eint, das uns in einen Mechanismus von vier miteinander verbundenen Teilen verwandelt. Wir wissen, dass meine Schwestern noch fehlen, ihre Namen, Cremilde und Clarisse, vergessen wir nicht, vergessen nicht, wie es sich anfühlt, wenn sie hier sind, Cremilde schläft noch, wird bald auftauchen, wenn die Männer schon das Haus verlassen haben, und Clarisse, noch ganz klein, ist bei ihren Paten, wir vergessen sie nie, sie ist ganz nah. Doch nun verstreichen mein Vater und mein Bruder die Butter, die auf dem gerösteten Brot zerläuft, meine Mutter gießt die heiße Milch über die Brotbröckchen in der Schüssel, sie saugen sich voll, sind weiße Krumenschwämme. Mir steigt der Milchdampf ins Gesicht, ich atme ihn ein und nehme das Licht auf, das uns eint, die Zeit in ihrem Innersten ist dicht.

Mit dem ersten Löffelvoll verbrühe ich mir die Zungenspitze, alle lachen, nur meine Mutter nicht. Auf den zweiten blase ich lange und geduldig, bevor ich ihn einschlürfe. Im dichten Licht der Petroleumlampe, in seinem Gewicht, zirkulieren die Stimmen meiner Eltern und meines Bruders. Ich stecke ein weiches Bröckchen Brot in den Mund. Ganz langsam drücke ich es mit der Zunge an den Gaumen, spüre die lauwarme Milch aus seinem Inneren quellen. Ich stelle mir vor, eines Tages ein eigenes Haus zu besitzen, eine eigene Fabrik, eine Kaffeerösterei. Ich stelle mir die Arbeit vor, die ich heute tun werde, die Maschine bedienen, die heißen Kaffeebohnen aufschütten, Kaffeesäcke tragen, doch die Fabrik als die meine, die ganze Arbeit unmittelbar zu meinem Profit. Ich führe die Schüssel an die Lippen, um die auf ihrem Grund verbliebene Milch auszuschlürfen, der Rest ist das Beste.

*

Helligkeit stimmte den Samstag ein, zuerst im Badezimmer, üppige Helle im matten Fenster reflektiert, in den verchromten Wasserhähnen, im Porzellan des Waschbeckens und im Spiegel, der wiederum sein Gesicht reflektierte, sein Gesicht aus dem Schlaf geschreckt, wie es von Natur aus war, noch vor der Körperpflege, die ihm Haltung verleihen würde. Auf dem Rückweg ins Schlafzimmer holte die Helligkeit dann aus sämtlichen Spalten und Ritzen das Maximum aus sich heraus, genug, um ihm ausreichend Licht beim Ankleiden zu bieten, Kleidung, am Vorabend ausgewählt, die Sicherheit aller Tage: der Gummi der Socken über den Knöcheln, über Haut und Haar; das Zuknöpfen des Hemds, von unten nach oben, jeder Knopf mit seinem Moment auf den Fingerspitzen; die Hemdschöße in die Hose gestopft, Stoff in der Begegnung mit Wärme glattgestrichen, der Gürtel mit der Schnalle geschlossen, Lösung und Vollendung zugleich. Wohl gab es die Ziffern des elektronischen Weckers, er hätte nur das Kinn heben, auf der Suche nach Gewissheit den Hals in die richtige Richtung drehen müssen, doch es war Samstag, er war neunundachtzig Jahre alt, schätzte lieber die Güte des Lichts ab, um mittels dieser Methode zu erkennen, wie spät es war. Selbst durch die beinahe geschlossenen Jalousien gefiltert, durch die Gardinen, den langen Korridor und die geschlossene Tür, reichte die Helligkeit für all diese Verrichtungen aus.

Wie ein Gebirgszug, Alice, zeichnete der Körper der Frau einen Horizont, eine Linie, die sich ausdehnte und, lange Sekunden später, wieder zusammenzog. Auch diese Wellen zeigten die Zeit an, verliehen dem Anbruch des Samstags Rhythmus. Er spürte die Präsenz der Frau auf dem Bett, während er die Schuhe anzog, genau so, wie er sie gespürt hatte, als er aufstand, als er die Matratze räumte, während er im Badezimmer war und dann, als er zurückkam, versehen mit Gesten und Gedanken. Deshalb erkannte er auch den Moment der Veränderung, trennte ihn vom Moment davor: Die Frau rührte sich, Alice, ein Bein angewinkelt und gleich darauf ausgestreckt, ein Arm auf das Laken gesunken und eine Silbe im Inneren des Atems. Das war genau der Moment. Alice wusste, dass ihr Mann schon auf den Beinen war, sie erwachte, zur Mitte des Bettes gewandt, zum leeren Platz, zum Platz des Mannes hin, doch musste sie seine Abwesenheit nicht ertasten, um sie zu erkennen, es war Samstag und sie wusste nur zu gut, wie die Samstage für gewöhnlich abliefen. Obwohl eben erst erwacht, tauchte sie aus den Erinnerungen früherer Tage auf, durch das Gewühl der Träume ins Unbewusste gekehrte Erinnerungen, und so konnte sie diesen Samstag im Jahresablauf, den 27. März 2021, den außergewöhnlichen Vortag des folgenden Tages, genau einordnen. Sie erwachte gut gelaunt und ungekämmt, mit einem Lächeln in alle Richtungen.

Ihre Heiterkeit wies den Ehemann an, die Jalousien ein wenig aufzuziehen. So gelangte mehr Samstag über die Teppiche, flutete das Zimmer, das Bett, aus dem Alice sich mithilfe ihres Mannes erhob, zuerst zum Sitzen aufgerichtet, dann ein Bein, danach das andere Bein, von ihrem Mann am Arm gestützt, das Nachthemd über den Körper fließend, die Schultern weiß. Zu zweit richteten sie Alices Füße in den Pantoffeln ein und gingen zum Badezimmer, Schritt für Schritt. Vor Monaten hatte Senhor Rui den Samstag zum freien Tag der Hausangestellten, die täglich diese Dienste versah, ausersehen. Sie waren aufeinander abgestimmt, ihre Bewegungen liefen synchron, in einer einstudierten Abfolge ab, Choreografie. Ihre Unbefangenheit gestattete, dass Alices Stimme von den Wänden des Badezimmers widerhallte, reibungslos über die glatte Oberfläche der Badewanne glitt. Angeregt sprach sie über den folgenden Tag, es gibt kein Alter, wenn man glaubt, morgen würde es besser sein als heute.

In ihrer Mädchenstimme vermengten sich der Morgen und die Namen von Sohn und Tochter, der Enkel und Urenkel, vermengte sich das Geräusch des Wassers, das frisch aus dem Wasserhahn lief und in dieses Licht, in diese Stunde einfloss, und die Stimme wurde zum Frühling, wenn sie die Namen der Kinder, Enkel und Urenkel nannte. Das Mädchen Alice, voller Würde in ihrer plötzlichen Jugend, der Ehemann, der ihr das Handtuch reichte, Wassertropfen auf ihrem Gesicht, Begeisterung in ihren Augen und ein paar stumme Sekunden lang, mit dem Handtuch bedeckt, die Berührung mit dem Frotteetuch, die Augenbrauen zerzaust, dieselbe ungebrochene Begeisterung und der Ehemann, der ihr mit der Spitze des Zeigefingers die Brauen glatt strich.

Dann wieder das Schlafzimmer. Auf den Möbeln noch

immer Samstag. Senhor Rui konnte die Stimme seiner Frau nicht von dieser unbefleckten Reinheit, einer Reinheit, die man atmen konnte, trennen, und von so viel beschwingtem Geist angesteckt, geriet auch er in gute Stimmung, doch nun war die Frau dabei, sich anzukleiden, und das ging ganz langsam, mit stockenden Bewegungen, jede für sich allein, da war eine ganz besondere Anmut, eine Art Geheimnis, ein Zauber, zu dem man nur nach vielen Jahren findet, Alice, dieser Name durchzog die Zeit, und die Zeit war das Leben. Während die Frau sich anzog, Stoff auf der Haut, war Senhor Rui Zeuge vieler Altersstufen seiner Frau, in denen er sie auf die Art wie eben ansah, das Mädchen Alice, sie beide, als sie Eltern wurden, Großeltern, immerzu ihre Gesellschaft, all die Male, wenn er ihr etwas erzählen wollte, all die Male, wenn er hoffte, sie würden zusammen sein, um ihr etwas zu erzählen, und auch hier, sie beide, Alice beinahe angezogen, er in ihrer Erwartung, in Erwartung seiner Braut.

Das Frühstück war serviert, erwartete sie. Er half seiner Frau auf den Stuhl, ging um den Tisch und setzte sich. Er betrachtete all das Angebot vor sich, der Samstag machte die Farben der Speisen noch lebendiger. Gedankenlos führte er die Kaffeetasse an den Mund. Und verbrühte sich die Zungenspitze, erschrak, ließ sich jedoch nichts anmerken, die Frau bemerkte es gar nicht. Die Gesten, die er angedacht hatte, verhielt er, konzentrierte sich auf die Phasen, die seine Zungenspitze durchlief, bis sie zur Ruhe kam. Er erinnerte sich an das gemeinsame Essen mit den Eltern und dem Bruder, erinnerte sich an das Haus, als er zwölf Jahre alt war, den frühen Morgen vor der Arbeit, den beißenden Geruch der Petroleumlampe in der Luft und im Gedächtnis. Vor ihm, auf der anderen Seite des Tisches, war die Frau in irgendein Thema vertieft, noch immer mit Begeisterung im Blick, Alice, das Mädchen. Rui, für einen Moment Junge, hatte eben richtig Lust auf Milchsuppe, griff nach einer Schüssel und einem Löffel, Milch in einem kleinen Krug. Er erinnerte sich an den Brocken Brot in seinem Mund, die Struktur des Brockens, den er mit der Zunge an den Gaumen gedrückt hatte, und wie die warme Milch aus seinem Inneren gequollen war. Er verspürte deutlich diese Lust, Milchsuppe, dieses Wort aus dem Mund seiner Mutter, mehr als auf alles andere Essen hatte er Lust auf Milchsuppe, er sah um sich, suchte den ganzen Tisch ab, doch es gab kein hartes Brot.

*

Wo bin ich? Ich strecke mein Schlüsselbein in die Richtung des Sterns, es war mein Onkel Joaquim, der mir beigebracht hat, diesen Stern von allen anderen zu unterscheiden, es ist der spanische Stern. Nun kann ich schon nicht mehr auf den Nachthimmel blicken und nur ein Durcheinander von Tupfen sehen, Lichter, die sich zu Strahlen ausdehnen, wenn ich die Augen halb schließe. Wenn ich jetzt den Kopf hebe, finde ich stets dieses Bild vor, wie eine Landkarte dort oben, eine Ortsbestimmung. Das Gelände kenne ich gut, Dickicht, das an den Stiefeln schrammt, ein vertrautes Geräusch der Jahreszeit, doch der Neumond schafft eine Nacht von dunklen Schatten vor noch dunkleren Schatten. Deshalb verfehle ich ab und zu den Weg. Die fünf Männer hinter mir bauen auf mein Wissen. Wenn auch älter als ich, sind einige von ihnen Neulinge auf dieser Route; andere verlassen sich auf mich, da sie ihren Kopf mit Gedanken dieser Güte lieber nicht strapazieren, sie wissen, dass die Nacht unermesslich ist, wir haben noch einen weiten

Weg. Wir sind zu sechst, ich und sie, meine Schritte ziehen für ihre Schritte die Spur, so verläuft unser Marsch, der Aufprall der Sohlen auf der Erde und, wenn es sich ergibt, auf dem Dickicht von Zistrosen und trockenem Stechginster. Und auch das Schweigen der ersten Zikaden des Jahres, Grillen am Eingang ihres Baus, unbekümmertes oder scheu verstecktes Getier, gleichmütige Fledermäuse über unseren Köpfen, Eulen, die in verschiedenen Tonlagen rufen. Weit in der Ferne, als Vision: Spanien, Felder wie diese, in Richtung des Sterns, den der Winkel meines Schlüsselbeins anzeigt. Und in bestimmten Momenten, wie der Zufall es will, irgendein Zeichen unserer Präsenz: einer der Männer, der dritte oder vierte, der aus grunzenden Tiefen seine Nase hochzieht, ein anderer, der mit einem Schluckauf an seine Brotzeit zurückdenkt; ein Gespucke hier und dort, zum Zeitvertreib. Lediglich Geräusche der Natur, lediglich das konstante Tempo der Schritte, die Stiefelsohlen, das Dunkel fürchten wir nicht, was wir fürchten, sind die *carabineros*, nicht ihretwegen oder wegen ihrer hässlichen Miene, wenn sie Spanisch sprechen, sondern weil sie den Kaffee behalten. Wir schleppen die wertvolle Ladung nicht kilometerweit, um sie uns von irgendeinem *carabinero* abnehmen zu lassen, wie von diesem Alarcón, über den man dort spricht, oder von diesem del Pino und anderen, die wohl niemanden haben, der zu Hause auf sie wartet, und nicht einmal eine Matratze, auf der sie ihre Knochen ausstrecken können, so viele Nächte schieben sie Wache, hinter Sträuchern versteckt. Ich bin ein Schatten unter Schatten, bin eine Gestalt, unterscheide mich nur mit Mühe von der Nacht und dem Korpus von sechs Köpfen, den ich zusammen mit den Männern hinter mir bilde. Wo bin ich? Ich bin auf dem Weg. Ich ging von einer Stelle los und wenn ich die Grenze überschritten habe, werde ich an einer anderen Stelle ankommen. Dort angekommen, werde ich ein anderer sein, aber weiterhin ich bleiben. Als würde ich von einem Alter ausgehen, eine ganze Nacht durchschreiten, eine auf dem Boden gezogene Grenzlinie überschreiten und in einem anderen Alter ankommen.

2

Mário Soares macht ohne Hemmungen auf Spanisch. Das Sakko über die Stuhllehne gehängt, die Hemdsärmel hochgekrempelt und die Ellenbogen auf dem Tischtuch aufgestützt, beugt er sich nach vorn. Amüsiert scheint Felipe González die Hälfte zu verstehen, während er Krumen aus dem Brot pickt. Soll er nur. Sicher ist sicher, wer weiß, was es zum Brot noch gibt. Zugleich bezweifle ich, dass er in Madrid Brot solcher Güte findet, in der Stille der vergangenen Nacht gebacken, Eichenscheite, die im Ofen knistern. *Por supuesto*, natürlich, sagt Felipe González hin und wieder, mit runden Backen voller Brot. Mário Soares hat diese Unterstützung nicht nötig, doch wie man sehen kann, weiß er sie zu würdigen. Wir sind zu fünft oder zu sechst, die ihm still zuhören.

Über Politik haben sie schon genug gesprochen, nun ist ihnen nach anderen Themen zumute. Mário Soares erzählt von Zwischenfällen, die ihm passiert sind. Wir müssen die Ohren spitzen, um die Geschichten zu verstehen. Auch wenn er laut spricht, gut artikuliert und sich auf das Halten von Reden versteht, ist seine Stimme in den Lärm, der im Saal herrscht, eingehüllt. Es sind viele Leute da, Sozialisten von der einen und der anderen Seite der Grenze, Politiker mittleren Ranges im Geleit der Titanen. Auch die Aspiranten haben ihre

Sakkos über die Stuhllehne gehängt, den Krawattenknoten und Hemdkragen gelockert, den Weg freigemacht, um mehr Luft zu bekommen. Wer in der Nähe ist, bekommt mit, worüber sie sprechen; von hier aus kann man nur das allgemeine Geschwätz hören, ohne die Kollegen beleidigen zu wollen. Die Zuhörer essen aufgeschnittene Oliven und spucken die Kerne auf die Handfläche, oder sie vertreiben sich, wie Felipe González, die Zeit mit einem Stück Brot. Die Redner laben sich natürlich an ihren Worten.

Mit Terrinen beladen, tritt ein Heer von Männern und Frauen ein und verteilt sich in Richtung der Tische. Felipe González sieht mich an und fragt: *bacalao*? Ich schlucke, erkläre ihm in einem Kastilisch aus Badajoz, Mérida, Almendralejo, aus dieser Gegend eben, dass es nicht genug Zeit gegeben habe, um den Stockfisch einzuweichen, ihm den gewissen Geschmack zu geben. Dieser Leckerbissen würde auf eine andere Gelegenheit warten müssen. Mein Lächeln überzeugt ihn, und als er an der Reihe ist, wird er auch noch von ein paar Schöpfkellen mit dampfendem Kichererbseneintopf überzeugt.

Die Terrinen verlassen mit noch etwas Brühe auf ihrem Grund an derselben Stelle den Saal, an der sie hereingekommen sind, nur weniger geordnet, mit weniger Defilee. Und auf einmal ebbt das Stimmengewirr ab, nimmt das Klirren von Besteck auf Porzellan zu. Man muss kein Maestro sein, es genügt, aufmerksam zu lauschen: Die Fanfare nimmt neue Töne an, bekommt ein neues Timbre in dem Maß, in dem sich die Teller leeren, wie Glocken mit immer höherem Resonanzvermögen, und zuletzt schlagen die Löffel immer wieder auf die geneigten Teller, um das Finale zu kratzen.

Ein Schluck Rotwein und das Geplauder verschafft sich erneut Luft. Wir sind im Zentrum von irgendetwas. Ich spüre den Eifer, mit dem sich sämtliche Menschen in Campo Maior diesen Saal vorstellen, sowohl die, die billigend Beifall klatschen, als auch vor allem jene, die die Nase rümpfen. Die einen wie die anderen haben Posten bezogen, um wenigstens den Konvoi an Autos zu sehen. Die besonders Interessierten sammelten sich an der Tür zur Genossenschaft, um die Gäste beim Ausfädeln aus dem Auto zu beobachten, um den Stoff ihrer Paletots zu begutachten. Wie zu erwarten war, winkte Mário Soares dem Volk zu, trat näher, nahm schöne Worte entgegen, drückte Hände, die von allen Seiten auf ihn zukamen. Felipe González war weit ungeselliger, ein Mann der Mäßigung. Nun schon gesättigt, hält er bei all den Worten sein freundliches Lächeln aufrecht, stimmt da und dort zu, um Präsenz zu zeigen, *por supuesto*. Mário Soares ist ein Mann, der politisch schon viel herumgekommen ist. Von den Dreißigern Felipe González' bis zu den Fünfzigern von Mário Soares ist es ein ordentlicher Sprung. Abgesehen davon gibt es das Leben des einen und das Leben des anderen, eine autorisierte und eine nicht autorisierte Biografie, das Naturell des einen und das Naturell des anderen. Die langen Tische im Saal sind zur Gänze mit unterschiedlichen Männern besetzt, jeder von ihnen wird seine Geschichte haben, daran gibt es nichts auszusetzen, doch sie alle sind Sozialisten und haben sich den Bauch mit Kichererbseneintopf vollgeschlagen.

*

Im ersten Moment hat er ihn nicht erkannt. Die Züge sind breiter geworden, zuvor waren sie schärfer geschnitten. Die Augenbrauen kamen nicht zur Geltung, weiß über der glänzenden Haut, und das Gesicht ist etwas aus den Fugen geraten. Weiß war auch sein Haar, jedoch sehr gepflegt. Senhor Rui betrachtete Felipe González im Fernsehen ganz genau und erkannte seine Züge aus anderen Zeiten, als sie zusammen an den improvisierten Tischen der Genossenschaft Progresso Campomaiorense zu Mittag gegessen hatten. Nun war er bereits weit in den Siebzigern, womöglich schon nahe an den Achtzig. Der Journalist behandelte ihn mit einer Höflichkeit, wie man sie Hochbetagten zukommen lässt, räumte ihm zuvorkommend Sprechpausen ein. Senhor Rui hörte Felipe González zu und erkannte seine Glätte von früher, ein Mann, der keine Eile hatte, der den Gesprächspartner an den richtigen Stellen anblickte, von gewichtig ernst bis zurückhaltend. Die Stimme war vielleicht etwas heiser geworden, wie es eben so ist, die Stimmbänder ermüden, rosten ein, doch er war derselbe Mann.

Senhor Rui saß auf dem Sofa, auch wenn es nicht sein üblicher Platz war. Als er bedachte, dass das Alter die Menschen verändert und sie dennoch dieselben bleiben, wurde er sich des Widerspruchs bewusst. Von Natur aus verhält es sich so, dass man etwas anderes wird, wenn man aufhört, etwas zu sein. Er formulierte diesen Gedanken neu: Das Alter verändert die Menschen, die in bestimmten Bereichen dieselben bleiben und in anderen dann andere sind. Felipe González hatte seinen Namen, seine Phonetik bewahrt, verändert aber waren seine Haut, sein Fingerspitzengefühl. Das war die Lektion eines guten Gedächtnisses und alter Fotografien. Selbst über den Bildschirm des Fernsehgeräts kam es Senhor Rui vor, als wäre im alten Felipe González der junge Felipe González zu sehen. Wie es auch ihm geschah, wenn er in den Spiegel blickte, unter seinem Gesicht ein anderes fand, eine Folge von Gesichtern, und gleichzeitig die Beharrlichkeit des Blicks, alterslos, irgendwie bedauernswert, gefangen in dem, was er nicht sagen konnte. Im Fernseher dort war Felipe González ein Spiegel.

Und dort drüben Alice. Es war nicht nötig, ihn zu rufen, die Frau, Alice, saß noch immer am Frühstückstisch, freudig erregt, vom Morgen zum Strahlen gebracht. Senhor Rui erhob sich aus den Tiefen des Sofas, die Knie gaben sich die größte Mühe, und kümmerte sich um die Medizin. Neben das Wasserglas legte er zwei Pillen und eine Kapsel. Unbeteiligt betrachtete die Frau die bunten Farben. Mit spitzen Fingern hielt sie das Wasserglas und nahm ein Medikament nach dem anderen in den Mund, stürzte alles mit gierigen Schlucken hinunter. Zwei dieser Kügelchen mussten mit schon etwas im Magen eingenommen werden, eben genau nach dem Frühstück, eines davon gehörte zu der Fuhre, die noch nüchtern einzunehmen war, es war vergessen worden.

Senhor Rui und seine Frau gingen Arm in Arm durch den Korridor, ganz langsam, als befänden sie sich in aller Muße auf einem langen Spaziergang. Aber sie hatten ein Ziel. Alice sprach von Maßnahmen, die noch zu treffen waren, minutiöse Vorbereitungen, am folgenden Tag würde ja schon Sonntag sein, es galt keine Zeit mehr zu vergeuden. Darüber sprachen sie, während sie im Fluss des Korridors ganz langsam vorwärtsschritten, als wären sie im Stadtpark, mit derselben Achtung wie damals, als sie miteinander gingen, der Achtung der ausklingenden Vierzigerjahre, dem Beginn der Fünfzigerjahre. Und natürlich die Kinder, Enkel und Urenkel in einem Durcheinander erwähnt, wie es die Erinnerung eben zuließ, die gerahmten Fotografien gleich Illustrationen von Gedanken. In einem langen Marsch kamen sie nach und nach voran, jeder Schritt ein Versuch. Die beiden, Arm in Arm, fühlten dabei die Wärme des anderen, Geborgenheit und Schutz.

Allein im Wohnzimmer fuhr der Fernseher fort, die Welt auszuspucken.

*

Das Fernsehgerät ist mit einem Tuch bedeckt. Es wartet bis zum Sendebeginn gegen Abend. Das Tuch, von der Wirtin genäht, garantiert Schutz gegen den Staub und dem Apparat ein gutes Funktionieren. Man muss auf einen Stuhl steigen, um das Fernsehgerät zu bedecken. Dieses Unternehmen findet spät am Abend statt, wenn die Nationalhymne losbricht und die Herren der Programme schlafen gehen. Kurz vor sechs Uhr nachmittags wird es wieder abgenommen, manchmal noch mit dem Testbild und klassischer Musik im Hintergrund. Dann verwandelt sich der Bildschirm plötzlich in eine Uhr, und der Sekundenzeiger pfeift im Uhrzeigersinn piep, piep, piep, bis zur exakten Zeit, piiiep, und da ist es, das Bild, Menschen in Schwarz-Weiß, Menschen mit aschgrauer Haut, die mit gewählten Worten sprechen, ausgezeichnet formuliert. Das Fernsehgerät befindet sich erhöht in einem Winkel des Cafés. Selbst ausgeschaltet und mit einem Tuch bedeckt, gebietet es Präsenz.

Das weiß ich, da ich die vergangene Nacht im Zimmer verbrachte, das im ersten Stock vermietet wird, fließendes Wasser, die Betttücher ein wenig rau. Schon zwei Nächte war ich nicht zu Hause, von Dienstag an. Der Tisch hat eine Marmorplatte, und deshalb gibt die Untertasse ein deutliches Geräusch von sich, wenn sie auf dem Stein aufsetzt. Ich muss den Wirt nicht fragen, ob er den Kaffee aufgesetzt hat, den ich ihm als Muster dagelassen habe. Schon von Weitem erkenne ich unsere Röstung am Geruch. Und was sagen Sie dazu? Der Mann sieht mich an und begreift meine Frage, antwortet jedoch nicht. Noch vor weiteren Worten taucht seine Frau auf. Mit einem kleinen Teller: der Knall des Porzellans auf dem Marmor. Ich fühle mich von diesem zähen, lieblos in der Mitte aufgeschnittenen Brötchen mit Schinken angestarrt. Auch die Wirtsleute vor mir starren mich an, Flecken auf den Schürzen. Eine Fliege zieht ihre Bahn. Zu dieser Morgenstunde bin ich der einzige Gast. Mein Lächeln ist vielversprechend. Ich ziehe Stühle herbei und lade zuerst die Frau, dann den Mann ein, in ihrem eigenen Lokal Platz zu nehmen.

Es sind gute Menschen, allerdings mit schlecht gepflegten Zähnen. Ich lasse nicht locker: Nun, was sagen Sie dazu? Der Mann zuckt mit den Schultern. Ich wende mich an die Frau: Ist das ein erstklassiger Kaffee oder nicht? Ich nehme den ersten Bissen: vertrocknetes Brot, versalzener Schinken. Und lächle, als hätte ich das beste Frühstück der Welt vor mir, als hätte ich keinen steifen Nacken, als würde ich nicht bei jedem Schritt an meine Alice und die Kleinen denken. Die resolutere Wirtin gibt zu, dass der Kaffee erstklassig ist, köstlich, preiswert. Ich konstatiere, dass sie es ist, mit der ich ins Geschäft komme, und mache ihr einen noch besseren Preis. Das Wort Delta wiederhole ich mehrmals, möchte, dass die beiden den Namen nicht vergessen, möchte, dass sie, wenn sie ihn hören, sich an ihn gewöhnen, und auch daran, ihn zu nennen: Delta dies und Delta das, und ich lächle.

Ich drücke der Frau die Hand, die Lieferung kommt nächste Woche, sie könne sich darauf verlassen. Ich drücke dem Mann die Hand, eine feuchte Hand. Ich weiß nicht auswendig, wie viele Cafés und Restaurants ich heute noch betreten werde, bevor ich in Vila Velha de Ródão in einem Zimmer ähnlich dem, in dem ich vor Kurzem aufgewacht bin, einschlafen werde. Aber ich bin guter Stimmung, sehr guter. Wieder ein Geschäft abgeschlossen.

Ich führe die Tasse an die Lippen, der Kaffee ist noch heiß.

*

Senhor Presidente, sagt eine der Köchinnen, die dienstälteste. Sie befindet sich in einem Winkel des Saals, wie ein Schatten, noch in der Kleidung, in der sie es mit den Aluminiumtöpfen aufgenommen hat, mit ihrem Kopftuch erinnert sie mich an meine Mutter. Sie beobachtet das Ende der Mahlzeit, die Männer mit Krawatte, die Zigaretten und Zigarillos rauchen, schon im Stehen, laut in portugiesisches oder kastilisches Gelächter ausbrechen, zufrieden, satt. Die Köchin ist gekommen, um ihr vollbrachtes Werk zu betrachten, ich weiß, wie viel Mühe sie damit hatte, und deshalb gehe ich zu ihr und lege ihr die Hand auf die Schulter, das ist meine Art zu danken. Senhor Presidente, sagt sie, gerührt über all das, was heute hier geschehen ist. Auf welchen Präsidenten bezieht sie sich mit dieser Anrede? Auf den der Genossenschaft oder auf mein Bürgermeisteramt? Ich habe ja beide Ämter inne, jedenfalls ist das ihre Art zu zeigen, dass sie mich versteht, dass wir einander verstehen.

Mário Soares ist einmal hier, einmal dort. Dieser Mann wurde geboren, um mit den Menschen zu sprechen, mit derselben Aufmerksamkeit wendet er sich einmal hierhin, einmal dorthin. Sowohl die Portugiesen als auch die Spanier möchten ihn begrüßen, und er hat für jeden ein Wort. Ich zeige auf die Tür, begleite Felipe González, wir sind umringt, der Ausgang ist die Spitze eines Trichters. Weiter hinten legt auch Mário Soares diesen Weg zurück, er geht von einem zum anderen, Leute, die es sich nicht entgehen lassen können, ihm irgendetwas zu sagen oder ihm wenigstens einen Augenblick gegenüberzustehen. Auf der Straße befinden sich nicht gerade wenige Autos. Die Menschenmenge stößt kollektive Rufe aus, Wertschätzungen ebenso kollektiv. Die Mehrzahl dieser Rufe gelten Mário Soares, der die sozialistische Faust erhebt und die Menge anfeuert. Aus dem Wageninneren lächelt Felipe González durch das offene Fenster.

Die Chauffeure sind in Warteposition, das Geschrei der Menge mischt sich mit Motorenlärm. Bevor wir in die Autos steigen, kommt Mário Soares auf mich zu, ist ja alles gut gegangen, und er umarmt mich, klopft mir mit ein paar kräftigen Handschlägen auf den Rücken. Die Autokolonne bahnt sich langsam ihren Weg durch die Straßen des Städtchens. Es schnürt mir die Kehle zu, ich kann nicht sprechen. Wie stolz es mich macht, dass Campo Maior in diesem Moment die Hauptstadt der ganzen iberischen Halbinsel ist.

Beim Abrollen der Reifen auf dem Asphalt atme ich tief durch. Als Mário Soares mich gestern im Rathaus anrief und mit mir über dieses Mittagessen sprach, war die Entscheidung, an der Versammlung in Badajoz teilzunehmen, noch ganz frisch. Weder er noch Felipe González hatten das zuvor geplant. Gehen wir es jetzt an, die Leute von der Spanischen Sozialistischen Arbeiterpartei PSOE in Badajoz müssen schon in Erwartung sein. Ich stelle mir ihre Euphorie vor, als sie von der illustren Teilnahme erfahren haben.

Wir werden langsamer, halten an. Der Chauffeur blickt weiterhin nach vorn, die beiden Hände am Volant. Noch sind wir angeschnallt. Ich kurble die Scheibe hinunter, zünde mir eine Zigarette an, noch eine. Alles ganz normal. Die ersten Autos der Karawane sind an der Grenze angekommen. Ich blase den Zigarettenrauch in den Himmel, er löst sich im Grau auf.

Immer diese Bürokratie, das Foto auf den Papieren muss mit dem bestürzten Gesicht, das die Beamten vor sich haben, verglichen werden. Ich werfe meine Zigarettenkippe weit weg, die Glut praktisch am Filter. Der Grenzübergang müsste rasch vonstattengehen, wir sind noch auf der portugiesischen Seite, schwieriger dürfte die Einreise in Spanien sein. Ich höre schon Stimmen in gereiztem Ton, nehme den Gurt ab, öffne die Tür, will sehen, was los ist. Entlang einer Schlange stehender Autos gehe ich nach vorn, die Sohlen der neuen Schuhe auf dem schwarzen Asphalt. Bei jedem Schritt werden die Stimmen lauter.

Ich finde den Zolldirektor im Disput mit drei Krawattenträgern vor, zwei Portugiesen und einem Spanier, der herauszufinden versucht, worum es geht. Der Direktor sagt mir: Gut, dass Sie gekommen sind. Und er erklärt mir, dass Leute in die Gefolgschaft eingeschleust seien, dass illegal Waren mitgeführt würden, dass er die Weiterfahrt nicht gestatten könne. Als er mit seiner Erklärung fertig ist, hört man eine Tür mit aller Kraft zuschlagen, und da kommt Mário Soares des Weges. Schon von Weitem beginnt er zu sprechen, wütend: Warum machen Sie uns das Leben schwer? Der Direktor, leichenblass und erstarrt, versucht sich zu verteidigen, ich erfülle das Gesetz, erfülle nur das Gesetz, Herr Doktor. Nun schon vor Ort, Aug in Aug, spuckt Mário Soares Worte aus, sagt ihm zwei, drei Dinge, die er, da bin ich mir sicher, eigentlich nicht sagen wollte und die er, wie ich glaube, bereuen wird, sobald er sie mit kühlerem Kopf betrachtet. Der Zolldirektor ist wie zu Stein erstarrt. Ich beruhige Mário Soares, wogegen ich den Direktor überrede, die wichtigsten Wagen passieren zu lassen, die Wagen mit den Männern, die fürs Podium schon spät dran sind. Dann möge er mit der gebührenden Kontrolle fortfahren.

Mit dieser Vereinbarung verlassen zwei Autos ihren Platz in der langen Schlange. Es fährt das Auto von Felipe González, großspurig. Gleich danach bremst das Auto von Mário Soares wenige Meter vor uns. Mário Soares öffnet das Fenster und wendet sich an den Zolldirektor, gibt ihm ein Zeichen seines Missfallens und garantiert ihm, dass es darüber noch ein Wörtchen zu reden gebe, unter vier Augen. Ich stelle mich vor seinen Blick und gebe Zeichen für die Weiterfahrt, er möge ganz unbesorgt sein, ich würde hierbleiben und mich um die Angelegenheit kümmern.

3

Für mich hört es sich wie ein Knall an, so fasst mein Kopf die Unterbrechung der Nacht auf. Ich weiß nicht, welchen Traum ich eben hegte, wo ich gerade zugange war, weitaus klarer ist das Gefühl, mit einer Klaue herausgerissen worden zu sein. Ich war an einem sehr inneren Ort, das Dunkel wie ein Fels, und eine Klaue riss mich von dort heraus. Doch es war nicht wirklich ein Knall, es war zwei- oder dreimal hintereinander die Klingel, die es sich nicht nehmen ließ, gehört zu werden. Meine Frau wurde auf dieselbe Art und Weise geweckt, Alice, an meiner Seite, im Bett aufgerichtet, besorgt, im Finstern um sich blickend, voller Fragen. Draußen bellen Hunde, knurren, erhöhen die Anspannung. Die Klingel ertönt aufs Neue, dieser Moment ist mit Nadeln vergleichbar, er sticht in alle möglichen Stellen im Körper, vor allem in die Augen, wie ungelöschter Kalk.

Es ist etwas passiert. Ich weiß nicht, ob meine Frau diese Worte sagt oder ob nur ich sie in meinem Kopf höre. Es ist etwas passiert. Ich stehe auf, barfuß auf dem Boden, die Wirklichkeit. Während ich im Dunkel nach den Pantoffeln tappe, wird mir klar, dass es kurz nach zwei Uhr Nacht ist. Am Pyjama haften noch Bruchstücke von Wärme der Laken, doch die Kälte dieser Stunde vermag er nicht abzuhalten. Ich gehe wachsam den Korridor entlang, der Details bewusst, der Gegenstände, ihrer Vergänglichkeit, ihrer jähen Wertlosigkeit, und gleichzeitig werde ich von Stimmen durchdrungen, gleich einem Tunnel. Ich gehe den Korridor entlang und gleichzeitig bin ich ein Korridor, durch den Stimmen sich vorwärtsbewegen und schreckliche Möglichkeiten auftun: Es ist etwas passiert, mein Sohn, meinem Sohn könnte etwas zugestoßen sein. Ich trage das Herz in der Brust, ich kann es hören.

Die Klingel ertönt abermals, ich komme näher, habe die Tür vor mir. Die Antworten liegen auf der anderen Seite. Die beiden letzten Schritte dauern lange, unterteilen sich. Meine Hand greift nach der Türklinke. Dieser Augenblick. Und ich stehe vor einer Frau. Wir blicken einander an. Die Lichter der Straßenlaterne, eine gewisse Trostlosigkeit.

Ihre Stimme zeichnet dramatische Silhouetten um die Wörter. Ich erfahre, dass sie die Frau des Zolldirektors ist, älter als ich, trotz des modischen Haarschnitts. Ihr Jammer ergießt sich über die wiederholten Bitten um Verzeihung, diese Uhrzeit, sie bittet wegen der Uhrzeit um Verzeihung. Eine vom Schrecken gezeichnete Frau, mit einem Tuch über den Schultern. Sie spricht mich mit meinem Vornamen und Nachnamen an, mit Senhor, und fleht mich an, ihrem Mann zu helfen, beginnt schließlich zu weinen. Schon zuvor hat sie nach Weinen ausgesehen, doch erst jetzt laufen ihr tatsächlich Tränen übers Gesicht. Und sie preist ihren Mann: ein guter Ehemann, guter Vater, fleißig, voller Achtung vor allen Menschen.

Ich stelle mir die Gespräche vor, nachdem der Direktor nach Hause gekommen war und von der Episode an der Grenze mit Mário Soares erzählte. Ich stelle ihn mir in genau diesem Moment vor, in einer Straße ganz in der Nähe von hier, im geparkten Auto, unter einem Schatten, voller Angst, in Erwartung seiner Frau.

Ich finde keine Lücke, um etwas zu sagen. Verzweiflung verzerrt das Gesicht der Frau. Ein feiner Lufthauch, eisig, tritt von unten in die Pyjamahose ein, steigt mir die Beine hoch. Ich hebe die Hand, die Frau wird still, unterdrückt das Gejammer. Ich versichere ihr, sie könne ganz ruhig sein, niemand werde etwas gegen ihren Mann unternehmen. Die Situation an der Grenze würde keinerlei Nachspiel haben.

Hinter meinem Rücken, weiter drinnen im Haus, spüre ich die Anwesenheit meiner Frau und meiner Tochter, Alice und Helena, zwei Gestalten, ihre Umrisse nur zum Teil erkennbar. Das Nachthemd über der Brust zusammengerafft, spähen sie hierher und versuchen das Gespräch mitzuverfolgen, erschrocken und neugierig, wollen wissen, was los ist, mitten in der Nacht aufgeschreckt.

Ich versichere der Frau des Zolldirektors, sie könne ganz ruhig sein. Sie unterbricht mich, um von ihren Kindern zu sprechen, weint noch inbrünstiger, fleht um Gnade. Sie könne ganz ruhig sein, versichere ich ihr. Beim Abendessen in Badajoz sei das Thema wieder aufgegriffen worden, und ich sichere ihr zu, dass alles in Ordnung sei, es kein Nachspiel geben würde.

*

Wahrscheinlich war die Tochter eben am Kommen. Sie hatten keine feste Zeit vereinbart, sich nur vage geeinigt: am mittleren Vormittag, eine Berechnung, die eine Definition des Beginns und Endes des Vormittags voraussetzt, diffuse Schwellen. Mittlerer Vormittag, das war darüber hinaus ein Sinneseindruck, doch das Licht fiel bei jeder sich bietenden Gelegenheit ein, es war die Welt selbst, die ins Haus einfiel und in seinem Inneren barst. Schon vielfältige Wesensarten hatte es durchlebt: euphorisches Leuchten, allmähliches Ermatten und schließlich, sich als reif zu betrachten, ein Leuchten, das beschwört, auf sich selbst achten zu können. Mittlerer Vormittag, das war dieses fragile Gleichgewicht, dieser Schwebezustand. Schon bald, wenn die Neige zu erkennen ist, wenn die Aura des Nachmittags bis zur Brust, dann bis zu den Augen, bis zur Haut reicht, dann wäre es schon zu spät, dann wäre es nicht mehr mittlerer Vormittag. Doch bis dahin war noch viel Zeit, es war noch nicht daran zu denken, dieser Abschnitt gehörte eindeutig zum mittleren Vormittag. Deshalb wusste er, dass die Tochter schon am Kommen sein würde, sie verspätete sich nie.

Alice, noch bei Tisch, sah den Ehemann das benutzte Besteck zusammensuchen und nacheinander auf die Teller legen, sie sah ihn die Brotkrümel in die Höhle seiner Hand streichen. Es war ein hoffnungsfroher Tag. Alle Samstage verheißen Besonderes, fast alle, doch dieser übertraf den üblichen Zauber. Die Stimmen aus dem Fernsehgerät mit dem willkürlichen Kontrast ihrer Färbungen verschafften sich Gehör. Auch wenn niemand darauf achtete, was sie sagten, waren sie ein Bestandteil all dessen, was das Ambiente des Wohnzimmers ausmachte. Senhor Rui räumte die Tassen, eine nach der anderen, zur Seite, überprüfte, ob sie gut standen, und in seinem Kopf überkreuzten sich Stimmen aus dem Fernsehgerät, irgendeine Bemerkung seiner Frau, der Gedanke, dass die Tochter schon beinahe am Kommen war, aus dem Zusammenhang gerissene Erinnerungen. Abermals erinnerte er sich an Felipe González, ließ ihn sich in seinen Gedanken auflösen. Er erinnerte sich an den Hubschrauber in Timor, die Propeller, ein konstanter Lärm ohne Pause, die Propeller, die die Luft peitschten, bis sie imstande waren, das Ungeheuer aus Metall in Bewegung zu setzen, Wächter über die Insel da unten, die Berge und das Meer, der Hubschrauber vor Erregung am Vibrieren.

Und die Tochter kam. Der Vater, der sie erwartet hatte, der ihr Kommen seit dem Frühstück vorausgesehen hatte, war über die Wirklichkeit ihrer Präsenz überrascht, ein abrupter Übergang zwischen nicht hier sein und hier sein, zwischen vorhergesehenem Bild und absoluter Zuverlässigkeit, sämtliche Dimensionen einer Person. Im Umfeld des schon strahlenden Morgens erfreute er sich am Kommen der Tochter, er strahlte noch mehr, alles in ihm erhellte sich, entflammte in Leichtigkeit. Doch er hielt sich zurück, Helena, der Name der Tochter, erfüllte ihn, meine Helena, die Frau, die sich seiner Frau näherte, der Mutter, Helena und Alice, die beiden Namen zusammen, die beiden Frauen, die einander bei der Begrüßung liebkosten, die Zeit strich durch sie beide, streicht durch alle, die erwachsene Tochter, die gealterte Mutter, die Tochter, die nach der Mutter kommt, der Sinn der Welt.

Der Vater wartete. Als er an die Reihe kam, war er schon wieder der gesetzte Vater, weniger förmlich als die Väter anderer Zeiten, viel moderner als die vergangenen Bilder früherer Jahrzehnte, dennoch Vater, höfliche Begrüßung. Die Tochter war also gekommen, sie stellte die Tasche ab, legte den Mantel ab, richtete das Wort an die Mutter, Gespräch eines Samstagvormittags. Der Vater erging sich darin, ihnen zuzusehen, genoss diesen Zauber im vollen Bewusstsein seines Wertes: ohne Preis, es war einer der Fälle, für die es keinen Preis gab. Das große Ganze kann nicht für irgendein Angebot verkauft werden, und sei es noch so übertrieben hoch. Verkauft man das große Ganze, gibt es keinen Betrag, der einem dient, man hat dafür keine Verwendung.

Die Schuhe bereits elegant an den Füßen, hatte er das Jackett über den Arm gelegt, er würde später hineinschlüpfen. Den Chauffeur hatte er bereits angerufen. Ohne unterbrechen zu wollen, näherte er sich dem Gespräch der Frauen. Als sie ihn wahrnahmen, gestatteten sie ihm zu sprechen. Er sagte wenig, nur das, was man erwartete, verabschiedete sich von den beiden, mehr war nicht nötig. Sie schätzten es, wie er sich behutsam an sie wandte. Als sie schon wieder am Plaudern waren, ging er auf gewisse Distanz und hielt dieses Bild fest, die Frau und die Tochter: die Frau von Plänen gefesselt, verjüngt, wenn auch mit Einschränkungen; und die Tochter, sanft, jedoch vom Enthusiasmus der Mutter angesteckt, strahlend. Als er die beiden vor dem Weggehen betrachtete, fragte sich Senhor Rui immer wieder, ob es ihnen gut gehe. Auf diese Weise dehnte er den Augenblick aus, er wusste, dass es ihnen gut ging.

*

Wunschdenken. Es gibt etwas in mir, das ins Rollen zu kommen scheint, je mehr die Maschine zum Leben erwacht. Der Motor ein Wimmern in Crescendo, ein Heulen, immer lauter und umfassender, eine Winde, die sich dreht und, wenn sie abrollt, allmählich alles rund um uns berührt, uns von der

Welt trennt. Über uns werden die Propeller immer schneller, befreien sich vom Stillstand, der sie gefangen gehalten hat. Durch das dicke Glas der Kabine, über die Schulter des Piloten hinweg, sehe ich in der Ferne die Blicke der Timorer da draußen, sehe ihre wachsende Verblüffung. In einem Crescendo steuert alles auf einen unerträglichen Punkt zu. Die Propeller verschwinden, drehen sich so schnell, dass sie nicht mehr zu sehen sind, ein matter Filter, der die Klarheit des Himmels verzerrt. Zum durchdringenden Aufjaulen der Maschine hat sich Propellerlärm gesellt, dumpf, gleich einem Prügel Holz, der auf diese Nachmittagsstunde einschlägt. Der Pilot wirkt angespannt, richtet die Kopfhörer zurecht und gleich darauf, als die Propeller und der Motor am Rande des Alles oder Nichts zu sein scheinen, zieht er den Steuerknüppel zu sich heran, und in einem übernatürlichen Augenblick hebt der Hubschrauber seine Pfoten vom Boden, ein Insekt, das beim Aufsteigen seinen Körper schwenkt. Vielleicht ein wenig bang, reagieren wir mit kräftigem Winken, mit einem Ade an die, die bleiben: mitten im sattgrünen Buschwerk, die Körper von Windstößen gebeutelt, die Haare zu Berge stehend, Hemden, die sich vom Leib reißen möchten, wie auch die Blätter der Pflanzen, die Wipfel der Bäume, vom Hubschrauber angeblasen. Sie alle sagen uns ebenso ade. Vermuten, uns nie wiederzusehen, kehren wir doch an den Ort zurück, an dem wir vor diesem Tag ein ganzes Leben lang gewesen sind.

João Carrascalão an meiner Seite zupft mich am Arm, möchte mir etwas in der Landschaft zeigen. Ich beuge mich zu ihm hinüber, spähe durch sein Fenster, weiß jedoch nicht, was er meint. Es ist unmöglich, ihn zu verstehen, der Motor benötigt zu viel Lärm, um uns fortzuschaffen. Wir haben bereits eine beträchtliche Höhe erreicht, Einzelheiten haben ihre

Bestimmung verloren. In den Augen derer, die wir da unten zurückgelassen haben, sind wir im Himmel verschwunden. Ich stelle mir vor, wie sie nun zu ihrem Leben zurückkehren, die Verwunderung der timoresischen Kinder, die Arglosigkeit der timoresischen Frauen, die timoresischen Männer, mit denen wir gesprochen haben, Kaffeebauern mit Schwielen an den Händen, Leute, die sich darauf verstehen, das Dickicht zu erlauschen.

Ich weiß schon nicht mehr, wie ich sie mir in meiner Fantasie vorgestellt habe, als ich noch in Portugal war. Vielleicht habe ich ihnen ein Gesicht ähnlich dem von Timorern, die ich in Lissabon gekannt habe, verliehen. Feuchtigkeit in der Luft, abgetragene Hemden, wilde Bärte, diese Timorer zeigten in ihren Gesichtsfalten, dass sie Arbeit gewohnt sind. Dann schauen wir uns jetzt den Kaffee an. Ich weiß nicht, wie João Carrascalão diese einfachen Wörter übersetzt hat. Fest steht, dass nach einigen Kommandorufen zwei oder drei Männer zur Tür hinausgingen. Wir nutzten die Pause, ich redete mit João Carrascalão, dem Einzigen, der Portugiesisch sprach, wenn man von den portugiesischen Begleitern, Autoritäten, Journalisten und meinem Schwiegersohn Joaquim Manuel absieht. Der Pfarrsaal der Nossa-Senhora-de-Fátima-Kirche hallte, aber nicht von den Stimmen der schweigsamen Timorer, die uns mit ehrerbietiger Neugier, Misstrauen, beinahe Furcht ansahen. Sobald ich ihnen mit den Augen zulächelte, lächelten sie zurück. Und zwei Männer traten ein, beladen mit einem Sack, der ein ansehnliches Gewicht hatte. Kaum hatten sie ihn vor mir geöffnet, sah ich, dass der Kaffee geschält werden musste. Ich war drauf und dran, den Mut zu verlieren, doch ich bin von so weit hergekommen, dass ich ein Schäufelchen Zuversicht zulegte. Deshalb riss ich die Schale von zwei Kaffeekirschen auf, strich sie mit dem Fingernagel aus, roch daran. Sie hatten das übliche Aroma einer Kaffeekirsche, der Geruch passte. Voller Zweifel gingen zwei Fachleute, die ich mitgebracht hatte, auf den Sack zu. Schon auf dem Weg dorthin versuchte ich sie zu animieren, ohne Worte, nur mit meiner Mimik. Und ich bat um geschälten Kaffee. Erneutes Warten, dieses Mal länger. Währenddessen wechselte ich auf ein paar Meter Entfernung einen Blick mit meinem Schwiegersohn Joaquim Manuel. Wir benötigten keine Worte, verstanden einander auch so. Ich denke, auf meinem Gesicht lag ein Lächeln, das seines widerspiegelte. In unserem guten Willen waren wir uns wohl einig: im Wunsch, mit allem, was auch immer zu tun wäre, beizutragen, leise Hoffnung. Versunken in Fragen rund um Kaffee, in die tropische Feuchte, in Gedanken, war mir in diesem Moment nicht klar, dass ich mich Jahre später an dieses Lächeln meines Schwiegersohns Joaquim Manuel erinnern würde, er lächelte oft mit dieser Güte.

Und plötzlich ein junger Mann: Er trug zwei Säckchen geschälten Kaffee. Während die Fachleute daran schnüffelten, versuchte ich auf meine Art mithilfe der improvisierten Übersetzung von João Carrascalão den Dutzenden von Männern zu erklären, dass sie an dem Tag, an dem sie mit geschältem Kaffee handeln würden, sogleich das Doppelte verlangen, das Doppelte verdienen könnten. Diese Worte wurden, selbst in ihre Sprache übertragen, mit bestürzter Miene aufgenommen, mit eingezogenem Kopf. Ich sagte, ich würde ihnen ein paar Maschinen anbieten, eine Einschulung in Indien oder Vietnam, wo es erfahrene Firmen gibt, mit denen wir zu tun haben. Ich bin mir nicht sicher, wie viel sie davon verstanden haben. Doch einer sprach von einer Stelle aus, ein anderer von einer anderen, João Carrascalão antwortete ihnen und übersetzte gleich darauf. Es ging um den Preis, der beschäftigte sie. Ich sprach von den Quoten der internationalen Märkte, doch im selben Moment, in dem ich diese Worte benutzte, dort im Pfarrsaal, die Worte noch vor mir, meinem Mund entschlüpft, bemerkte ich sogleich, dass sie sinnlos waren.

So viel Grün an diesem Februarnachmittag. Dort unten die Berge. Reine Natur. Der Hubschrauber bahnt sich seinen Weg, die Nase leicht in Richtung Land geneigt. In diesem Geschäft gibt es Schwierigkeiten, Probleme bei der Entwicklung eines Landes wie Transport, schlechte Straßen, auch die Menge an Meeren und Kontinenten zwischen Timor und Portugal, die Kaffeeschale, die das Gewicht der Ware verdreifacht, die Zertifizierung, alles ist neu unter dieser Flagge. Doch ich blicke in die Ferne, im Lärm, den der Hubschrauber macht, um uns am Himmel zu halten, wahrhaftig zu fliegen, ich blicke in die Ferne und weiß, dass das Wunschdenken weitaus beachtlicher ist, als es die Schwierigkeiten sind.

4

Die Welt ist geborsten und nun herrscht vollkommene, alles erfassende Stille, als wäre eben Fundamentales entstanden: das Licht, der Laut. Die Welt ist geborsten und nun ist alles reiner, lauterer gefärbt, ich staune über winzige Details. Die Luft in der Lunge ist frisch, hat ein vortreffliches Aroma, beinahe edel, eine Mischung aus neuer Polsterung, Motorenöl, Zigarettenrauch. Um uns herum, draußen vor dem Auto, eine dichte Staubwolke, sie filtert diese Stunde, lindert sie. Allmählich kehren kleine Bewegungen wieder, und mit ihnen auch kleine Laute. Auf der Rückbank bringt meine Tante das Kunstleder zum Quietschen, neuer Kautschuk, und gibt ein Stöhnen von sich, das ihr aus der Seele kommt. Ich blicke nicht nach hinten, spüre jedoch den Geruch von Haarlack die Luft versüßen. Der Fahrer an meiner Seite beutelt seine Schultern zurecht, schnauft durch die Nase, schluckt Speichel hinunter oder die Feststellung dieses Augenblicks. Mit Mühe kurbelt er die Scheibe hinunter, sie versenkt sich melodramatisch. Durch das offene Fenster dringt der Geruch von Erde, Staub, der sich langsam setzt, Erdkörnchen, vom Geschehen aufgewirbelt, setzen sich langsam auf der Karosserie ab. Jeder von uns spürt die Gegenwart der anderen, wir sind am Leben.

Ich löse den Sicherheitsgurt, meine Hände lassen minutiöse Funktionen zu, ich öffne die Tür. Kaum setze ich den rechten Fuß auf die Erde, spüre ich Sicherheit, ich steige aus, kann den Körper nicht komplett aufrichten. Ein Schiffbrüchiger, der zum ersten Mal Land erblickt oder zumindest auf eine noch nie dagewesene Art sieht. Der Fahrer schleift die Schuhe über den Boden, ich höre ihn auf das andere Auto zugehen. Ich öffne die Tür auf der Seite meiner Tante, sie hat die Lider über die Augen gesenkt, ist am Klagen. Arme Frau, ich sehe sie an, lege ihr die Hand auf die Schulter, und da ich nicht weiß, was ich sagen soll, frage ich sie: Geht es dir gut? Zum Glück antwortet sie nicht; eine sinnlose Frage. Sie öffnet die Augen und macht Anstalten aufzustehen, tapfere alte Senhora. Ich helfe ihr auf die Beine, mit beiden Händen hält sie sich den Kopf, macht ein paar Schritte, zerzaust, die Halskette verrutscht. Ich stütze ihren Ellenbogen und führe sie zurück auf den Rücksitz des Autos. Ein Bein steigt ein und dann mit Mühe, mit viel Klagen, das andere. Bei offener Tür sitzt sie nun da.

Erst jetzt stellen sich bei mir Schmerzen ein. Es ist nichts gebrochen, diesen heftigen Schmerz finde ich nicht vor, doch einiges in mir ist nicht an seinem Platz, ein stummer Schmerz, ohne Worte. Die Knochen scheinen an den Gelenken voneinander getrennt zu sein, als würden sie im Fleisch neue Plätze einnehmen, und auch die Organe sind verschoben, der Magen ein paar Zentimeter verrückt, die Eingeweide verwickelt, das Herz verdreht. Es ist seltsam, zu gehen, den Körper in Bewegung zu setzen. Die Schmerzen verleihen ihm eine Form, die ich nicht wiedererkenne.

Meine Kinder sind nun in der Schule. Meine Frau ist mit ihrer Mutter, meiner Schwiegermutter, zu Hause. Dieses häusliche Bild steht vollkommen im Kontrast zu dem hier am Straßenrand, an der Kreuzung von Pegões, der Tag ein undefinierbares Grau in Grau, die Stimmen der Fahrer am Streiten, der Geruch nach Metall, die Lastwagenfahrer am Abbremsen, um zu sehen, was los ist. Wie spät ist es? Wie alt sind mein Sohn und meine Tochter? Noch Kinder, ich möchte bei ihnen sein. Möchte diesen Augenblick vergessen. Möchte meiner Frau erzählen, was geschehen ist, und so jede Einzelheit loswerden. Nun sage ich mir immer wieder, dass ich weiterleben möchte. Die Schmerzen werden verschwinden, der Körper hat die Gabe, sich zu regenerieren. In ihrer wundersamen Ruhe suchen Knochen und Muskeln schon jetzt einen Weg, das Problem zu lösen. Die Lösung ist der Schmerz, er ist eine Triebfeder. Wie spät ist es? Meine Kinder sind nun in der Schule, müssten dort sein, sind es beinahe mit Sicherheit. João Manuel und die kleine Helena, der Unfall beschwichtigt mir das Herz, der Gedanke an ihre Gesichter lässt mich dahinschmelzen, ihre Stimmen, wenn sie Vater zu mir sagen. Egal wie, ich will so schnell wie möglich nach Hause.

Die Fahrer setzen ihren Streit fort, ein Zank, lediglich mit Worten ausgetragen, ohne Prügel. Dankbar, unversehrt zu sein, würden sie den Sieg nicht durch ein Scharmützel riskieren. Mögen sie auch für diesen Streit dankbar sein, im schlimmstmöglichen Szenarium gäbe es ihn nicht. Wäre geschehen, was wir schon befürchtet hatten, würden sie nun keine Zwistigkeiten dieser Güte in die Länge ziehen. Das Taxi meines Schwagers zu nehmen, war keine gute Idee, noch dazu mit diesem Fahrer. Ich wäre achtsamer damit umgegangen. Die Autos sind übel zugerichtet, einige Teile abgerissen, das Metall schwer eingebeult. Ich weiß nicht, wie man diese Wagen je wieder instand setzen kann. Bezweifle, dass irgendein Karosseur derartige Schäden reparieren kann. Es wäre besser, die beiden ließen diesen streitbaren Ton sein, diese lächerlichen gegenseitigen Anschuldigungen. Wäre geschehen, was wir während des Knalls gedacht haben, dass es geschehen würde, würden sie sich nicht so kindisch aufführen. Man diskutiert nicht mit jemandem, der den Tod von Menschen provoziert hat, wie man auch nicht mit Toten diskutiert.

Wie spät ist es? Ich muss irgendwie an ein Telefon kommen, muss ein anderes Taxi auftreiben, das mich nach Campo Maior, nach Hause bringt. Die mühsamen Fahrer sind noch immer uneins. Wie der unentschlossene Himmel, dieser Morgen, regnet es nun oder regnet es nicht? Es kümmert mich wenig, wer die Schuld trägt. Gewiss ist unser Fahrer überzeugt, ich würde bei meinem Schwager ein gutes Wort für ihn einlegen, ihm aus der Klemme helfen. Deshalb engagiert er sich dermaßen in diesem Disput. Was bringt schon die Schuldfrage? Zwei Autos in Trümmern und die Körper geschunden, was bringt es, im Recht zu sein?

Ich muss nach Hause. Wie spät ist es? Meine Tante, eine Frau, die so etwas nicht verdient hat, die Schwester meiner Mutter, jammert noch immer, atmet mit geschlossenen Augen zwischen Klagen durch, wie in den letzten Zügen. Vor Kurzem hat sie noch gelächelt, zu irgendetwas ihren Kommentar abgegeben, während sie aus dem Fenster blickte. Wir waren an einem weiteren Montagmorgen unterwegs. Alles erschien banal, die Tönung des Wetters entsprach der Jahreszeit, schon Herbst, es war nicht mehr weit bis Lissabon. Wir schmiedeten Pläne, jeder für sich, Gewissheiten, die wir schon absehen konnten. Der Fahrer gab irgendeinen Allgemeinplatz von sich, ich nickte zustimmend mit dem Kinn, und meine Tante auf dem Rücksitz führte den Gedanken weiter, fügte eine allgemeine Floskel hinzu. Aus ihrer Stimme war Behagen zu vernehmen, obwohl sie auf dem Weg ins Krankenhaus war. Sie erwartete keinen leichten, jedoch einen ergiebigen Tag. Der Automotor, normales Rütteln und Schaukeln, Beschleunigungen und Drosselungen des Tempos, und wir waren nur da, existierten. Draußen Vögel und Bäume, dann und wann Städtchen und Dörfer, Ortsschilder, Menschen, die sich um ihre Angelegenheiten kümmerten, schon bei ihrem Anblick konnten wir uns deren Alltag vorstellen, wie mag es wohl sein, in diesem Haus zu leben? Allmählich veränderte sich die Landschaft: Campo Maior und gleich danach sämtliche Wege, vielfältige Abstufungen vom Alentejo bis Lissabon. Bald wegen der Monotonie, bald wegen der Behaglichkeit des lauen Lüftchens, nickte ich gelegentlich beinahe ein, verzerrte Gedanken, mit Fantasien vermengte Ideen. Und doch kehrte ich immer wieder in die Wachsamkeit, in den Montag, ins Jetzt zurück. Plötzlich, ganz plötzlich der große Knall, die Autos, die ineinanderkrachten, die schrecklichen Gedanken, als wir von der Straße abkamen, nicht mehr sehen konnten, was draußen vor sich ging, die Welt am Bersten, die Welt geborsten und gleich danach Stille.

*

Das lauwarme Wasser, über den Kopf gespült, tat eine neue Realität auf. Dabei spürte er, wie die Welt selbst die Kanten von Temperatur und Konsistenz verlor, als würde sich alles außerhalb von ihm verflüssigen. Ihm war, als wäre er, wenn er die Augen öffnete, von unscharfen Formen umgeben, von einer flüssigen Welt. Doch er öffnete die Augen nicht, wartete auf das Shampoo. Die Finger, die ihm das Shampoo im Nacken verteilten, am Hinterkopf, wo er noch Haare hatte, schienen keine Finger, schienen eine Art Gerät zu sein, auch wenn sie an Wärme und Struktur das Feingefühl eines menschlichen Wesens aufwiesen. Als sie ihm über die Schädeldecke strichen, weniger Haare, war die Massage noch gefühlvoller. Auf dem Stuhl zurückgelehnt, den Nacken am Wasserbecken abgewinkelt, war Senhor Rui allem, was auch immer geschah, hingegeben.

Die Entspannung verlieh ihm frische Kraft. Er verkniff es sich, Stunden und Minuten zu zählen, vermochte das Zuvor und Danach zu vergessen, ruhig zu bleiben, anzunehmen, dass man rund um ihn am Arbeiten war. Als man ihm das Tuch um den Hals legte und abgeschätzt wurde, wie viel zu schneiden war, atmete er tief durch. Er brauchte nicht zu antworten, wie er den Haarschnitt wollte. Der Friseur kannte ihn schon einige Jahre, und aus verschiedenen Gründen erlaubte sein Haar keine Neuerungen. Während es gewaschen wurde, schloss er die Augen und genoss. Der Duft des Shampoos durchdrang die Düfte weiterer Essenzen, die ebenfalls in der Luft hingen, durchdrang die Musik, die aus mehreren Ecken kam, verborgene Quellen, durchdrang die Stimmen der anderen Friseure, die miteinander oder mit Kunden Spanisch sprachen. All das durchdrang das Licht. Und auch Senhor Rui durchdrang mit seinem Körper das Licht, als er zum Stuhl zurückgeführt wurde, das Handtuch um den nassen Kopf gewickelt.

Zerzaust, ein paar Haarspitzen über den Ohren, hörte er dann den Friseur ihm über Probleme der Welt berichten und gleich danach über die Probleme der *peluquería*, des Friseursalons, als würden sie sich von Unternehmer zu Unternehmer unterhalten. Senhor Rui interessierte sich nur mäßig, er verfolgte die Ausführungen, antwortete dann und wann in seinem eigenen Kastilisch. Letztlich, allerletzten Endes, warf die Geschäftsführung des Friseursalons El Corte Inglés in Badajoz Fragen auf, die mit den täglichen Entscheidungen bei Delta vergleichbar waren, mitsamt allen Bereichen und Abteilungen. Dennoch gab es schon beim nächsten Haarkringel nach diesem Kernthema erhebliche Diskrepanzen.

Während er so dasaß, fixierte er sich im Spiegel. Er bekam einen fachmännischen Haarschnitt verpasst, die Schere sorgfältig geführt, mit dem Rasiermesser rund um die Ohren gesäubert, und fixierte im Spiegel seine Augen. Im Lauf der Jahre war er mehrere Friseure durchgegangen, hatte stets den gewählt, der ihm eben am besten behagte, bis er an den Salon El Corte Inglés in Badajoz geriet. Dort herrschte genau das rechte Maß an Leben, eine angenehme Betriebsamkeit an Läden, ebenfalls gepflegt und von hohem Niveau. Von der Plauderei des Friseurs eingewiegt, seinen genäselten Worten, *extremeño*, einer aus der Extremadura, ebenso eingewiegt in die Sorgfalt, die man ihm angedeihen ließ, als würde er modelliert werden, konnte er sein Gesicht in zahlreichen Spiegeln erkennen: noch jung, in Campo Maior, mit weitaus mehr Haaren, sogar ohne Schnauzbart und dann mit unterschiedlichen Friseurumhängen, nur noch sein Kopf, vom Körper abgesondert, am Altern.

Was für ein Gesicht hat der Mensch? Welches ist am Ende seines Lebens unter all den Gesichtern, die er hatte, das Gesicht, das ihn wirklich darstellt? Ist vielleicht das letzte Gesicht das gültigste, da es alle anderen überlebt hat? Er tat sich nicht schwer, gegen diesen Gedanken Argumente zu finden.

Seine Augen im Spiegel. Senhor Rui hatte eine klare Vorstellung. Er wünschte, dass man ihn kennte, ihn so sähe, wie er war, ein Mann mit Entscheidungen und Gründen, er, wie er war, so, wie die anderen waren, wie sie waren. Seine Augen im Spiegel schienen diese stumme Wahrheit in sich zu tragen, lautlos in die Stille geschrien, nur von ihm erkannt. Vielleicht war er dazu verurteilt, die ganze Geschichte in sich zu tragen, tatsächlich geschehene Momente, mit der Wucht, mit der alles geschieht, Momente, genau in dem Moment, an den er sich wirklich erinnerte, mit all ihrer Schwere und ihrem Genuss, die jedoch jeden Tag ein wenig unwirklicher wurden, bis sie sich niemand mehr vorstellen konnte, bis sie unvorstellbar wurden. Der Tod ist genau das. Ihm schien nun, als alter Mensch zu sterben, hieße, vor Müdigkeit zu sterben, die letzte absolute Erschöpfung.

El gran día, sagte der Friseur, Gedanken unterbrechend. Der große Tag. In der Annahme, er wäre nicht gehört worden, legte er nach: *mañana*. Morgen. Senhor Rui geriet ins Staunen, dass die Kunde bis zum spanischen Friseur gedrungen war, doch dann sagte er sich, dass eben nichts im Verborgenen bleibt, und er antwortete ihm nicht, ignorierte das Gesagte, ohne ein Wort zu verlieren. Der Friseur verstand und improvisierte ungeschickt einen anderen Gesprächsstoff, irgendeinen. Die Qualifikation mit der Schere war ihm nicht genug, sein Handwerk verlangte auch Zungenfertigkeit.

Eingewiegt in diese Litanei, unter sorgfältigen Maßnahmen

der Endfertigung, Strähnen auf dem Boden wie Blätter rund um einen Baum im Herbst, schloss Senhor Rui die Augen, knipste den Spiegel aus. Und schon bald tauchten zusammenhanglose Bilder auf, die in seinem Inneren schwebten. Er erinnerte sich an die Kaffeebauern in Timor.

*

Enttäuschung. Ein junger Mann sagt mir, es gebe Nachrichten aus Timor, und an seiner Miene sehe ich, dass es keine guten sind. Wir befinden uns im Korridor der Firma, ich bin auf dem Weg in mein Büro, es gibt einige Geräusche über der Stille, Leute, die ihre Arbeit machen. Im Aufflackern in den Augen des jungen Mannes, noch ehe es ein Blick war, noch ehe er Form angenommen hat, habe ich irgendetwas gelesen. Mit den ausgesprochenen Worten nimmt das Abstrakte konkrete Formen an: Eine vage Befürchtung hat sich just in Timor bewahrheitet.

Mit einem Mal habe ich Timor vor mir. Es sind Momentaufnahmen: die Gesichter der Kaffeebauern, die mich erstaunt ansehen, das üppige Grün der Natur, der Geruch fruchtbarer Erde, Erdinneres, die Zinkbleche auf den Dächern, einige verrostet, Vierecke in verschiedenen Farben über den Häusern, die Zahnreihen der Kinder, Lächeln in Hülle und Fülle, verfilztes Haar, viel zu große T-Shirts, die beinahe bis zu den Knien reichen, und die unerbittliche Sonne, Stunde um Stunde die Sonne, die alles verbrennt, und die Dämmerung, der Himmel in allen Farben, rot oder rosa, orange oder gelb, eine Dämmerung, die die Nacht anbahnt, die gewaltige Nacht. Weshalb trage ich so viel Erinnerung in mir, bereit, mich zu überfluten? Eine Bedrohung reißt die Dämme dessen, was ich kenne, nieder und es tauchen wieder Orte auf, an denen ich gewesen bin, mit dem absoluten Gefühl, noch dort zu sein.

Ich nehme die angespannte Atmosphäre zum Anlass und bitte um ein paar Minuten. Ja, es gibt Nachrichten aus Timor, doch jetzt habe ich anderes Dringendes zu tun. Ohne das explizit bekräftigen zu müssen, hinterlasse ich im Vorübergehen diesen Eindruck. Ich betrete mein Büro und am Tisch, im Stehen, blättere ich einige Papiere durch, ohne sie tatsächlich anzusehen. Für die Ausrede, die ich mir ausgedacht habe, gebe ich mich keiner Selbsttäuschung hin. Ich weiß, dass ich keine dringenden Angelegenheiten zu erledigen habe, doch ich benötige Zeit, um mich zu sammeln. Wenn ich es mir aussuchen kann, verweigere ich Nachrichten in einer Zeit, die nicht die meine ist.

Ich atme ein, atme aus, Atmen ist eine sehr wertvolle Tätigkeit. Als ich bemerke, dass ich bereit bin, warte ich noch einen Moment, noch ein paar weitere Sekunden. Als würde ich von mir selbst beobachtet werden, schichte ich sehr überzeugend die Papiere auf einen Berg und gehe wieder in den Korridor. Gehe auf den jungen Mann zu, der mich angesprochen hat. Dabei fällt mir seine Familie ein, fallen mir seine Großeltern ein, mir fällt auch ein, wie ich ihn zum ersten Mal gesehen habe, noch jungenhafter als jetzt. Mir fiel gleich auf, dass er kompetent war, und da habe ich mich keineswegs getäuscht. Der junge Mann steht auf, als er mich auf sich zukommen sieht.

Es gibt Neuigkeiten aus Timor? Der junge Mann holt wieder hervor, was er sich vorhin zurechtgelegt hat, sperrt die Augen weit auf und spricht von einem wirren Zustand, von wirren Zuständen, er gebraucht den Plural, da er die Ereignisse am Rand nicht recht erklären kann, einige Berichte, die er erhalten hat, würden keinen Sinn ergeben. Meine Erinnerungen verzerren sich beim Zuhören. Und er fügt Gerüchte hinzu, die Besetzung unserer Lagerhäuser, Plünderungen. Ich bitte ihn aufzuhören, ich habe schon verstanden. Auf diese Entfernung, Ozeane, Zeitverschiebung, können wir nur abwarten. Dennoch bitte ich ihn, den Details, die erst bestätigt werden müssen, keinen Glauben zu schenken, derlei Hypothesen erhöhen nur die Enttäuschung.

5

Auf allem der Glanz von funkelnagelneu, bis hin zum Boden. Meine gewichsten, auf Hochglanz polierten Schuhe bahnen sich ihren Weg durch die glänzende Flut, strahlendes Weiß über dem Rot, Gelb und Blau auf den Regalen, auf den Schildern, die Sonderangebote anzeigen: *oferta* ist das Wort der Wahl, doch angeboten wird in Wirklichkeit nichts. Wenn die Spanier *oferta* sagen, meinen sie etwas anderes als die Portugiesen.

Ein Tross begleitet mich, weist mir den Weg zwischen den Gängen, zwischen Türmen von Mehlpackungen. Der Hypermarkt ist bereit für die Kunden, die Welt ist zur Gänze draußen vor den Toren. Hin und wieder kommen wir an einzelnen Mitarbeitern vorüber, in Uniform, eben eingeweiht, räumen sie ein letztes Sortiment von Dosen an den vorgesehenen Platz. Die Männer in meiner Begleitung hören nicht auf zu reden, reden so schnell wie sie gehen. Die Worte mischen sich mit den Lautsprechertests. Viermal ertönt eine elektronische Glocke und gleich danach eine gesetzte Stimme, auch wenn sie sich noch nicht an Kunden richtet: *uno, dos, tres.*

Ich gehe durch die Fleischabteilung, die *carniceria*, alles ist bereit, ist in Erwartung. Ein Mann lächelt uns zu, von oben bis unten ganz in Weiß, die Schürze noch makellos, der Kopf oberhalb der funkelnden Vitrine. Ich werde langsamer, um alles zu bestaunen. Der Mann, der uns führt, hebt sogleich zu einem einschlägigen Vortrag an, das Fleisch, das Schwein, ein bemerkenswertes Tier in der Extremadura und, er erweist mir die Liebenswürdigkeit, im Alentejo ebenfalls. Ich prüfe die Farbe des Schnitzelfleisches und denke an meine Mutter. Wie würde sie reagieren, wenn sie sähe, wie das Fleisch geschnitten ist? Ich erinnere mich an die alte Fleischerei, an den Ernst, mit dem meine Mutter das Fleisch behandelte, die Zerlegung der Tiere, die Auswahl jedes Teils, der Wert, den jeder Schnitt hatte, Fleisch unter einem Tuch auf dem Teller ausgelegt oder auf Kohlblätter gebreitet. Meine Mutter, die sich um die Fleischerei kümmerte. Mir scheint nun, meine Mutter, in ihrer Vergangenheit verschlossen, befindet sich für immer im Inneren eines starren Wunschbildes, rührende Naivität. Die Welt ist eine andere, sie gestattet die Existenz meiner Mutter und ihrer Fleischerei nicht mehr.

Wir setzen unseren Weg fort. Die Wehmut, die der Erinnerung an meine Mutter entsprang, das Augenmerk auf das Gedächtnis gerichtet, verfliegt erst, als wir uns den Produkten von Delta nähern. Das war es, was sie mir zeigen wollten, der Weg bis hierher war weit, es ist ein gigantischer Hypermarkt. Ich äußere mich anerkennend, und so werden meine Worte zum Glück auch verstanden. Die Produkte sind gut platziert, schillern, wie alles Übrige auch. Für mich schillern sie ein wenig mehr.

Der Geschäftsführer, geschniegelt und gebügelt, bekommt einen Wink, die Obrigkeiten des *ayuntamiento*, des Rathauses, seien nun da. Wir kehren um, gehen quer durch den Hypermarkt zurück. Die Mienen der Mannschaft, die mich unter der

Ägide des Geschäftsführers begleitet, geben vor, locker zu sein, doch wann immer die Männer können, wenn sie glauben, ich sei abgelenkt, legen sie an Tempo zu. Und wir nähern uns der kleinen Menschenmenge, die zur Eröffnung des Hypermarktes versammelt ist: Kunden schon mit Einkaufswagen, eilige Menschen, erfreut über die Verheißung, ein paar Peseten einzusparen, aber auch Vertreter von Marken wie ich. Besser gesagt, keiner wie ich, lediglich Handelsreisende in Vertretung derer, die nicht kommen konnten, die keine Zeit fanden, die Kilometer zwischen ihren Büros und diesem praktisch ans Ende der Welt geklebten Winkel der Extremadura zurückzulegen.

Als wir beim Festakt ankommen, begrüße ich jeden, den ich vor mir habe. Ist er es wirklich?, höre ich jemanden auf Kastilisch von Badajoz oder vielleicht schon von Mérida fragen. Die Leute kennen mich auf der einen wie auch der anderen Seite der Grenze. Wir schreiben das Jahr 1993, und vielleicht ist es gerade deshalb nicht Usus, bei derartigen Eröffnungen mit jemandem wie mir zu rechnen. Meine Kollegen meinen, es würde sich nicht lohnen, sich deshalb auf den Weg zu machen, sie haben keine Lust dazu, erkennen nicht die Wichtigkeit dieses Moments, haben sich vielleicht nicht klargemacht, dass es genau die Menschen hier sind, die mit ihren Produkten zu tun haben, dass ihre Produkte von genau ihren Händen in die Hände derer gelangen, die sie kaufen und konsumieren.

Inmitten der Gruppe von Krawattenträgern des *ayuntamiento* sehe ich meinen spanischen Freund, noch immer mit seinem unverwechselbaren Schnauzbart. Er eist sich los, um mich zu begrüßen. Es war er, dem es ein Anliegen gewesen war, mich einzuladen, und natürlich konnte ich ihn nicht enttäuschen, wie auch er mich noch nie enttäuscht hat. Wird er es sein, der das Band durchschneidet? Ich denke schon. Es wird seine Hand sein, die Ballons in die Lüfte entlässt und den Startschuss für den Wettlauf der Einkaufswagen abgibt, und bald danach werden die Kassen gierig klingeln, werden den Preis von zahllosen *ofertas* am Eröffnungstag angeben, X Peseten und 99 Cêntimos. Das aber wird erst in Kürze stattfinden, jetzt begrüßen wir einander und schauen uns an, im Jahr 1993, wie so viele Male, als wir noch jünger waren.

*

Die Landschaft ist eben vor mir erstanden. Ich bin der einzige Zeuge dieses Augenblicks, Formen und Farben setzen sich sauber auf den Feldern ab, von meinen Augen zum ersten Mal erblickt. Ich fülle die Lunge mit Sauerstoff, ebenso unverbraucht, frisch, doch ohne den Affront einer Eiseskälte, das Morgengrauen schon vorüber. Vögel lösen sich von den Zweigen der Steineichen, wo sie die Nacht verbracht haben, kundschaften nun die Möglichkeiten der Entfernungen aus, wissen nicht wohin, möchten gleichzeitig überall sein. Insekten finden Nahrung auf der Erde und auf den trockenen Weiden, fallen über den Kastanienbaum her. Dieses unsichtbare Volk haust auf der ganzen Weite. Von diesem Hügel aus sehe ich über unzählige Hektar Spanien und Himmel.

Ich stehe vor dem Universum. Vielleicht ein Dutzend Meter hinter mir die fünf Männer, die mir die ganze Nacht gefolgt sind. Im Sitzen legen sie die Last und den Schatten ab. Manchmal höre ich sie sprechen, schwach artikulierte Stimmen, vergleichbar mit Brummen, sie haben keine Ahnung, was der Tag bringen wird. Fürchten Gespenster von *carabineros* zwischen dem, was zu sehen ist, Zistrosen und Felsen, Baumkronen, Erde und Himmel; fürchten *carabineros* auf der

Lauer, verborgen, bereit, ihre Hoffnungen zunichte zu machen, welche Hoffnungen auch immer es sind. Irgendwo auf der weiten, unerschöpflichen Erde, selbst an irgendeinem Ort im Himmel, üble und übellaunige *carabineros*.

Die Sorge besteht zu Recht, doch mein Onkel Joaquim hat mir beigebracht, ihr zu begegnen, nicht zu erlauben, dass sie den Morgen in Beschlag nimmt. Von derartiger Grübelei frei, schätze ich zum Beispiel die Brise, die mir genauso über das Gesicht streicht wie über den rauen Stamm der Olivenbäume, das Wunder vollbringt, ihre Blätter zum Zittern zu bringen, grün auf der einen Seite, silbern auf der anderen. Mein Onkel Joaquim zeigte mir die Wege und auch, wie man sich hier verhält.

Mit der Schuhspitze suche ich einen Stein aus. Ich bücke mich, um ihn aufzuheben. Es war die Zeit, die ihm diese Form gegeben hat. Ich umfasse ihn mit meiner Hand. Wir haben die ganze Nacht damit zugebracht, uns diese Felder vorzustellen, brachten Lasten und Ideen von der einen Seite auf die andere. Wir überschritten die Grenze, noch mehr durchschritten wir die Nacht. Ich öffne die Hand und bin mir über die Nationalität des Steins unschlüssig. Ich werfe ihn weit weg, er begibt sich in die Welt der Vögel, hat jedoch weitaus weniger Optionen als sie, kann nur in eine Richtung fliegen. Es gibt die Zeit, die der Stein braucht, um seinen Weg zurückzulegen. Wie lächerlich wäre es, zwischen hier und dem Ort, wo er zu Boden fällt, eine Grenzlinie zu ziehen. Dieser klare Morgen zieht alle unsichtbaren Linien ins Lächerliche.

Eine Gestalt kommt näher, immer näher, immer näher, die Stiefel gleiten auf der Erde aus. Ohne mich zu den Männern umdrehen zu müssen, spüre ich ihre Unruhe. Ich schüttle den Staub von meiner Handfläche, Erinnerungsreste an den Stein. Die Gestalt steht vor mir, lächelt freundlich, wir sind gleich alt und befinden uns am selben Platz. Mein spanischer Freund ist hier, er ist gekommen, trägt sein Lächeln unter dem unverwechselbaren Schnauzbart. Wir drücken einander die Hände. Die Männer lockern ihre Kiefer, begreifen, dass er es war, auf den wir gewartet haben.

*

Meine Mutter streckt beide Hände aus, um die Schokolade entgegenzunehmen. Ich händige sie ihr mit der gleichen Geste aus, wir sind symmetrisch. Der Moment, als die kleine Tafel meine Finger verlässt, die Erinnerung an das Gewicht, Gramm, erleichtert mich von der Verantwortung, ich bin schon nicht mehr Wächter dieses Schatzes. Und das Gesicht meiner Mutter ist ebenso ernsthaft wie meines, diese Gefühlsregungen habe ich von ihr gelernt. Unter dem Licht der Petroleumlampe prüft meine Mutter die Hülle der Schokoladentafel, genauso wie ich sie untersucht habe, als ich mich allein mit dem Geschenk sah. Ich hielt sie mit den Fingerspitzen, um zu vermeiden, dass sie schmilzt oder das Papier Flecken bekommt. Meine Mutter lässt ebenso viel Sorgfalt walten. Sie kann die spanischen Buchstaben, mit der Maschine auf die Hülle gedruckt, nicht entziffern. Zuvor habe ich auf der Straße die Worte studiert, auf der Suche nach einer Spur. Meine Mutter zieht ihre Schlüsse aus den Abbildungen, dem Gewicht der Schokolade und danach, wie sich die Verpackung anfühlt, die Worte braucht sie nicht zu lesen.

Ich bin vierzehn oder fünfzehn Jahre alt, bin ein Mann, alle wissen das. Doch wenn ich die Besorgungen, um die meine Mutter mich sanft bittet, ausführe, komme ich mir wie das Schulkind vor, das helfen musste. Ich muss noch immer helfen, werde es immer müssen, wie wir alle müssen, nun aber helfe ich mit der Arbeit eines Mannes. Und doch, wenn mich meine Mutter an freien Tagen wie heute um Kinderaufträge bittet, bin ich wieder dieser Junge. Er schien aus dem Gedächtnis verschwunden, von der Zeit vergraben zu sein, doch ganz plötzlich taucht er wieder auf, in bestimmten Fällen wie dem Gang zum Haus meines Onkels, wenn ich in einem Henkelkorb einen Teller Fleisch vom Schwein, das gestern durch die Spitze des großen Messers verendete, dorthin bringe, mit einer Stoffserviette bedeckt, die Teile von meiner Mutter ausgesucht. Auf diesen Wegen, in diesen Stunden in Campo Maior, am späten Samstagnachmittag, bin ich vierzehn oder fünfzehn Jahre alt, fühle mich aber wie ungefähr sieben, finde in meinem Kopf Gedanken dieses Alters wieder, wie Erinnerungen, die jedoch in der Gegenwart stattfinden und damit auch Teil davon sind. Ich bin vierzehn oder fünfzehn Jahre alt und versuche, mir meines aufgeschossenen Körpers bewusst zu sein, doch ich trage den Henkelkorb am ausgestreckten Arm, wie zu anderen Zeiten, denselben Henkelkorb: Deshalb antworte ich mit heller Kinderstimme, wenn mir jemand begegnet und mir einen schönen Nachmittag wünscht. Oder vielleicht nehme nur ich es so wahr.

Schüchternheit bringt mir die Wangen zum Glühen. Ich weiß nicht, was mich verunsichert, wenn ich dort eintreffe. Obwohl sie darauf besteht, sie Tante zu nennen, spreche ich sie viel öfter mit einem förmlichen *usted* an. Allein zu zweit am Hauseingang an Tagen wie diesem, sprach ich sie nur mit *usted* an. Ich klopfte an die Tür und nach den üblichen Geräuschen, die Schritte drinnen im Haus, das Schloss, als wir einander gegenüberstanden, zeigte sie wie immer freudige Überraschung, spanisches Wohlgefallen. Als sie das Geschenk meiner Mutter entgegennahm, erging sie sich, obwohl daran gewöhnt, in immerzu wiederholten Dankesbezeugungen, dass es nicht nötig, wirklich nicht nötig sei. Sie benutzte weitere Worte, um zu sagen, dass es nicht nötig sei, benutzte ein seltsames Sprachgemisch, das einige portugiesische Wörter enthielt, einige portugiesische Laute, ein Versuch, auf Portugiesisch zu machen, als wäre das möglich, als wäre es möglich, das Kastilische aus den Vokalen zu entfernen. *Mi niño*, sagte sie, mein Junge, wenn sie mit dem Teller im Hausflur verschwand und mich bat einzutreten. Ich war schon eingetreten, war schon einen Schritt im Haus und empfand es deshalb nicht als ungehörig, nicht zu antworten. Doch sie bestand weiterhin darauf, ihre Stimme aus der Küche drang durch Wände, begleitet vom Knallen der Schranktüren, die sich öffneten und schlossen.

Sie kam mit dem leeren, durchs Wasser gezogenen Teller wieder. Gab ihn mir mit einem Lächeln zurück, vielleicht mit immer demselben Lächeln, vielleicht einem einzigen Lächeln, solange wir einander sahen oder, mit großer Wahrscheinlichkeit, mit einem einzigen langen Lächeln von Tagesbeginn an, vom ersten Licht in den Augen bis zum letzten Zipfel des Tages, dem Schlaf. Manchmal ließen meine Mutter oder mein Vater zu Hause das eine oder andere kritische Wort über die spanische Tante fallen, echte Gründe hatten sie jedoch nicht. Es gab keine besser gelaunte Frau als sie, trotz des Fortschreitens der Jahre, trotz der Missstände in Spanien, trotz des Lebens, das nicht leicht ist. Allein dieses Gemüt wäre für einen Mann wie meinen Onkel Joaquim schon reizvoll genug, er selbst stets bereit, zur allgemeinen guten Laune beizutragen.

Ich bückte mich, um den Teller im Korb zu verstauen, und als ich mich aufrichtete, stand sie still da und sah mich an, Aug in Aug, Lächeln. Schüchtern wie ich war, wusste ich nicht, wie ich darauf reagieren sollte. Nach einem Augenblick sagte sie endlich etwas, lächelte noch mehr, unwiderstehlich herzhaft, und fuhr mit einer Hand in die Schürzentasche. Diese Hand schien ein selbstständiges Tierchen zu sein, gehörte nicht zum übrigen Körper. Und sie zog die Schokolade heraus, stellte sie zwischen uns zur Schau. Ich machte mich daran, sie zurückzuweisen, doch das ließ sie nicht gelten. Mir blieb nur, mich zu fügen und mich von Herzen zu bedanken, *gracias, muchas gracias a usted.*

So schnell ich konnte, war ich weg und in einem Winkel des Weges, im noch möglichen Dämmerlicht, hielt ich die Tafel mit den Fingerspitzen und untersuchte die Hülle. Spanische Schokolade vom Feinsten, anders als die winzigen Fischchen, eingewickelt in Stanniolpapier, oder die ebenfalls in Stanniolpapier eingewickelten hauchdünnen Zigaretten. Eine ansehnlich dicke Tafel Schokolade, ein großes Geschenk, spanisch wie meine Tante, und trotz des gemeinsamen Ursprungs waren wir, meine Mutter und ich, uns beinahe sicher, dass es mein Onkel Joaquim war, der uns diese Wohltat erwies, entweder, weil er selbst sie geholt, oder noch wahrscheinlicher, weil sie ihm jemand in der Innentasche der Jacke mitgebracht hatte. Meines Onkels Spezialität ist es, Waren nach und von Spanien zu bringen, darin ist er Experte. An dieser Stelle des Gesprächs würde irgendjemand immer den Witz machen, meine spanische Tante mit Waren zu vergleichen. Von Angesicht zu Angesicht in Form eines respektvollen Kommentars, hinter dem Rücken mit weniger Respekt.

Die Schokolade war für mich bestimmt. Es waren keine expliziten Worte nötig, um diese Absicht kundzutun, *mi niño*, das war der Art, wie sie mir die Tafel aushändigte, zu entnehmen, dieses Lächeln ohne Anfang und Ende. Ebenfalls ohne Worte bewahrt meine Mutter sie auf und mir ist eindeutig klar, dass ich sie nicht wiedersehen werde. Sie ist für meine Schwester Clarisse bestimmt. Wenn meine jüngste Schwester nach Hause kommt, hier schläft oder nur vorbeischaut, wird meine Mutter sie mit einem Stückchen Schokolade verwöhnen wollen. Sie wird mit großem Zeremoniell die Verpackung öffnen, ein Stück Papier ablösen und ihr Eckchen für Eckchen überreichen, mit Ausnahme des letzten Stückchens, in zwei Teile geteilt, jede Hälfte für einen Besuch.

*

In Badajoz fuhr der Chauffeur vorsichtiger als sonst. Selbst samstags herrschte lebhafter Stadtverkehr und auch wenn er schon tausendmal durch diese Avenidas gefahren war, mehr als tausendmal, hatte er vor den spanischen Verkehrszeichen gehörigen Respekt. Er war sich nicht absolut sicher, die Ampeln hatten nicht die genau gleichen Farben, waren greller oder gedämpfter, ließen einen nicht unbekümmert beschleunigen. Abgesehen davon wies die Straßenverkehrsordnung wahrscheinlich andere Tücken auf. Man wusste es nicht genau, es war besser, den Rückspiegel gut im Auge zu behalten und langsam zu fahren.

Senhor Rui auf dem Beifahrersitz genoss die gemächliche Fahrt und die Bilder dieser Stunde in Badajoz, Menschen, die entspannt im Wochenendtreiben auf den Bürgersteigen flanierten. Abgesehen davon die rasierte Haut im Nacken, das Haar nun geschnitten und in Fasson gebracht, Düfte, die noch mehr Frühling in diesen Augenblick hauchten. Mit einem Räuspern stemmte sich Senhor Rui gegen den Sicherheitsgurt, der sich um seine Brust spannte, und schaltete das Radio ein. Fürs Erste zu laut. Es war noch auf den portugiesischen

Sender von vorhin, als sie das Haus verlassen hatten, eingestellt. Ohne Nebengeräusche gab der Sprecher klar und deutlich Meldungen über Lissabon von sich, Informationen über Verkehrsbehinderungen durch einen Halbmarathon. Mitten in Badajoz lauschten der Chauffeur und Senhor Rui diesen unnützen Nachrichten mit der Aussprache von Lissabon, vielleicht Restelo, als würden sie sich im Inneren einer Blase fortbewegen. Dieses portugiesische Intermezzo in Spanien sorgte bei ihnen für keinerlei Befremden, sie waren daran gewöhnt. Wenn der Chauffeur in Campo Maior konnte, hörte er gern ein Diskussionsprogramm, das im spanischen Sender Cadena SER lief. Wenn er zur Sendezeit allein im Auto war, da er auf Senhor Rui wartete oder eine Besorgung machte, stellte er den Sender Cadena SER ein, wobei es keine Rolle spielte, ob er in den Straßen von Campo Maior, in der Umgebung von Elvas oder zufällig sogar in Spanien unterwegs war.

Senhor Rui hatte kein Interesse am Gespräch im Radio. Er wollte nur irgendein Geräusch, das seine Gedanken übertönte und damit das Risiko verringerte, sich zu verraten. *El gran día*, fielen ihm wieder die Worte des Friseurs ein, in der Klangfarbe seiner Stimme ausgesprochen: Don Manuel. In Spanien wurde Senhor Rui oft Don Manuel genannt. Seine Gedanken zum Kommentar des Friseurs über den folgenden Tag wühlten ihn auf und versuchten seine Reaktion zu beschwichtigen. *Mañana*, insistierte der Friseur im Inneren seines Kopfes, insistierte und insistierte, ihn stets Don Manuel nennend. In dem Moment, als die Worte tatsächlich ausgesprochen wurden, in dem der Friseur dieses Thema anschneiden wollte, war es leichter, ihn aus dem Konzept zu bringen, ihm zu verstehen zu geben, wie unpassend das war. Nun in den Gedanken gellend laut, war es schwieriger, ihn zum Schweigen zu bringen.

Er erinnerte sich an den Unfall an der Kreuzung von Pegões. Er ließ die Erinnerung zu, benutzte sie, um das Thema zu wechseln. Wie viele Jahre sind wohl schon seit diesem verfluchten Unfall vergangen?, die arme Tante, noch am Leben und am Straßenrand ihre wertvolle Zeit an solch ein Ungemach verschwendend. Praktisch schon am Ortsausgang von Badajoz, kurz vor der Landstraße nach Portugal, erinnerte er sich an den Unfall an der Kreuzung von Pegões, am Straßenrand der Wunsch, nach Hause zu fahren, die Kinder, die Frau, wie alt waren die Kinder damals? Er erinnerte sich an England, spürte einen Geschmack von Blut im Mund, England, woher kam nun diese Erinnerung?

El gran dia, Don Manuel, die Stimme des Friseurs noch immer als Echo im Kopf.

Die Generationen gleichen Grenzen, Grenzlinien, markieren einen Grenzstein. Erst am Ende des letzten Elements sind sie als wirklich definiert anzusehen. Es trägt die allerletzte Spitze des Fadens, und wenn es noch so sehr nach unendlich aussieht, wird sein Moment kommen. Die Grenzen vermögen ihrer abgrundtiefen Natur nicht zu entkommen. Sie zeigen das Ende dessen, was zu uns gehört, an und den Beginn von allem, was über uns hinaus existiert, all das, was nichts von uns wissen will. Die Generationen gleichen Grenzlinien. Man kann jede beliebige Generation ins Auge fassen: Es betrifft die Ältesten und die Jüngsten, betrifft die, die nun Kinder sind, und auch die bereits Halbwüchsigen, ungeachtet ihrer unschuldigen Arroganz. Es wird die Zeit kommen, in der einer nach dem anderen verschwindet. Wer von ihnen wird der Erste sein? Wer wird vor der Zeit sterben? Und wer wird der Letzte sein? Wer wird den Tod von allen anderen mit ansehen müssen? Dieser Mensch wird die Lektion aus der Erfahrung lernen, sein Leben wird die Grenze sein.

Im Radio berichtete der Sprecher noch über den Halbmarathon, Tausende Männer und Frauen liefen die Avenida 24 de Julho in Lissabon entlang. Als die Formalitäten mit der Polizei und dem Zoll erledigt waren und der Boden keine Markierungen mehr aufwies, wussten Senhor Rui und der Chauffeur jedoch ganz genau, wo diese Linie verlief. Sie spürten genau den Moment, als das Auto sie überfuhr.

6

Mein Onkel Joaquim brachte mir bei, auf die Menschen zuzugehen und mit ihnen zu sprechen. Mir scheint, ich kann mich noch an dieses Gespräch erinnern, weiß aber, dass es nicht wirklich ein Gespräch gegeben hat, es gab mehrere, unvollständige Gespräche, Gesprächsfetzen, verstreute Fragmente, es gab Sätze, die er viele Male wiederholte. Wenn wir die Menschen nicht kennen, entspreche nichts von dem, was wir über sie denken, der Wahrheit, sagte mein Onkel, es seien Annahmen ohne Kriterium, Reflexe von irgendetwas, vielleicht gar von etwas, das zu uns gehört, das auf diese Menschen zutreffen kann oder auch nicht, purer Zufall. Wenn wir die Menschen nicht kennen, würden wir sie missverstehen. Mein Onkel brachte mir bei, auf sie zuzugehen und mit ihnen zu sprechen, ganz Auge und Ohr zu sein. Daraus ergebe sich am Ende, dass wir diese Menschen mögen und sie schließlich auch uns mögen.

Es ist kalt im Jahr 1986, der Monat spielt anscheinend keine Rolle, die Jahreszeiten richten nichts gegen die Kälte aus, die einem durch Mark und Bein geht. Sie erinnert an die Wände, den Zement, der sie aufrechterhält und dort im innersten Kern eine Grundkälte speichert. Erinnert vielleicht auch an den Tag da draußen, wie mir scheint, ein Grau in Grau, auch wenn ich nicht vorhabe, aus dem Lehnsessel aufzustehen und die Farbgebung abzuklären. Hier zu sitzen, fühlt sich an, wie draußen zu sein, ich spüre dieses Unbehagen, weil es nicht mein Zuhause ist, weil mir sein Friede verwehrt wird.

Aus Campo Maior gelangen jeden Tag Nachrichten zu mir. Manchmal schaue ich die Leute an, die den Weg hierher zurücklegten, die mich willentlich aufsuchten, Angestellte mit bestimmten Funktionen oder gute Freunde, Kameraden, und dabei wird mir bewusst, dass sie eine Stunde zuvor, oder nicht einmal das, noch in Campo Maior waren, in meiner Heimat, wohin ich nicht gehen kann.

Manchmal wäre mir danach, den ganzen Tag lang hier zu sitzen, ohne mich zu rühren, doch die Arbeit treibt mich voran. Es ist eine Arbeit für die Zukunft, und dann werde ich nach Campo Maior zurückkehren. Ich will gegenüber Badajoz nicht undankbar sein, eine Stadt, die mich immer wertgeschätzt hat und die ich wertschätze, doch die Luft atmet sich in meiner Heimat anders. Deshalb schaue ich die Menschen an, die ich im Büro dieses Hauses in Badajoz empfange, wo die Monate sich anhäufen, Monate in der Schwebe, Monate in Erwartung. Es sind Leute, die bei Delta oder im Rathaus arbeiten, Leute, die ich seit vielen Jahren kenne und die mich kennen. Ich denke, meine Miene lässt keine Schwäche erkennen, ich strenge mich an, keine zu zeigen. Dennoch ist es allen ein Anliegen, mir Mut zuzusprechen, den Mut, den sie mir persönlich wünschen wie auch im Namen derer, die sie getroffen und die von mir gesprochen haben, egal ob sie nun wussten oder nicht, dass diese Boten zu mir kommen würden.

Einer der Besucher mag eventuell der Anwalt gewesen sein, der mir den Rat gab, über die Grenze zu gehen und mich hier provisorisch einzurichten, ein trauriger Tag, ich dachte nicht, dass er kommen würde, sind Sie sicher, Doktor? Er war sich natürlich sicher. Der Zollexpedient war schon festgenommen und man hatte nicht die geringsten Skrupel, mit mir dasselbe anzustellen. Diese Kränkung vergesse ich nicht, kann ich nicht vergessen. Immer die Grenzen, die Zollämter, Ausflüchte, um Leute zu demütigen. Als der Anwalt eintrifft, möchte ich mich nicht gleich in Hoffnung wiegen, ich halte den Jungen, der noch in mir wohnt, zurück, nun wieder voller Zuversicht, und ich lasse den Anwalt reden, möge er mir sagen, was zu sagen ist, und, wenn nötig, stelle ich ihm Fragen, ich muss alles verstehen.

Ich werde nach Campo Maior zurückkehren. Selbst in den finstersten Tagen zweifle ich nicht daran, dass ich nach Campo Maior zurückkehren werde.

Mein Onkel Joaquim brachte mir bei, dorthin zu gehen, wo es nötig ist, und mit den Menschen zu sprechen. Es lohnt sich, sogar mit denen zu sprechen, die uns keine Chance geben, die uns der schlimmsten Ungerechtigkeit aussetzen. Es fällt schwer, aber es lohnt sich. Und am Ende wird man diese Menschen mögen und schließlich werden auch sie einen mögen.

*

Eigentlich war es immer noch derselbe Samstag. Nach dem Grenzübertritt, auf dem Weg vom Friseur des Salons El Corte Inglés in Badajoz, fühlte sich Senhor Rui ein wenig wie neugeboren. Die akkurate Arbeit des Friseurs und die Grenze trugen wohl zu diesem Eindruck bei, doch eigentlich war es noch immer derselbe Samstag, der Samstag, den er ein paar Stunden zuvor in Campo Maior zurückgelassen hatte.

Es war der Vortag des Sonntags, den er so lange erwartet,

den er sich in seiner Fantasie ausgemalt hatte. Im Lauf seines Lebens hatte ihn die Erfahrung gelehrt, auf seine Fantasie zu vertrauen, sie war untrüglich. Auf dem Beifahrersitz im Auto, die Landschaft, die da draußen so wohlbekannt vorüberzog, erinnerte er sich nun an Situationen, von denen er schon nicht mehr wusste, ob sie eingetroffen waren, wie er sie sich vorgestellt oder wie er sie erlebt hatte. In seiner Lebensgeschichte gab es immer diese beiden Momente: die Vorhersehung der Zukunft und die Visualisierung der Gegenwart. Doch nun, in diesem Moment, war all das Vergangenheit.

Das Szenarium vor den Fenstern des Autos, das mit mäßiger Geschwindigkeit in der richtigen Abfolge seiner Wege fuhr, war behaglich. In Senhor Ruis Erinnerung gab es keine Garantie für Linearität. Ein beliebiges Detail konnte eine Erinnerung an irgendeinen Punkt seines Lebens auslösen. Auf diese Weise ging er, von Erinnerungen, von abschweifenden Gedanken eingenommen, seiner Wege. Er konnte nicht erkennen, ob es dem Alter, ob es dem Näherrücken des folgenden Tages mit seiner ganzen Bedeutung zuzuschreiben war.

Es war noch derselbe Samstag, das war eine Gewissheit, zu der er zurückkehrte. Trotz der Intensität der Erinnerungen war es die Zeit, die der Totenwache für seinen engsten Freund folgte, des Menschen, der in der Vergangenheit existierte, dort energisch, mit hörbarer Stimme weiterbestand. Es war der Samstag, an dem er an der Seite seiner Frau aufgewacht war, Alice, der Name, der den Moment, in dem er ausgesprochen wird, erfüllt, auch wenn nur im Innersten, Alice, in Stille, in Gedanken. Alice würde eben in diesem Moment mit der Tochter zusammen sein, das war ein glücklicher Gedanke.

Mit dem Vorwärtskommen des Autos ließ Senhor Rui von seinen Gedanken ab und stellte sich nach und nach auf das Mittagessen ein, das ihn erwartete. Wo er es einnehmen würde, wusste man nicht genau. Besser gesagt, der Chauffeur wusste es, weiß es. Auch die Personen, die ihn empfangen würden, wussten es bereits. Auf dieser Seite der Grenze kennen ihn alle, von den kleinsten Kindern, die seine Urenkel sein könnten, bis zu den Leuten seines Alters oder sogar bis zum einen oder anderen, der noch älter ist als er. Deshalb werden alle, deren Wege sich mit denen Senhor Ruis kreuzten, wissen, wohin es zum Mittagessen ging.

Es war und ist weiterhin kein Geheimnis. Dennoch sind diese Details für die Welt nicht von Interesse. Senhor Rui möchte sich diesen Freiraum bewahren, er steht ihm zu. Bei dieser Gelegenheit und bei anderen Gelegenheiten benutzt er seine Privatsphäre, um sich zu sammeln. An diesem Samstag benutzte er sie, um sich den Tag und den Moment, in dem er sich befand, bewusst zu machen, den Vortag des Sonntags, den er schon sein ganzes Leben lang vor Augen hatte. Und wenn man nicht weiß, wo Senhor Rui zu Mittag gegessen hat, wird man daran erinnert, dass man nicht alles weiß. Eine wertvolle Information, die man immer parat halten sollte: Man weiß nicht alles.

*

Sie war ein Mädchen mit wachen Augen. War sechs, sieben, acht Jahre alt. Sie konnte zum Beispiel eine Geschichte erzählen und sich plötzlich für ein Staubkorn interessieren, es untersuchen, sich ganz darauf einlassen und die Worte, die sich wie ein Wasserstrahl ergossen hatten und in ihrer Puppenstimme verloren versickerten, Worte sein lassen. Meine Schwester Clarisse war ein Mädchen. Wenn sie auftauchte, brachte sie eine

Unschuld mit, die uns an uns selbst erinnerte, die wir jedoch unvermeidlich hinter uns gelassen hatten. Meine Schwester Cremilde hatte mehr Gelegenheit, diese Unschuld zu genießen, weil sie beide Mädchen waren und wegen der Spiele, auf die sie sich trotz des Altersunterschieds einließen. Mein Bruder und ich taten uns schwerer, ihr nahe zu sein, auch deswegen, weil Clarisse zeitweise bei einer anderen Familie wohnte. Sie knüpfte starke Bande mit dieser Familie, hatte sie gern und das beruhte auf Gegenseitigkeit, doch wir versuchten ihr immer zu zeigen, dass wir ihre echte Familie waren. Natürlich übertrieben wir dabei nicht, wollten wir sie doch nicht durcheinanderbringen. Meine Mutter benutzte oft genau diese Worte: Wir wollen sie nicht durcheinanderbringen.

So wuchs meine Schwester Clarisse auf. Es gab eine Zeit, in der ich mir viele Male das entscheidende Gespräch zwischen meiner Mutter und dem Ehepaar, das meine Schwester »adoptierte«, vorstellte. Sie wurde nicht wirklich adoptiert, wir hätten dieses Verb nie benutzt, es war nicht das richtige. Meine Schwester Clarisse verbrachte weiterhin Zeit und die eine oder andere Nacht bei uns, sie wusste ganz genau, wer wir waren, doch mehr Zeit verbrachte sie mit ihnen, den Paten. Trotz der Nähe der Haustüren habe ich sie oft wochenlang nicht gesehen. Deshalb war das Haus ein anderes, wenn sie da war, wir fühlten uns kompletter. In diesen Stunden ärgerte sich meine Mutter nur zum Schein.

Als sie schon ein Teenager war, tauchte sie dann und wann ganz betrübt auf, wir wussten nicht, was wir ihr sagen sollten. Wahrscheinlich verstanden Cremilde und meine Mutter sie besser, die Geheimnisse einer Frau fangen in diesem Alter an. Auch wenn es darüber keine explizite und belegte Berichterstattung gibt, kommt mir nun vor, dass sie schon damals hinfällig zu werden begann. Ihre kindliche Begeisterung wurde durch Schwächen ersetzt, durch hängende Schultern. Es war auch damals, dass sie immer öfter zu uns kam, unter Einfluss meiner Mutter, die als List um Hilfe in der Fleischerei bat. Als unser Vater starb, war das für sie genauso schwer wie für uns. Und unsere Mutter, nun Witwe und niedergeschlagen, verfiel ebenfalls. Krankheiten machen sich derlei Leid nun einmal gern zunutze. Letzten Endes war es vielleicht zu diesem Zeitpunkt, nicht einmal die Ärzte wissen es, dass sich die Krankheit in Clarisse breit machte, dass die Lunge sich mit diesem Elend füllte.

Sie heiratete einen Jungen, die beiden gefielen einander halbwegs, alles verlief, wie es sollte, es kamen die Kinder zur Welt, meine Neffen. Clarisse wurde zur Frau, die Schwäche jedoch immer sichtbar, der Husten, die Atemnot, die Notwendigkeit eines Stuhls, der schnell zur Stelle war, um sich zu setzen. Vor einigen Wochen sprach ich mit meinem Schwager über meine Schwester Clarisse, er nun bereits ein Mann, die Gesichtszüge verändert, Bartstoppel auf den Backenknochen, die grobe Haut bläulich. Er sagte zu mir: Fahren musst du.

Ich kümmerte mich um alles, bis ins kleinste Detail. Wenn ich mich nicht gleich angeboten habe, nach London zu fliegen, dann deswegen, weil ich dachte, diese Dienstleistung stünde mir nicht zu, vielleicht war da noch eine Scheu aus der Zeit, in der ich mit meinem Bruder António zusammen war, auf Distanz zu meiner kleinen Schwester, die ich mit Cremilde spielen sah. Die beiden waren unsere Schwestern, wir würden alles tun, um unsere Schwestern zu beschützen, doch zu Hause bewahrten wir gebührende Distanz.

Mein Schwager ist zu einer Reise dieser Ordnung nicht in der Lage, das Ausland macht ihm Angst. Nachdem ich mich allerorten bei Ärzten, die als zuverlässig galten, erkundigt hatte, und als ich ihm die Idee unterbreitete, bekam mein Schwager einen Schrecken. Sowohl er als auch die Kinder, und mehr als alle anderen meine Schwester, hatten Lissabon satt, hatten die Internierungen in Krankenhäusern, die offensichtlich zu nichts führten, satt. Selbst die Operationen brachten keine Lösung, brachten die Aufregung davor, die Quälerei, wenn es so weit war, meine Schwester narkotisiert, abwesend, brachten die Beschwerden der langsamen Rekonvaleszenz, brachten jedoch keine Lösung. England, antwortete mir ein Arzt schon vor einigen Jahren. Was kann man tun, Herr Doktor?, hatte ich ihn gefragt. Danach ein anderer und noch einer, es waren immer mehr, die dieselbe Antwort gaben, England, England, England, dieses Wort von mannigfaltigen Stimmen gesprochen, die einen ernster als die anderen, einige mit mehr Dringlichkeit, andere mit mehr Muße.

Und nun sind wir in England. Das Krankenzimmer ist blitzsauber, das Weiß ist wirklich weiß, frische Farbe an den Wänden, das Bettzeug blütensauber. Das elektrische Licht scheint eine andere Art Schärfe zu haben. Meine Schwester Clarisse sitzt mit zerzaustem Haar, in einem in Campo Maior erstandenen Nachthemd, vielleicht ein Geschenk unserer Mutter, im Bett, im Bereich der Nieren von zwei Kissen gestützt. Könnte sie immer so munter sein wie jetzt, wären wir nun alle zu Hause. Sie lächelt strahlender als das Morgenlicht, durch die Fenster gefiltert, der Himmel voller Wolken. Clarisse ist voller Freude, in diesem Raum alle, die sie in London kennt, um sich zu haben: mich, ihren Bruder Rui, und die Sekretärin der Banco Borges & Irmão.

Eine englische Krankenschwester tritt ein, sagt etwas zu meiner Schwester, ein Schwall von fremdländischen Worten.

Ohne sie zu verstehen, lächelt meine Schwester noch strahlender. Die Schwester redet weiterhin in die Luft, redet über Belanglosigkeiten, wendet sich dann an die Sekretärin der Banco Borges & Irmão. Diese übersetzt automatisch, die Krankenschwester habe gefragt, ob meine Schwester Hunger habe, sagt, sie werde den Lunch bringen. Mir kommt vor, das Wort lanche, unser Wort für Imbiss, verstanden zu haben. Clarisse rümpft die Nase, sagt, sie habe keinen Appetit, doch die Sekretärin übersetzt das nicht ins Englische, denn die Schwester ist schon vor zwei Sekunden auf geräuschlosen Gummisohlen durch die Tür gegangen.

Ich weiß nicht, ob es in unserem Land noch weitere von der Banco de Portugal genehmigte Pesetenkonten gibt, womöglich ist meines das einzige. Es ist nur eines der Konten, die ich bei der Banco Borges & Irmão unterhalte. Keine Ahnung, wie oft ich dort durch die Türen gegangen bin. Als ich erklärte, ich würde meine Schwester nach England begleiten, war es der Direktor selbst, der vorschlug, die Sekretärin könne als Dolmetscherin fungieren. Ich hatte sie schon einmal gesehen, gehört habe ich sie jedoch erst bei einer kurzen Besprechung, in der ich ihr den Vorschlag unterbreitete. Mit dünner Stimme sagte sie, sie müsse erst mit ihrem Mann sprechen, sie müsse darüber nachdenken.

Der Ehemann begleitete sie zum Lissabonner Flughafen, trug das Gepäck. Die Sekretärin ist eine angenehme Frau, sehr beredt, Clarisse mag ihre Gesellschaft. Nun sitzt die Sekretärin der Banco Borges & Irmão auf dem Sessel, auf dem sie die meiste Zeit des Tages verbringt, ein gepolsterter, bequemer Sessel. Ich stehe, die Hände in den Hosentaschen. Ich bin am Gehen, kann den Gedanken unter all den anderen Gedanken nicht vermeiden, denke schon an morgen: englisches Taxi, englischer Flughafen, Warten, Flug, Auto nach Campo Maior, Feierabend zu Hause, schlafen und morgen. Meine Schwester Clarisse denkt offenbar nicht an morgen, denkt nicht einmal an die nächste Stunde, sie genießt voll und ganz den Augenblick.

Es gibt Momente, da sehe ich in ihrem Gesicht einer Vierzigjährigen, vierzig Jahre und ein wenig mehr, das Gesicht eines Mädchens. Ja, sie ist dieselbe Person. Ich glaube mich daran zu erinnern, wie sie zur Welt kam. Ganz sicher bin ich mir dieser Erinnerung nicht, auch wenn ich sie vor mir habe, eingebildet oder real. Deine Schwester ist zur Welt gekommen, scheine ich jemanden sagen zu hören. Ich erinnere mich, sie gesehen zu haben, als sie noch ganz klein war, wie sie beim Laufen vor sich hin stolperte, das ist eine gesicherte Erinnerung. Ich weiß noch, wie ich sie am Händchen packte.

Die Krankenschwester kommt mit dem Tablett. Und die Sekretärin der Banco Borges & Irmão nutzt die Gelegenheit, dienlich zu sein, beginnt ein Gespräch mit der Engländerin. Am Ton kann ich nicht verstehen, was sie sagen. Auf dem Tablett kommt alles gut präsentiert an, Krankenhaus-Mittagessen, jedoch in schönen Farben. Schon bald wird es praktisch unberührt zurückgehen. Meine Schwester mag solch ein Essen nicht, pürierte Suppe, winzige abgepackte Kompotte und kleine Leckereien.

Die Zuversicht schmilzt dahin. Wie könnte es anders sein, die Sekunden sind unerbittlich, die Momente versuchen sich an sie zu klammern, vermögen sie aber nicht festzuhalten. Die Sekunden sind unerbittlich. Das Tablett vor sich, mit der Löffelspitze in der grünen Creme stochernd, erkennt meine Schwester langsam, dass wir vor der Zeit stehen, von der wir nicht wollten, dass sie käme. Das Datum meiner Abreise war festgelegt, seit Tagen kannten wir die Abfahrtszeit. Ich habe das Telefongespräch mit angehört, in dem Clarisse ihrem Mann erklärte, dass ich zurückkehren, sie zusammen mit der Banksekretärin bleiben würde, wie lange, wisse man nicht, und auf sein Insistieren: Ich habe dir schon gesagt, man weiß nicht, wie lange. Nicht gehört habe ich das Telefonat der Sekretärin, doch habe ich es bezahlt und kann mir vorstellen, wie sie dasselbe ihrem Mann erklärt hat. Später sicherte ich ihr zu, den Ehemann hierherkommen zu lassen, um sie zu sehen, und sprach ihr meinen großen Dank aus.

Die Krankenschwester ging hinaus. Wir sind also zu dritt. Meine Schwester vergießt ein paar Tränchen, wie es nicht anders sein könnte. Ich weine nicht, was soll das? Ich gehe zu ihr, lasse sie mich am Arm packen. Die Sekretärin der Banco Borges & Irmão sieht mich schweigend an, ruft in ihrem Blick die Versprechen, die ich ihr gegeben habe, wieder ab, den Besuch des Ehemannes, die eine oder andere Zuwendung. Nur mit dem Blick bestätige ich all das, mein Wort steht außer Zweifel, auch wenn ich nichts sage. Und ich wende mich wieder meiner Schwester zu, um ihr zu sagen: Es wird dir wieder besser gehen, nun musst du dieses Opfer bringen, das ist schwer, aber es wird dir wieder besser gehen. Meine Schwester Clarisse, die sich mit Opfern besser auskennt als wir alle, nun wieder ganz Mädchen, mit ihren mädchenhaften Gesichtszügen, senkt die Augenlider, um zu glauben, was ihr der Bruder Rui sagt. Dieses Mädchen von vierzig und ein wenig mehr Jahren, ich werde es beschützen. Es wird dir wieder besser gehen, Schwester. Ich bin schon nahe an der offenen Tür, habe schon den Koffer vom Boden gehoben, habe meine Schwester Clarisse noch vor mir, wie sie im Bett sitzt, das Nachthemd, in Campo Maior erstanden, ihr flehendes Gesicht, meine jüngere Schwester. Und in einem Moment, mit einem unvermeidlichen Schritt, gehe ich hinaus, höre auf, das Gesicht meiner Schwester Clarisse vor mir zu haben, es wird zu einem Bild, das ich in meinem Inneren trage und das gleichzeitig eingeprägt ist in allem, was mich umgibt.

*

Ich kenne jeden Fußbreit dieser Straße, und doch ist mir, als würde ich mich in einem Traum vorwärtsbewegen. Ich zweifle die Wirklichkeit an. Wir sind schon ganz in der Nähe des Städtchens. Aus der Mitte der Dächer erhebt sich die Pfarrkirche. Der Chauffeur wird langsamer, hebt plötzlich das Knie an, möchte dem Motor Ruhe verschaffen, da er etwas Seltsames bemerkt hat. Ich werde ärgerlich, habe es eilig, nach Campo Maior zu kommen, doch im selben Moment kommt mir vor, ein erstes kurzes Hupen zu hören. Wir haben die Fenster offen und unter dem Motorenlärm, über den Feldern, der Sommer in voller Fahrt, Zikaden überall, hebt sich das knappe Gehupe von dem ab, was ich erwarte, doch gleich danach höre ich ein weiteres und noch eines. Wir nähern uns dem Städtchen und alle paar Meter sind wir diesem Gewirr von einander sich überkreuzenden Hupen näher, die einen schriller, andere tiefer, von Lastwagen. Man weiß, dass Senhor Rui des Weges kommt, antwortet der Chauffeur auf eine nicht gestellte Frage. Ich ärgere mich nicht über diese Überraschung, verzichte darauf, wissen zu wollen, wer es den Leuten erzählt hat, es ist meine Heimat, hier kennt man mich. Wir kommen in Campo Maior an, es ist Juli 1987. Schon in den ersten Straßen gibt es hinauf und hinunter Autos, Kleinbusse und Lastwagen. Als die Fahrer unser Auto erkennen, legen sie begeistert los. Sie nehmen die Hand nicht von der Hupe, brüllen aus voller Kehle. Ich sehe das, blicke in alle Richtungen, weiß nicht, ob ich lache oder weine: Hier kennt man mich. Wir müssen das Auto anhalten.

Nach siebzehn Monaten in Badajoz, worüber bestimmte Zeitungen nach ihrem Gutdünken berichteten, waren diese Menschen und diese Straßen die ganze Zeit hier, Menschen, die mich in jeder Lebenslage gesehen haben, Straßen, die mich bei Besorgungen für meine Mutter gesehen haben, oder wenn ich, schon aufgeschossen, meinen Onkel begleitete, in der Anfangszeit der Geschäfte und ich, wie meine Mutter es zu halten pflegte, immer habe anschreiben lassen. Ich bin bei meinen Leuten, habe die Füße auf den Straßen meiner Heimat, hier kennt man mich. Sie umfassen mich und heben mich hoch, ziehen mir das Hemd aus der Hose, klopfen mir mit den Händen auf den Rücken. Noch mehr kann ich nicht lächeln. Viele von denen um mich herum möchten etwas sagen, Leute, die ich seit vielen Jahren kenne, einige seit sechsundfünfzig Jahren, die gesamte Zeit, in der ich diese Luft atme. Und ich schätze es sehr, nun die Brust mit dieser warmen Luft zu füllen, schätze den Schweiß, der mir über das Gesicht läuft, mir das Hemd an den Leib klebt. Die Autos hören nicht auf zu hupen, einige haben das Logo von Delta an den Türen angebracht. Heute, an einem Ausnahmetag, können sie solch einen Unsinn machen, morgen aber geht es wieder zurück an die Arbeit. Ich bin von Männern aller Art umgeben, einige drücken mir die Hand und entfernen sich gleich wieder, andere bleiben in der Runde um mich, beglückwünschen mich, auch Frauen, etwas verhaltener, und Kinder, von der Feierstimmung angesteckt. Siebzehn Monate, so lange, ein ganzes Leben. Der Chauffeur bahnt sich einen Weg zu mir, und inmitten dieses Lärms gelingt es ihm, mich flüsternd zu fragen, ob ich meine Ruhe haben möchte. Mit einer Gebärde bedeute ich ihm ein Nein, er versteht. Das ist meine Heimat, ich bin bei meinen Leuten, hier kennt man mich.

7

Meine Frau hat mich mir selbst überlassen, ich blicke aus dem Fenster. Es ist ohne Belang, was ich sehe. Jede Bewegung, jede Regung der Natur führt mich zum selben bitteren Schmerz, leise, doch im Inneren des großen, alles umfassenden Schmerzes heftig wahrnehmbar. Die blanke Erkenntnis, dass die Welt sich gleichgültig weiterdreht. Dann aber meine Schwester Clarisse.

Und vermischte Bilder: ihre Miene, vor allem, wenn sie mich in Erwartung einer Antwort ansieht, enthusiastisch an gewissen Tagen, das Ausmaß ihrer Illusionen, meine Schwester als Kind, die Gewissheit, dass es den Sauerstoff gab, den sie einatmete, er hatte denselben Geschmack wie der Sauerstoff, den ich nun atme, hatte die Temperatur auf der Haut und im Körper, alles war möglich, alles war möglich, und dann vor Kurzem der Friedhof, die Erinnerung an kurz zuvor, das lackierte Holz, das meine Schwester umfängt, das Licht dieses Tages auf dem lackierten Holz, der Ton der Stimmen, die geplätteten Kleider, schwarz, die Erde, die Wand aus Erde im Grab, die Blumen, erneut ihr Gesicht, ihr Gesicht der vergangenen Woche, ihr Gesicht von vor drei oder vier Tagen, das letzte Mal, dass wir einander gesehen haben, die letzten Worte, die ich zu ihr gesagt habe.

Meine kleine Schwester, wenn sie über Spielzeug, das sie erwischt hat, lachte, eine Zeit, die von ihr schon nicht mehr erinnert werden kann. Das nun ist die Welt ohne meine Schwester Clarisse. Als wäre plötzlich alles verschwunden, was sie anging, ihre Geschichte. Gestern noch hatten wir ihren Körper, er war da, reglos, verzerrt, doch das war immerhin etwas. Gestern noch hatten wir immerhin etwas, dieses Wenige. Nun unter der Erde, weiß ich, dass ich sie nirgendwo auffinden werde. Ich kann die ganze Welt ablaufen, jeden Winkel der Welt, und weiß, dass ich sie nicht auffinden werde. Es ist, als wäre meine Schwester nur noch ihr Name, und selbst ihn zu nennen, würde nicht sicherstellen, dass er wahrgenommen wird. Ihr Name wird jede Sekunde unfassbarer.

Clarisse. Im Kopf rekapituliere ich Abrisse ihres Lebens. Sie wurde keine fünfzig Jahre alt, doch ich stelle sie mir älter vor, meine einzige jüngere Schwester mit sechzig oder siebzig Jahren, stelle mir mich älter vor, sie und ich, zwei alte Leute. Es ist ein unmöglicher Gedanke, der schon nicht mehr in die Tat umgesetzt werden kann. Hinter dem, was ich vom Fenster meines Zimmers aus sehe, liegt das ganze Städtchen Campo Maior. Irgendwo in greifbarer Nähe befindet sich mein Schwager, ihr Mann, mit den Kindern. Noch vor Kurzem auf dem Friedhof, schutzlos und ich im Versuch, ihnen mit meinem Blick zu sagen, dass ich mich um sie kümmern werde, um uns herum jedoch Marmor, der Himmel bedrohlich.

Das Gesicht meiner Schwester, ich sage ihren Namen und höre sie den meinen sagen, sie als heranwachsendes Mädchen, an ihrem Hochzeitstag, Clarisse krank, meine Mutter besorgt und wie sie mir schweigend die Sorge deutlich macht. Ich werde alles tun, Mutter. Ich werde alles tun. Die Hoffnung, diese Hoffnung erscheint nun unangebracht, das laue Gefühl, mit der wir sie gehegt haben.

Das Gesicht meiner Schwester, als ich mit ihr über England

sprach, die Zuversicht, die in diesem Moment in ihren Augen aufflackerte. Dann ihr Gesicht, als wir in England ankamen, und als ich sie im Krankenzimmer zurückließ. Noch Hoffnung, zuweilen blasser, verblichener, jedoch noch vorhanden. Ich werde alles tun, werde alles tun, und ich tat es. Doch in all diesem alles gab es nichts, was sich dem, was geschah, hätte entgegensetzen können. Das Geld hat sie nicht gerettet. Kein Geld hätte sie retten können.

*

Das Aroma des gerösteten Kaffees verlieh dem Spätnachmittag einen bräunlichen Ton, man sah es am Himmel. Der Chauffeur wusste, dass er langsamer fahren musste, wenn er die Bundesstraße 371 verließ und in den Weg zur Fabrik Novadelta einbog, wenn er, aus Campo Maior kommend, nach rechts abbog. Das Tempolimit war auf Verkehrszeichen angezeigt, es gab Lastwagen mit Anhängern, es könnte ein Gabelstapler des Weges kommen, es könnte jemandem einfallen, die Straße zu überqueren, und ganz gewiss musste Senhor Rui jede Einzelheit aufmerksam überprüfen, eine erschöpfende Kontrolle auf dieser kurzen Strecke vornehmen. Samstags und an jedem beliebigen Wochentag roch das ganze Areal nach geröstetem Kaffee. Nachdem sie das Centro de Ciência do Café, in dem die hohe Kunst des Kaffees demonstriert wurde, hinter sich gelassen hatten, bereits zwischen Weingärten und Natur weiterfuhren, wusste der Chauffeur, dass er das mäßige Tempo beibehalten musste. Auf diesem Stück Weg gab sich Senhor Rui dem Genuss der Landschaft hin, Felder, die ihm etwas sagten.

Es gab nichts, was sich der Natur entgegensetzen konnte.

Die Rebstöcke je nach Rebsorte angeordnet, eine kunstfertige Arbeit, von Händen und mit Hirn ausgeführt. Dann, in der Ferne, einige verstreute Korkeichen, Bäume, die wegen ihres Alters und ihrer Robustheit Respekt einflößten. Niemand würde ihre Widerstandsfähigkeit infrage stellen, dort in dieser unverrückbaren Position, Korkeichen an die Erde geklammert. Senhor Rui betrachtete diese Eigenschaften mit ernsthafter Ehrerbietung. Ohne es sich in der Miene anmerken zu lassen, die Gesichtsmuskeln gleichmütig, war er stolz auf die Rebstöcke, ein Meer von grünem Weinlaub. Er hatte noch im Gedächtnis, was er sich vorgestellt hatte, und nun erstreckte sich vor seinen Augen die Konkretisierung.

Im Lauf der Jahre hatte er eine klare Vorstellung des Gebäudes, das nun langsam näher kam, bekommen: erhabenes Weiß. Der Architekt hatte seine Allüren, beharrte auf Linien und bestimmten Einzelheiten, die Senhor Rui bei vielen Gelegenheiten unbegreiflich erschienen. Es ist die Moderne, sagte er sich immer wieder, im Verständnis, dass es sich um eine eigenständige Kunst handelte. Und die Arbeiten. An vielen Samstagen wie diesem wollte er zum Grundstück hochfahren, um sich über den Arbeitsfortschritt zu informieren. Im Lauf seines Lebens wurde er zum Fachmann für Beton, er hatte Ideen, fand Möglichkeiten für viele bauliche Fragen.

Adega Mayor. Sobald der Name feststand, benutzte Senhor Rui ihn sogleich in allen möglichen Sätzen und Gesprächen. Er musste den Moment überwinden, in dem diese Worte Befremden auslösten. So war er auch mit Delta und allen anderen Marken verfahren, die dann Erfolg hatten. Er erträumte die Weine Adega Mayor wie auch das Olivenöl, und nun hatte er die Verwirklichung dieser Träume vor sich, er sog die Kraft des Frühlings ein.

Das Einparken war keine besondere Herausforderung. Mühsamer war das Aussteigen, bei offener Tür und das rechte Bein ausgestreckt. Je weiter der Tag fortschritt, desto mühsamer wurde es. Der Samstag zog sich dahin, Zeit. Er dachte an die Schwester Clarisse. Dachte an die Schwester Cremilde. Dachte an António, die Morgen, an denen sie gemeinsam aufgewacht, die Streiche, die ihm zusammen mit dem älteren Bruder eingefallen waren. Er dachte an den Vater, in den Tiefen einer unendlich langen Zeit, Jahre über Jahre, Jahrzehnte. Er dachte an die Mutter, noch jung, von Aufgaben umgeben, und dann schon alt.

Er hob den Blick vom Boden und hatte einen Mann vor sich, der ihn mit Senhor Comendador ansprach. Er war ganz plötzlich aufgetaucht. Wohl hier zu Besuch, trug er Flaschen zu seinem Auto, grau, mit spanischem Kennzeichen. Senhor Rui lächelte während seiner Erläuterungen. Der Mann versicherte, er würde nur zwei Minuten benötigen. Wie gut, dass ich Sie hier antreffe, Senhor Comendador. Und er bat um eine Ausstattung für eine Leichtathletik-Mannschaft, zwei Dutzend ärmellose Trikots. Er nannte eine Gemeinde im Bezirk Arronches, woher er kam, doch Senhor Rui war in Gedanken bei den Leuten, die ihn in der Adega Mayor erwarteten. Der Mann berichtete ihm weiter über die jungen Sportler, Jungs mit guten Beinen für den Lauf querfeldein, als Senhor Rui schon seine Unterstützung zusagte und ihn bat, die Daten beim Chauffeur zu hinterlassen. Noch immer lächelnd, drückte er dem Mann die Hand und ging um ihn herum in Richtung des Treffens, das er da drinnen festgelegt hatte. Letzten Endes hatten sie nicht einmal zwei Minuten gebraucht.

8

Alles läuft auf den Bau eines Hauses hinaus. Von diesem Gedanken wurde er überfallen, nachdem er sich vom Chauffeur verabschiedet, nachdem er den Innenhof überquert hatte, als er ins Haus trat und beim Überschreiten dieser Grenzlinie den klaren Unterschied zwischen draußen und drinnen spürte. Alles läuft auf den Bau eines Hauses hinaus. Dieses große Wort ALLES bedeutete alle Tage, an denen er inmitten von Projekten erwachte, Grübeleien, die alle Entscheidungen lenkten, alle Gesten und Gebärden, bedeutete alles, woran er im Lauf der Zeit, der einzelnen Altersstufen geglaubt hatte, in der jeweiligen Gegenwart gesicherte Wahrheiten, die sich später, im Wohlwollen der Zukunft überprüft, mit naiven Luftspiegelungen vermengt haben. Und HAUS, ein ebenfalls großes Wort, das nicht nur Wände und Möbel beinhaltet, sondern auch jene Welt, die Errichtung jenes sicheren Ortes, die Besänftigung des Herzens und sämtlicher Organe, die Atmosphäre, in der er ein anderer Mensch war.

Ohne sich dieses Gedankens bewusst und dennoch ein Teil davon zu sein, befanden sich seine Frau und die Tochter, Alice und Helena, dort, wo er sie am mittleren Vormittag oder vielleicht ein wenig darauf zurückgelassen hatte. Vielleicht war es der Enthusiasmus, der ihnen einen Anstrich von Kindlichkeit verlieh. Er blickte zu seiner Frau, die da saß, achtundachtzig Jahre alt, und konnte das Mädchen erkennen, auf das er in der Schule, in der vierten Klasse, und auf dem Praça da República im Kreis ihrer Freundinnen aufmerksam geworden war, und die Art, wie damals ihr Name ausgesprochen wurde, Alice. Und die Tochter, gleich nach ihrer Geburt. Er erinnerte sich an das erste Mal, als er sie sah, eingewickelt, ein Säugling, auf ein paar Meter Entfernung, und als sie ihm sogleich entgegengestreckt wurde, das Gesicht im Schlaf, die Augen geschlossen. Er erinnerte sich an die Tochter mit drei, vielleicht vier oder fünf Jahren, von oben bis unten hübsch zurechtgemacht, mit Spangen im Haar.

Sie lächelten. Die Beschwingtheit der Stimme löste sich bisweilen in gedämpftem Gelächter auf, manche Einzelheiten sparten sie in ihrer Unterhaltung aus, als wollten sie Geheimnisse bewahren. Senhor Rui nahm diese Lücken wahr, Sätze ohne Akkusativobjekt, tat aber so, als würde er sie nicht bemerken, ließ sie im Glauben, Geheimnisse vor ihm zu hüten. Der nächste Tag würde großartig sein. Die Aussicht darauf war die Hauptquelle ihres Enthusiasmus. Er bereitete ihnen viel *ilusión*, wie die Spanier zu sagen pflegen. Der nächste Tag, Sonntag, 28. März, ähnelte einem der großen Momente seiner Kindheit, ein Glanzlicht, das ihr Gesicht in feierlichem Erstaunen zum Leuchten brachte.

Es herrschte Samstagsstimmung, die Stimmung von spätem Samstagnachmittag, eine Atmosphäre voller Licht, doch der nächste Tag war bereits sehr präsent. Senhor Rui wusste, dass die beiden die vergangenen Stunden damit zugebracht hatten, alles zu planen, was stattfinden würde, ihr ganzes Denken damit zugange war. Seine Frau, im Sessel, streckte beim Sprechen die Arme aus, Alice gestikulierte, als wollte sie aus dem Raum, der sie umgab, mit den Händen Ideen ergreifen. Die Tochter machte sich daran, wegzugehen, wandte sich ihrem Mantel zu. Gleichzeitig machte er sich daran, ganz und gar zu Hause anzukommen, er kam zur Ruhe und gleichzeitig war da die Bewegung der Worte, mit denen er einfache Fragen beantwortete. Und er freute sich über die Beschwingtheit der Tochter.

Dann waren sie allein. Nach ausgiebigen Verabschiedungen

war die Tochter gegangen. Sie waren allein mit ihren Namen, Rui und Alice, mit den gerahmten Fotografien und den Gegenständen, mit dem Raum in den Räumen des Hauses. Ja, sein ganzes Leben lang hat er auf diesen Tag, der bald stattfinden würde, gewartet. Irgendwann war der Tag zu einem Meilenstein geworden. Viele Jahre lang konnte er ihn sich nicht vorstellen. Er konnte ihn nennen, blieb jedoch ein Abstraktum, ein Begriff, den er in Berechnungen einbeziehen, beim Argumentieren mit sich selbst anwenden konnte, der jedoch unwirklich, nicht wirklich möglich war. Und doch war er da: der nächste Tag, er sah ihm entgegen und ging auf ihn zu.

Er erinnerte sich an die Umgebung von Luanda. Erinnerte sich an Onkel Joaquim. Erinnerte sich an den Praça da República, den Platz an Samstagen wie diesem, genau zu dieser Stunde, voller Menschen. Er erinnerte sich an die Felder der Extremadura, spürte den Duft der Weite. Er erinnerte sich an das Hotel Timor in Díli, als er auf der Bettdecke saß. Seine Frau sagte etwas über den nächsten Tag, lüftete ein wenig dessen, was in Vorbereitung war, gab ihm einen erklärenden Wink, was sie angebracht fand. Und sie sprachen über die Tochter, beide über ihre Beschwingtheit erfreut. Er erinnerte sich an das erste Mal, als er seine Tochter Helena sah, eingewickelt, ein Säugling, auf ein paar Meter Entfernung, und wie man sie ihm entgegenstreckte, das Gesicht im Schlaf, die Augen geschlossen.

Alles lief auf den Bau eines Hauses hinaus. Bevor er aufstand, um seiner Frau zu helfen, Alice, warte ein wenig, kam ihm dieser Gedanke wieder hoch.

*

Ich erkenne ihn sofort an der Art, wie er seinen Körper verdreht. Meine Augen sind noch nicht so nah, dass ich seine Züge ausmachen kann, doch seine Haltung genügt mir, um ihn zu erkennen, es gibt niemanden sonst in Campo Maior, der sich so darbietet. Wir sind allein auf der Straße, ich gehe auf ihn zu, ich auf dem Bürgersteig der einen Seite, er auf dem Bürgersteig der anderen. Ich setze meinen Weg fort, im gleichen Tempo. Der verwirrte Sohn des Doktors, des Chefs meines Vaters, hat mich noch nicht bemerkt, ist mit irgendetwas, das nur mit ihm zu tun hat, beschäftigt, in einem Selbstgespräch flüstert er sich Anschuldigungen zu und im gleichen angriffslustigen Ton antwortet er, verteidigt er sich selbst. Ich habe keine Angst mehr vor ihm. Als mein Vater starb, hatte ich schon keine Angst mehr vor ihm.

Als Kind versetzten mich seine Attitüden und Attacken aus dem Nichts vielleicht sogar weniger in Angst als das, was ich zu hören bekam. Seine Art zu sprechen beeindruckte mich, die Art, wie seine Stimme sich veränderte, bis sie die Stimme einer anderen Person zu sein schien, tief oder hoch, doch noch schockierter war ich über die Details, die mein Vater bei seltener Gelegenheit beschrieb, oder über die Bemerkungen meiner Mutter. An den Abenden, an denen mein Vater nicht erschien, sein Platz am Tisch, für ihn gedeckt, leer blieb, stellte ich mir das Inferno an Irrsinn vor, das man ihm auferlegte. Nur er konnte mit dem Knaben, jetzt ein Mann, fertigwerden. Manchmal musste er festgebunden werden. Diese Leidenskrisen konnten Stunden dauern, Störungen, die von seinem Kopf Besitz ergriffen, ein Leid für ihn, aber auch für seine Mutter und seinen Vater, und auch für meinen Vater, der völlig erschöpft nach Hause kam. Es gab Gelegenheiten, bei denen ich schon älter und bei seinem Kommen noch wach war, und es gab Gelegenheiten, als ich, noch klein, im Dunkel des Zimmers aufwachte und erschrocken einen Teil des Gesprächs zwischen meinem Vater und meiner Mutter mit anhörte.

Mit jedem Schritt komme ich näher. Ich bin nun ein Mann von dreiundzwanzig Jahren, habe mein Leben aufgebaut. Heute ließ ich nach dem Aufwachen meine Frau in der Morgendämmerung mit ihrem Bauch von acht Monaten, dreiunddreißig Wochen, zu Hause zurück. Jeder Schritt ist ein Schlag auf den Boden, ich zeige den Steinen, wer das Kommando hat. Und dennoch fehlt mir mein Vater, fehlt auf dieser Straße, fehlt in allen Straßen und Gassen von Campo Maior. Ich kann mich noch erinnern, wenn das Auto plötzlich auftauchte und den Weg ausfüllte, und es mein Vater war, der es lenkte, der Chauffeur des Doktors. Er winkte mir nur dann nicht zu, wenn er mich in der Jungenschar nicht ausmachen konnte oder wenn er mich nicht bemerkte, meine Gestalt mit irgendeiner anderen Gestalt verwechselte. Ich erkannte ihn immer, in aufrechter Haltung, voller Aufmerksamkeit am Volant und beim aufwändigen Betätigen der Gangschaltung, er umfasste sie mit der ganzen Hand. Wie haben es wohl der Doktor und seine Frau nach dem Tod meines Vaters geschafft, mit dem Sohn zurechtzukommen? Dafür habe ich mich nie interessiert. Ich hätte es ohne Mühe erkunden können. In einer Gesprächspause mit tausend Personen, die die Antwort kennen, hätte ich es erfragen können. Es hat mich nie interessiert, es spielte schon keine Rolle mehr. Als mein Vater noch am Leben war, als sie von ihm verlangten, den Knaben zu bändigen, war das vielleicht etwas anderes. Danach interessierte es mich nicht mehr. In diesen nunmehr schon fünf Jahren begegnete ich dem Auto des Doktors schon mehrmals: er in der einen Richtung unterwegs, ich in der anderen. Dann ist es der erste

Impuls, nach meinem Vater Ausschau zu halten, voller Hoffnung auf den Platz des Chauffeurs zu blicken, doch es stellt sich gleich die Erkenntnis ein.

Vater, du musst nichts mehr. Als mein Vater vom Militärdienst kam, in der Tasche den Führerschein, den er dort machen konnte, brachte er auch eine lebenslange Anstellung bei dieser Familie mit. Fern von alledem, putzt der Sohn des Doktors seine Nase am Handrücken ab und wird mittendrin meiner gewahr. Wir sind wenige Meter voneinander entfernt, jeder auf seiner Straßenseite. Er bleibt stehen, folgt mir halb lachend mit dem Blick. Ich bewahre mein Tempo, bewahre das Gesicht ohne Regung, fixiere einen Punkt weiter vorn. Der Sohn des Doktors lässt das Kinn über dem Hals kreisen und verliert sein Lächeln, der Arme, er weiß nicht, wer ich bin, bekommt nichts mit.

Ich habe noch ein Stück Weg, biege nach links ab, gehe weiter hinunter, wechsle die Straße und mit der Entfernung lasse ich den Schatten des Doktorsohnes hinter mir. Auch die Erinnerung an meinen Vater kehrt in eine andere Zeit zurück. Ich denke nun wieder an den Zweck meines Weges und den Ort, an den ich mich begebe. Die Verantwortung, die man von mir erwartet, ist groß. Ich bin ihr gewachsen: Bin nun ein Mann von dreiundzwanzig Jahren, sage ich mir wieder, habe mein Leben aufgebaut. Es war nicht mein Onkel Joaquim, der mich geschickt hat, es ist mein eigener Entschluss.

Und außerdem wollte ich zu Fuß gehen, wollte Zeit für mich. Denken heißt, eine Richtung zu wählen. Es fehlt nicht mehr viel und ich bin da. Ich bin hier, und noch heute, wenn ich gegen Abend nach Hause komme, womöglich schon zu später Stunde, werde ich meine Frau und unser Kind, das sehr bald zur Welt kommen wird, antreffen. Ich bin hier, und doch werde ich erstaunlicherweise noch heute dort sein, in der immensen Zukunft. Ich weiß, wohin ich gehen möchte.

Die Straße endet in einem krummen Verlauf, mit Lücken im Pflaster. Ich erreiche die Ortsgrenze, doch da drüben gibt es noch Häuser. Die Hunde beginnen zu bellen. Ich gehe auf einem Pfad zwischen Gräsern voran. Hühner geraten in Aufruhr, in Panik rennen sie im Kreis herum. Beim Näherkommen werden die Hunde ruhiger. Die Haustür ist mit einem Tuch verhangen. Am Ende des Pfades, unter Wäscheleinen aus Draht, über einen Stock gespannt, laufen die Hühner in der Höhe meiner Knöchel umher. Von der ganzen Aufregung alarmiert, kommt eine Frau an die Tür, zieht das Tuch mit der Hand zur Seite. Ihre Gesichtszüge entgleisen. Als ob sich das Gesicht der Frau bei meinem Anblick auflösen würde. Sie beginnt zu heulen, stößt einen Schrei gen Himmel aus. Es gibt keine Nachbarhäuser, nur Olivenbäume, aber ich traue der Sache nicht, beeile mich, bin in zwei Schritten bei der Frau, packe sie an den Schultern und gehe mit ihr ins Haus.

Die Küche ist düster. Kinder verschiedenen Alters sehen mich aus dem Dunkel an. Sie wissen nicht, was ich hier tue, angesichts ihrer in Tränen aufgelösten Mutter, drauf und dran, in einen Weinkrampf zu verfallen. Das Haus muffelt, als wäre die Feuchtigkeit ins Innerste der Wände gedrungen, als wäre das gesplitterte Holz des Tisches und der Bänke von Feuchtigkeit imprägniert. Ich versuche, die Frau zu beruhigen, doch sie scheint keine Worte zu verstehen. Ich muss wohl warten, bis sie aufhört.

Verängstigt lugt einer der Hunde unter einer Ecke des Tuches, das über der offenen Tür hängt, hervor. Die abgestumpften, verschlafenen Kinder starren mich weiterhin unverwandt in dumpfem Schmerz an, eingetrockneter Rotz. Dann wendet mir die Frau endlich das Gesicht zu, ist endlich in der Lage zuzuhören. Ich sage ihr drei-, viermal, sie möge sich beruhigen. Als ich sie atmen spüre, erkläre ich ihr, ihr Mann sei von der Gendarmerie geschnappt worden, sitze in Badajoz ein. Sie beginnt von Neuem zu kreischen, doch ich lege ihr einen Finger auf die Lippen. Da sie darauf nicht gefasst war, lässt sie mich sprechen.

Ich sage ihr, dass es an nichts fehlen werde, nicht ihr und nicht den Kindern. Erkläre ihr, dass ihr Mann nicht lange eingesperrt bleiben werde, dass es sich um einen Allerweltsfall handle, dass die Spanier auf Leute wie ihn, die ihnen die Suppe wegessen, nicht erpicht seien. Ich mache große Augen, damit auch sie sprechen, mein Blick durchdringt das Dunkel der Küche und mit wohl gesetzten Worten versichere ich ihr, dass es an nichts fehlen werde, nicht ihr und nicht den Kindern.

9

Ich gehe an den Männern bei den Röstpfannen vorüber und bemerke, dass sie nicht mehr können, es gibt ein Limit für die Gelenkigkeit des menschlichen Körpers. Erst müssen die Geschäftszahlen steigen, damit dann die Rohstoffe und Arbeitskräfte zulegen können. Ein Familienbetrieb bringt dem Unternehmen Vor- und Nachteile. Da ist das Vertrauen, Wert Nummer eins für das Funktionieren jeder Firma, aber wo mehrere Köpfe, auch mehrere Ansichten und in Folge davon Unstimmigkeiten. Ein familiärer Verdruss, unbewältigt und entgleist, löst Animositäten aus, die die Achsen eines Lebens aushebeln können. Ich gehe an den Männern bei den

Röstpfannen vorüber, wir tauschen Grimassen aus, interpretieren diese Grimassen nach eigenem Gutdünken. Die Hitze der Kaffeebohnen macht einen langsam fertig, wir haben nun April und wissen, dass ein immer wärmerer Frühling im Anmarsch ist, und schon bald ein glutheißer Sommer. Sowohl ich als auch die Männer haben unsere Sommer in Campo Maior auf dem Buckel, sowohl ich als auch sie haben all unsere Sommer hier zugebracht.

Schon von Weitem erkenne ich daran, wie die Frau ihre Lippen bewegt, wie sie geht, mit den Armen vor dem Körper wedelt, ihre Aufregung, und mir ist sofort klar, worum es sich dreht. Ich beschleunige den Schritt, laufe beinahe. Die Stimme der Frau wird deutlich, ein Kreischen, das von ihrem Gesicht ausgeht, ihrem von einem Tuch eingerahmten Gesicht, ein Knoten unter dem Kinn, ovaler Rahmen. Ihr Mädchen ist auf die Welt gekommen, es ist Ihr Mädchen auf die Welt gekommen, ruft die Frau immer wieder, im Wettstreit mit dem Fabriklärm, der in den letzten Jahren reichlich zugenommen hat, auch wenn ich mir wünschen würde, er möchte noch mehr, weitaus mehr zunehmen. In mir entzündet sich ein Leuchten, ich weiß, dies ist ein ganz besonderer Moment, doch vielleicht vermittelt mein Gesicht nicht diesen Glanz, denn die Frau sagt weiterhin dieselben Worte, Ihr Mädchen ist auf die Welt gekommen, es ist Ihr Mädchen auf die Welt gekommen, als würde sie meinen, ich hätte es nicht gehört, als würde sie auf eine Reaktion warten, die sie nicht bekommt.

Ich stelle die üblichen Fragen. Ja, alles ist gut gegangen, dem Baby geht es gut, der Mutter geht es gut, meiner Frau, Alice. Doch selbst nach den Antworten sieht sie mich noch immer fordernd an, in Erwartung von noch etwas. Ich bedanke mich, sage ihr vielen Dank für die gute Nachricht. Pause. Nun wäre es an der Zeit zu gehen, doch die Frau sieht mich weiterhin fragend an, und eine Sekunde, eine weitere Sekunde, sie räuspert sich, noch eine Sekunde. Sie hält es nicht mehr aus und fragt: Sie gehen nicht nach Hause?

Ich muss lachen. Die Empörung im Gesicht der Frau nimmt zu. Ich erkläre ihr, was sie schon weiß: Meine Mutter ist dort, meine Schwiegermutter ebenso und noch jemand zum Helfen. Was also habe ich dort zu schaffen, ein Taugenichts mit zwei nichtsnutzigen Armen? Aber, aber, die Frau weiß nicht, was sie sagen soll, und wenig überzeugt geht sie schließlich fort.

Ohne Eile kehre ich zur Arbeit zurück. Am frühen Morgen hatte ich meine Frau kraftlos vorgefunden. Zur Seite gedreht lag sie im Bett, nutzte die Erleichterung aus, die ihr der riesige Bauch in dieser Position verschaffte, nutzte den Schlaf unseres João Manuel aus. Sie schlug die Augen auf, um sich zu verabschieden, und schloss sie gleich wieder. Es war kurz nach vier Uhr, ich dachte, es käme vom Schlaf. Jetzt begreife ich, sie war nahe an diesem unvergesslichen Tag, diesem Wunder. Die Männer, die die Neuigkeit aus erster Hand erfahren und auch die, die sie schon von einem anderen gehört haben, klopfen mir leicht auf den Arm oder beglückwünschen mich von Weitem. Selbst wenn ich sie wegen des Fabriklärms nicht verstehe, weiß ich, was sie sagen. Andere wiederum kümmern sich nicht darum, sie arbeiten weiter, bemerken, wenn ich vorüberkomme, halten mich aber nicht auf, und auch ich halte sie nicht auf.

Vor vier Jahren war es ähnlich. Ich erhielt die Nachricht von der Geburt meines Sohnes João Manuel, fuhr mit meinem Tagwerk fort, und als ich nach Hause kam, waren da meine Frau und der Junge. Es war meine Mutter, die mir über die Geburt Bescheid gab. Sie wunderte sich nicht, dass ich weiterarbeitete.

Zu dieser Stunde nun läuft João Manuel sicher hin und her, womöglich durcheinander, von all dem Trubel aufgeschreckt. Ein Knabe von vier, bald fünf Jahren, aufgeweckt, zu Späßen bereit. In so mancher Hinsicht ist er wie ich, als ich in diesem Alter war, in anderer Hinsicht ganz anders, zum Glück.

Was soll ich dort? Ich bin nur im Weg. Meine Frau ist gewiss noch erschöpft, das Mädchen muss von der Geburt noch ermattet sein. Mögen sie ausruhen, durchatmen, ihrem Körper Erholung gönnen. Wenn ich am späten Nachmittag nach Hause komme, wird João Manuel mich am Eingang empfangen, wohl begierig auf Erklärungen, auf ein wenig Sicherheit nach dem ganzen Tumult. Bald darauf werde ich ins Zimmer treten und zum ersten Mal meine Tochter sehen, eingewickelt, ein Säugling, auf ein paar Meter Entfernung, und sie wird mir entgegengestreckt werden, das Gesicht im Schlaf, die Augen geschlossen. Meine Helena. Und die stille Rührung meiner Frau, die mich besser versteht, als ich selbst mich verstehe, von einem Licht erleuchtet. Und meine Schwiegermutter, die an diesem gesegneten Moment teilnimmt, mit vollem Recht dabei, verzückt über die Tochter und Enkelin, stolze Stammmutter eines Geschlechts von liebenswerten Frauen. Meine Schwiegermutter, mit nur zweiunddreißig Jahren schon Witwe, die sich um die Töchter kümmerte, ihnen beibrachte, was sie über Schneidern und das Leben wusste. Nachdem sie die jüngste Tochter aufgezogen hatte, war sie endlich frei, zu uns zu ziehen. Eine sanfte und bescheidene Frau, die sich aufs Schneidern versteht, mit ihren Scheren, ihrem Nähkästchen, ihren mit Kreide angezeichneten Stoffen. Eine Frau, die niemandem Arbeit machen möchte, mit zurückhaltender Stimme, die ihren Platz kennt und, wenn sie nicht gebraucht wird, in ihr Zimmer verschwindet, dort hat sie ihre Sachen, hochgeschätzt, höchst ordentlich. So wird sie auch sterben, ohne Arbeit zu machen, von einem Moment zum anderen, allein mit Gott in ihrem Zimmerchen, Gott wird ihr den Gefallen tun.

Doch das wird später sein, jetzt gibt es diese Zeit nicht. Jetzt gibt es die Fabrik, den warmen Geruch von geröstetem Kaffee, die Produktion und auch das Gewicht, das ich noch heute in meinen Armen spüren werde, das Gewicht meiner Helena, ein Baby, dieses Gewicht gibt es schon.

*

Immer wieder der siebenundzwanzigste März, all die Jahre hindurch, und der Tag vor dem großen Tag. Wenn er darüber nachdachte, fand er keine konkreten Marksteine, Ereignisse, um sie präzise an diesem Datum festzumachen, konnte jedoch einige Bilder aufrufen oder erfand sie vielleicht: der siebenundzwanzigste März, als er dreißig Jahre, dreißig und soundso viele Jahre alt war, in den Sechzigerjahren; oder die siebenundzwanzigsten Märze, als er ein Teenager war, mit fünfzehn Jahren etwa; oder als er noch ein Kind war, die Augen voller Fantasie; oder mit sechzig, siebzig Jahren: Kinder und Kindeskinder. Die Gedanken schäumten von Bildern über, ein Aufflackern verschiedener Lichter, es waren mühsame Gedanken. Bruchstücke von Episoden verwickelten sich ineinander, wurden von Stimmen, die er im Lauf der Altersstufen innehatte, durchkreuzt, Stimmen, die in vielfachen Tonfällen seinen Kopf füllten. In einem Augenblick wurde er sich der Immaterialität dieser Welt bewusst. Schließlich lag unter all den Mutmaßungen, all den Betrachtungen über so viele siebenundzwanzigste Märze dieser Raum nahezu in Stille, lediglich das Geräusch des

Atems, Senhor Rui und seine Frau allein, der Fernsehapparat ausgeschaltet, das Gewicht des Samstags, irgendein Geräusch, das von der Straße kam, Feierabende, die anders waren als dieser.

Senhor Rui und seine Frau allein, die Größe des Hauses und gleich einem Abhang das unabänderliche Gefühl von tags davor. Morgen: Würden sie sprechen, wäre es so gut wie sicher, dass sie jeden Satz mit dem Wort morgen beginnen würden. Senhor Rui räusperte sich, als würde er gleich etwas sagen, schwieg jedoch weiter.

Lange Zeit konnte er sich dieses Datum nicht vorstellen, irreal in seinem greifbaren Verständnis, es fehlte ihm das Werkzeug, um sich solch einen Moment auszudenken. Zwar konnte er das Datum nennen, in Gesprächen erwähnen, doch es blieb abstrakt. Er wusste, dass dieses Datum zur Realität der anderen gehörte, doch die Realität der anderen war nicht konkret, nicht greifbar, ließ auf der Fingerspitze keinen Geschmack zurück. Später, viel später, nahm dieses Datum Gestalt an und er konnte es langsam in Betracht ziehen. Erst sehr vage und dann wie ein Ziel oder wie eine Bedrohung. Und nun war es gekommen, es fehlte nur ein Schritt, nur eine geschlafene Nacht.

Senhor Rui und seine Frau allein zu zweit. In gewisser Weise waren sie das schon immer gewesen. Für jeden von ihnen war die Anwesenheit des anderen anders als die Anwesenheit der übrigen Personen. Deshalb wusste Alice genau, woran ihr Mann dachte.

Am nächsten Tag würde Senhor Rui neunzig Jahre alt werden.

28. März 2021

1

Ich tauche am Tor auf, wegen der Hitze haben sie es angelehnt gelassen. Der Nachmittag schon weit weg, ein aufgeheizter Juninachmittag und bald Juli, brachte der Abend jedoch noch keine Abkühlung zustande. Die Steine speichern die Glut, eine Dunstwolke steigt flimmernd auf. Selbst der Himmel und die Sterne bewahren eine laue Wärme. Niemand achtet auf mich, die Frauen fahren unter dem Licht der Petroleumlampen mit ihren Gesprächen fort, schärfen den Blick, um die Blütenblätter aus Papier, die sie einrollen, genau sehen zu können. Sie sitzen auf niedrigen Hockern, haben die Knie in Hüfthöhe angewinkelt, und auf dem Schoß, auf den Kitteln oder Schürzen fabrizieren sie Papierblumen. Ich erspähe meinen engsten Freund, der ebenfalls auf einem Hocker sitzt und, ganz auf die Fertigstellung einer Blume konzentriert, winzige Stellen mit Klebstoff bepinselt. Ich muss mir etwas einfallen lassen, um ihn auf mich aufmerksam zu machen, pssst. Noch vor ihm bemerkt mich ein Mädchen: ich ein Auge, eine halbe Stirn am halb offenen Tor. Das Mädchen schlägt über Gebühr Alarm, beschuldigt mich zu spionieren, behauptet, ich würde den Frauen der anderen Straßen Bericht erstatten. Ich aber starre meinen engsten Freund an, rufe ihn mit dem Blick.

Die Anführerin der Straße ist eine Frau, die sich ihr Leben mit Tünchen verdingt, weitaus gescheiter als das Mädchen, und sie regt sich nicht auf. Wie die anderen Frauen merkt sie, dass mir dieser Wettkampf zwischen den Straßen einerlei ist. Eine von ihnen stachelt die Mutter meines Freundes an: Lass den Jungen laufen. Er getraut sich nicht, die Blume wegzulegen. Mit dem Kinn gibt ihm die Mutter ein Zeichen, dass er gehen soll. Mein engster Freund springt vom Hocker auf. Ich verziehe mich auf die Straße, ins Dunkel. Und da sind wir nun, auf der anderen Seite des Tors, scharren mit den Schuhspitzen auf der Erde hin und her und plauschen. Ich glaube, wir sind ungefähr sieben, acht oder neun Jahre alt, vielleicht zehn oder sogar elf. Ich weiß nicht, worüber wir reden. Erinnere mich nicht, weiß aber, dass die Frauen da drinnen hin und wieder zu singen beginnen. Mehr oder weniger koordiniert singen sie traditionelle vierzeilige Spottlieder. Wenn sie die Gesänge abbrechen, bleiben vereinzelte Stimmen, bleibt etwas, das die eine oder andere zu sagen hat, ohne unter dem Licht der Petroleumlampe mit der Fabrikation der Papierblumen innezuhalten. Ich weiß nicht, worüber sie sprechen, was zählt, sind die Geborgenheit dieses Wogens, der Juni und die Anwesenheit meines engsten Freundes.

Er erinnerte sich an die Volksfeste, an die Monate der Vorbereitungen bis in den Sommer hinein, und an die Aussicht auf das Fest. Er bewegte sich nicht, die Bettlaken warm wie seine Haut. Nach den nächtlichen Stunden in unruhigem Schlaf genoss Senhor Rui diese Zeit, spürte ihre Leichtigkeit, es war eine feine Zeit, in ganz feine Konsistenz aufgelöste Zeit. Es bereitete ihm keine Mühe, die Augen zu öffnen, auch wenn er die Behaglichkeit der geschlossenen Lider vorgezogen hätte. Er verfolgte die Ziffern auf dem elektronischen Wecker, sie standen schon auf nach acht Uhr Früh, und wenn schon, er interessierte sich nicht für das Detail von Minuten. Stattdessen ließ er sich in den Geräuschen, die vom unteren Stockwerk drangen, treiben, die Hausangestellten, unter den Anweisungen seiner Frau am Arbeiten, Alice beschwingt, selbst auf die Entfernung am Tonfall zu hören. Und Geräusche von Möbelrücken, Geschirrklappern, etwas schlug an die Wand und der Klang setzte sich im Mauerwerk des gesamten Hauses fort.

Es waren die Vorbereitungen, die Zuversicht, Zeichen einer Zukunft, die Senhor Rui auf sanfte Weise vorwegnahm. Noch im Bett zu liegen, schon weit über seine übliche Zeit hinaus, vermittelte Frieden. Und doch gingen ihm Gedanken durch den Kopf, Erinnerungen und Gedanken. Er erinnerte sich an die Volksfeste, an die Hundstage in so manchem August.

Trotz des anbrechenden Abends und des reichlichen Abstands zwischen den Männern in meiner Begleitung, trotz des weißen, bis zu den Ellenbogen aufgekrempelten Hemdes ist die Hitze brütend. Ich gehe durch die Straßen, grüße und erwidere Grüße. Bewege mich inmitten der kleinen Gruppe, trage Koteletten, wie man sie damals, 1972, hat. Bei Gelegenheit muss ich stehen bleiben und länger mit Bekannten sprechen. In sämtlichen Straßen will man mir die Dekorationen erläutern, die Neuheit, mit der diese oder jene Papierblume versehen ist, die Technik und Gestaltung der Girlanden, eine komplizierte Geometrie, der ich nicht immer folgen kann. Es ist die jeweilige Anführerin der Straße, die mir diese Erläuterungen gibt, die Frau, die dort sämtliche Festvorbereitungen von fünf oder sechs Monaten geleitet hat. Diese Frauen kenne ich alle. Im Lauf ihrer Vorbereitungen habe ich sie alle im Büro empfangen. Sie baten um Leitern und verschiedenes Werkzeug, Kleintransporter für Besorgungen, Arme, die beim Tragen von Lasten helfen sollten, und aus Stolz verstohlen, um Geld für Papier, Klebstoff, Draht. Ich komme aus einer Straße heraus und gehe in eine andere hinein, werde von den Leuten der einen Straße an die der nächsten übergeben: die Anführerin der Straße, die Bewohner, Mitarbeiter bei Delta, die ich grüße, einen nach dem anderen, Freunde aller möglichen Art. Die parallel aufgereihten Blumenketten, die ein leicht geschwungenes Dach über den Straßen bilden, reichen nicht aus, uns die Sonne zu verdecken, die selbst nahe an der Zeit fürs Abendessen noch immer die Sonne von Campo Maior ist. Augustsonne. Als wir durch die Straße eines meiner Begleiter kommen, begrüße ich die ganze Familie, die Frau, die Schwiegereltern, die heranwachsenden Söhne, künftige Arbeiter bei Delta. Wir warten, dass einer der Burschen einen Fotoapparat holt, es gibt eine neue Filmrolle und noch etwas Tageslicht, mein Begleiter möchte gern eine Aufnahme machen.

Er erinnerte sich an die Volksfeste, Freude. Erinnerte sich der neunzig Jahre. Er war schon neunzig Jahre alt, obwohl ihm schien, diesen Schritt hinauszuzögern und die Entscheidung unter Kontrolle zu haben, da er noch nicht aus dem Bett gestiegen ist, den Tag noch nicht begonnen hat. Im Bett liegend, in Minuten, die niemandem gehörten, gab er wieder auf die Stimme acht, die er in seinen Gedanken vernahm, die Stimme, die ICH sagte, wenn er über sich selbst nachdachte. Und wieder fragte er sich: Wer sagte ICH in seinem Inneren? Die Stimme schien kein Alter zu haben. Er erinnerte sich an das Licht, eingedrungen durch Linien, die das glühende Weiß nicht festhalten konnten, an Tage, an denen er außerhalb der üblichen Zeit aufwachte.

Das Licht lässt die Zeit vergehen. Das Licht, das durch die unvermeidlichen Ritzen des Fensters eintritt, ist in die Zeit geschrieben. Meine Mutter lässt mich schlafen, weiß, dass ich eine lange Nacht hinter mir habe. Vielleicht ist sie im Laden. Als ich nach Hause kam, war es schon hell, ich hatte eine ganze Nacht hinter mir, einen nächtlichen Weg, die Grenze im Morgengrauen und noch eine Grenze. Nun ziehe ich den Geruch des Hauses ein. Der Schlaf mit seinen konfusen Vorstellungen, mit seinen Träumen, bringt die Erinnerungen der Nacht durcheinander, Spanien, Portugal, die müden Männer, ihre Gesichter, ihre Züge verhärtet in der plötzlichen Helligkeit des Morgens, bläuliches Licht, grünlich oder gräulich, der Anbruch eines kalten Tages. Und unsere Freude, uns für den Heimweg fertig zu machen, und die Angst, dies wäre vielleicht nicht möglich, die Angst, nichts könnte so sein wie zuvor. Ich kam am Morgen nach Hause und ging zu völlig unüblicher Zeit in das Zimmer mit geschlossenen Fensterläden, schon Lichtspalten. Ich zog die Schuhe aus, lockerte den Gürtel, streckte mich auf dem Bett aus und tauchte in den Schlaf. Eben wachte ich auf, draußen der Nachmittag, und wegen des zeitlichen Durcheinanders war mir leicht übel. Noch hier, stelle ich mich in einer anderen Zeit vor, ebenfalls am Aufwachen, doch am Morgen, ohne Pflichten, vielleicht an einem Sonntag, mein ganzes Leben schon eingerichtet, in der Erinnerung an jetzt.

Er erinnerte sich an die Mutter, als die Mutter noch lebte, als er ohne sie an einem Ort sein konnte, doch wissend, dass sie da war. Neunzig Jahre, Senhor Rui war ein Sohn von neunzig Jahren. Diese Feststellung beeindruckte ihn. Er war verwundert und wusste, dass er nach und nach dieses Staunen ablegen würde. Allerdings wäre diese Mühe kläglich. Es bringt nichts, sich daran zu gewöhnen, neunzig Jahre alt zu sein, da es einfach nichts bringt, sich an irgendein Alter zu gewöhnen. Er erinnerte sich an die Mutter. Erinnerte sich an die Volksfeste, Campo Maior gleich einem eitlen Mädchen, aufgeputzt, das unschuldige Campo Maior.

Vielleicht war es die Erinnerung an seine Mutter, an ihren endgültigen Verlust. Vielleicht aber war es die überaus klare Erinnerung, ein anderer gewesen zu sein. Eine dieser Erinnerungen schnürte ihm die Kehle zu, das Bedauern von all dem, was sich nie mehr wiederholen würde. Und vor dieser

Bürde musste er sich schützen. Nach und nach fand er den Weg zurück ins Zimmer, zu seinem Geburtstag, zu den neunzig Jahren. Ausschalten konnte er die Erinnerungen nicht, sie machten ihn schließlich aus, doch er musste sich vor ihnen schützen. Ja, es drangen Geräusche vom unteren Stockwerk zu ihm herauf, die Hausangestellten als verlängerte Arme der Ehefrau, verlängerte Arme bei allem, was sie tun würde, wenn sie es könnte, wie sie es früher getan hat, Alice, die Pläne, seine Frau würde schließlich in dem Szenario, das sie für diesen Tag ersonnen hat, zugegen sein. Deshalb die Vorbereitung von Besteck, Tellern, Gläsern, der Transport von Stühlen an den riesigen Mittagstisch. Er konnte sich nicht erinnern, wann er zuletzt so spät aus dem Bett gestiegen war.

Stunden zuvor hatte er ganz genau gehört, wie die Frau aufgestanden war. Noch im tiefen Morgengrauen nahm er ihr Vorhaben wahr und ein wenig später die erste Regung. Dann sämtliche Bewegungen, der wenig geglückte Versuch, still zu existieren. Aus Verbundenheit atmete Senhor Rui gleichmäßig weiter, rührte sich kein bisschen, verzog keine Miene, als würde er schlafen, bereit zu geben und zu nehmen.

Noch im Bett liegend, jedoch bereit für den Tag, hatte er nun jede Etappe seines Tuns vor Augen, bis er vom Lächeln der Frau angestrahlt sein würde, zwischen den Verrichtungen der Hausangestellten, der Zubereitung des Mittagessens für seinen neunzigsten Geburtstag. Er sah sich im Zimmer stehen, legte die korrekte Ordnung für jede Geste fest, doch davor gönnte er sich noch einen Augenblick.

2

Er saß noch am Frühstückstisch, als jemand kam. Er wusste nicht gleich, wer es war. Ohne sich darum zu kümmern, machte Senhor Rui weiter, was er zuvor begonnen hatte. Er war allein, mit dem ganzen Tisch für sich allein und eben dabei, das Frühstück zu beenden. Die Zeichen dieser Ankunft waren wie die Krümel, die er auf dem Teller vor sich hatte, verstreut, kleine Brotbröckchen oder, wenn man den Vergleich weiterspinnt, kleine Krümelbrotbröckchen der Stimme seiner Frau, abgetrennte Wörter, wie ihr abgetrennter Name A, li, ce, Wörter, die in der Sonne zergingen, bis nur noch der Ton blieb, jugendlich und frei. Es würde nicht schwer sein, an diesem Frühstückstisch ein Bild zu finden, das das Zergehen der Wörter im Morgenlicht illustriert, doch Senhor Rui saß allein am Tisch und mochte keinen Kaffee mit Milch, er zog ihn *solo* vor, wie die Spanier zu sagen pflegen. Er bemerkte, dass jemand gekommen war, bemerkte aber nicht, wer es war, und machte sich nicht die Mühe, es zu erraten. Er führte den Kaffee an die Lippen.

Der Beginn war Süße, Behagen, eine Essenz mit dem Zweck, ihn zu erfreuen. Er verdiente es wohl, in dieser Süße Seelenruhe zu finden. Nach allem, was er getan hatte, seinem Lebenswerk, war ihm nun dieser Moment gegönnt, und sogar dieser Kaffee, diese Süße war direkt oder indirekt ein Produkt seiner unermüdlichen Arbeit. Und dann kam in diesem Beinahe-Gedanken Bitterkeit auf. Zunächst subtil, wie ein Schatten seiner selbst, dann offenkundige pure und natürliche Bitterkeit, die auch durch die Behandlung der Kaffeebohne, den Transport, die Röstung ihr Wesen bewahrte, bis sie hierher in sein Bewusstsein gelangte.

Er öffnete die Augen wieder. Es war seine Tochter Helena,

in Begleitung des Enkels Ivan und seiner Frau sowie der Mädchen, Urenkelinnen. Senhor Rui stand auf und wischte sich mit der Serviette den Schnurrbart ab. Die Kleinen kamen vorneweg, verbreiteten noch mehr sonntägliche Helle, ein strahlender Morgen, liefen auf die Beine von Senhor Rui zu, und wie es ihnen beigebracht worden war, riefen sie immer wieder: alles Gute, alles Gute! Vorsicht, werft den Großvater nicht um, sagte die Mutter der Mädchen, doch Senhor Rui hielt sich gut an der Stuhllehne fest und genoss die Liebkosung, Kinder mit so niedlichen Zügen. Dann kamen alle anderen an, Alice verfolgte die Begrüßung der Tochter, der Frau des Enkels und schließlich des Enkels, Junge und Mann zugleich.

So begann der Tag erst richtig. Die Gespräche liefen in alle möglichen Richtungen, jemand stellte eine Frage, man setzte zum Antworten an, dann aber wollte jemand etwas hinzufügen oder das Thema wechseln. In der lockeren, sonnigen Atmosphäre, die das Wohnzimmer erfüllte, die leicht in sich aufzunehmen war, waren die Gespräche unkompliziert und vordergründig. Senhor Rui lachte über die Späße der Kleinen und verbat sich die Rügen der Eltern. Auch sie waren so gewesen. Noch vor Kurzem war auch der Enkel Ivan so gewesen.

Bald danach trafen alle anderen ein, pünktlich, das Haus füllte sich. Senhor Rui verlor den Überblick, in welcher Reihenfolge sie sich einfanden, sie kamen von allen Seiten, Enkel mit ihren Frauen, Kinder, der Sohn João Manuel mit Frau und Tochter, alle gratulierten ihm. Jeder hatte seinen Moment, war an der Reihe, aber es kamen noch andere, zogen Senhor Ruis Aufmerksamkeit auf sich, baten ihn, sich umzudrehen, und deshalb kamen parallele Gespräche auf, unter Cousins, Onkeln und Neffen, Geschwistern, die eben jetzt einander etwas zu sagen hatten.

Das Haus war unglaublich erhellt.

Jemand beschwerte sich, dass sie nicht direkt dorthin gefahren seien, ein anderer hielt sogleich dagegen, sie sollten gemeinsam fahren, miteinander ankommen. Derjenige, der sich beschwerte, hob zum Argumentieren an, kam aber nicht dazu, es waren alle da, niemand fehlte, und einer von ihnen, vielleicht der Enkel Rui Miguel, sah auf die Uhr und verkündete, es sei so weit, es sei besser, sich auf den Weg zu machen. Wir haben Zeit, sagte Senhor Rui, während er die Kinder betrachtete, die sich sorglos in ihrem Sonntagsstaat nicht im Geringsten um die Organisation der Erwachsenen kümmerten, und dann betrachtete er seine Frau, Alice, glücklich, strahlend.

Sie begaben sich auf die Straße und verteilten sich, teilten sich auf: Kinder, Enkel und Urenkel, die alle ihr eigenes Leben hatten. Auf der Straße schlugen Autotüren zu. Senhor Rui an der Seite seiner Frau, ihrem Rhythmus entsprechend. In den Autos warteten alle auf sie, um im Konvoi zu fahren. Der Chauffeur wartete am offenen Tor. Ja, sie hatten Zeit.

*

Sprechen Sie mich nicht mit Doktor an, ich bin kein Doktor, antworte ich ihm.

Der Mann, der nicht aus Campo Maior ist, senkt den Blick, lässt sein Gesicht verschwinden, ist beschämt, analphabetische Zurückhaltung, Unterwürfigkeit. Ich nehme derartige Irrtümer nicht übel, doch die Reaktion des Mannes nötigt mich dazu, ihm zu zeigen, dass ich kein Doktor sein muss. Ich bin deshalb nicht weniger wert, fühle mich nicht weniger wert und bin mir absolut sicher, dass auch er sich nicht weniger wert fühlen sollte.

Ich kenne genügend Doktoren, um zu wissen, dass es keine automatische Deutung gibt. Es gibt Doktoren aller Art: vom fortschrittlichsten bis zum ausgemachten Idioten. Jahrelanges Studium, um einen scharfen Verstand zu entwickeln, zu wissen, wie man sich verhält, und gleich daneben, im selben Hörsaal in Coimbra, ein jahrelanges Studium, um dann ein echter Idiot zu sein.

Ich weiß nicht, weshalb ich mich gerade jetzt an diese Begegnung erinnere. Es war nicht das erste Mal, dass mich jemand Doktor nannte, und auch nicht das letzte Mal.

Sprechen Sie mich nicht mit Doktor an, sage ich zu ihm. Mir ist danach zu bekräftigen, dass ich kein Doktor bin. Ich erinnere mich an meinen Vater.

Wir befinden uns auf dem Firmenparkplatz, ich bin eben vom Rathaus gekommen. Wie spät ist es?, wahrscheinlich so gegen elf Uhr. Als ich die Autotür geschlossen habe, war da dieser Mann, der auf mich gewartet hat, er ist nicht aus Campo Maior, er wird etwas von mir wollen, vielleicht eine Unterstützung für einen Verein, einen Verband von Brieftaubenzüchtern, eine Volkstanzgruppe, oder vielleicht geht es um einen ganz bestimmten Fall, ein Unglück oder einen Notfall, wie er im Leben oft vorkommt, vielleicht um eine Arbeitsstelle für ihn selbst oder für einen der Seinigen, für einen Sohn, eine Tochter, einen Stiefsohn. Der Mann scheint ungefähr in meinem Alter zu sein, fünfzig Jahre. Ich möchte, dass er sich keinen Zwang antut. Dass er mich ansieht und mich um das bittet, was er im Sinn hatte. Wir befinden uns schon nicht mehr in Zeiten von Unterwürfigkeit, von Schamhaftigkeit. Ich bin kein Doktor, sage ich ihm einfach. Und erinnere mich stolz an meinen Vater.

*

Die Messe war schon fortgeschritten, die Kinder rutschten unruhig auf den Holzbänken hin und her. In ihr eigenes Echo eingehüllt, schuf die Stimme des Pfarrers eine Kadenz, wies Struktur und Ornamente auf, war mit der Kirche selbst vergleichbar. Die Säulen, die die Decke stützten, schienen in der Stimme des Pfarrers ebenfalls zu existieren, in dem, was er sagte und wie er es sagte. Säulen aus blankem, glänzendem Stein, poliert vom hellen Schein, der durch die Fensterscheiben drang und sich in schräger Flut auf den Boden ergoss, auf die unterirdischen Grabkammern einstiger Priester. Plötzlich brach aus der Orgel ein Ton hervor, ein lang gehaltener Ton, und gleich darauf setzte der Chor ein. Das Dröhnen schwang in der Brust mit und nun erhoben sich alle von ihren Plätzen. Senhor Rui reagierte stets mit einiger Verzögerung, da er von der kollektiven Regelung überrumpelt wurde und ihm seine Knie automatische Reaktionen versagten.

Er suchte ein präzises Bild seines letzten Besuches einer Sonntagsmesse, fand es jedoch nicht. In dieser Kirche hatte er geheiratet, er blickte zu seiner Frau, als die Erinnerung daran seine Gedanken kreuzte, Alice. Bei vielen anderen Hochzeiten war er dabei gewesen, hatte Kinder und die ganze Nachkommenschaft aus der Taufe gehoben, war Pate unzähliger Täuflinge, hatte an zahllosen Seelenmessen, das sind Messen anderer, unvergleichbarer Art, teilgenommen, doch der Grund, nun hier zu sein, war die beharrliche Einladung des Pfarrers gewesen, er hatte großen Wert darauf gelegt.

Als alle niederknieten, tat Senhor Rui es seiner Frau gleich, die kerzengerade sitzen blieb, die Blicke auf einen Punkt fixiert. Während alle den Gesang anstimmten, einige aus kleinen

Messbüchern lasen, andere den Text auswendig wussten, versuchte Senhor Rui erst gar nicht, die Lippen zu bewegen, er stand zu seiner Unwissenheit und nahm das leichte Unbehagen der Situation auf sich. Am Altar tauschten der Pfarrer und zwei Mesner Zeichen und Gegenstände, wie bei einem Tanz. An der fragilen Spitze der Kerzenhalter kämpften die Flammen gegen den Luftzug und gegen die Fragilität des Augenblicks an.

Senhor Rui spürte die Familie um sich herum. Sie besetzte fünf oder sechs lange Bankreihen, er wollte sich nicht umdrehen, um sich der Zahl zu vergewissern, ihm genügte das Wissen um ihr Zusammensein. Trotz der Unterschiede zwischen ihnen und ihrer jeweiligen Art, bildeten sie einen soliden Block, jeder einzelne mit seinem Leben, jeder einzelne mit seinem Alter, Männer und Frauen, Kinder und Jugendliche. Wie Bestandteile, die ein Werk bilden. Senhor Rui verstand es, jeden einzeln zu betrachten, individuelle Gesichter, hier aber, in dieser Stunde, verstand er sie als Einheit, fühlte er sich in ihrer Mitte durch diese Kraft gestärkt.

Und es gab einen Übergang, eine Grenzlinie, die überschritten wurde. Es änderten sich nicht nur die Worte, es änderte sich auch der Tonfall, mit dem sich der Pfarrer an die Zuhörerschaft wandte, als hätte er plötzlich die Menschen vor sich wahrgenommen, als hätte er sie schließlich erkannt. Er gab sich gelöster, die Worte verloren an Strenge. Er erging sich in Betrachtungen über Großzügigkeit, Christenpflicht, lieferte Beispiele aus der Bibel, vom Evangelisten soundso, Kapitel und Vers, kehrte dann aber zur Geschichte zurück, die er eigentlich erzählen wollte. Und wie es zu erwarten war, konkretisierte er: Wir haben jemanden unter uns, und er fügte Adjektive hinzu. Alle verstanden, dass er damit Senhor Rui, den Comendador, meinte.

Doch der Pfarrer nannte auch explizit den Namen mitsamt Familiennamen. Für diejenigen, die es nicht wussten, tat er den Geburtstag kund, neunzig Jahre, von 1931 bis 2021. Senhor Rui fühlte alle Blicke auf sich gerichtet. Mit dieser Bürde musste er das heikle Gleichgewicht zwischen wohlgefälligem Lächeln und Achtung vor dem Ort und der Situation wahren, und auch die nötige Bescheidenheit. Währenddessen erging sich der Pfarrer nun über die Dankbarkeit und sprach ihm im Namen der Pfarre, im Namen vieler Menschen sein Vergelt's Gott aus.

Senhor Rui nahm die Worte auf, verinnerlichte sie jedoch nicht zur Gänze, sie gelangten nur bis zu einer bestimmten Stelle, so war es ihm lieber. Stattdessen betrachtete er die Kinder, Enkel und Urenkel, die diesen Worten lauschten. Und wollte glauben, dass darin ein Nutzen, eine Lehre lag.

*

Ich beuge mich über meinen Onkel Joaquim, damit er mich besser hören kann. Er bittet, ihm nochmals zu erzählen, was geschehen ist, bittet, ihm die Namen der Regierungsmitglieder zu nennen, mit denen ich zusammen war, und die Wertschätzung, die sie mir entgegengebracht haben, oder besser gesagt, uns. Mein lieber Onkel, nichts davon gilt nur mir.

Ich erkenne ihn in seinem gealterten Gesicht. Wir sind im Haus, in dem er seinen Lebensabend verbringt. Sitzen einander gegenüber, ich vierzig und soundso viele Jahre alt, beinahe fünfzig. Nachdem ich ihm nochmals erzählt habe, was sich zugetragen hatte, ist er es, der ein paar Einzelheiten dieser Beschreibung wiederholt, beeindruckt von seinem Neffen Rui, stolz auf ihn. Ich weiß, dass ich dich nicht mehr sehr lange haben werde. Und ich möchte dir abermals erzählen, was sich zugetragen hat, mein lieber Onkel, und noch einmal, damit du weißt, wie stolz ich auf dich bin.

*

Der Pfarrer wünschte ihm vor allen Leuten ein langes Leben.

Er erinnerte sich an die leere Kirche, den Altar in Stille, das fromme Antlitz Unserer Lieben Frau der Guten Hoffnung. Ihm kam vor, das Altarbild wäre, als er noch klein war, klarer gewesen. Seine neunzig Jahre waren kurz im Vergleich zu der Zeit, die diese Figur in sich trug. Konnte die Erinnerung bereinigen? So oft der Dunkelheit bezichtigt, konnte die Erinnerung erhellen? Unsere Liebe Frau der Guten Hoffnung, schwanger mit allem, Mutter der Hoffnung.

Die Worte fanden ein Ende. Als der Pfarrer mit der Predigt fertig war, dachte ein Teil der Anwesenden, applaudieren zu müssen, aber sie waren in der Kirche, an einem Ort des Flüsterns, und so applaudierten sie verhalten, milderten das Aufeinanderklatschen der Hände, beinahe nur eine Geste. Doch der Pfarrer machte es vor, man darf applaudieren. Senhor Rui lächelte in alle Richtungen.

Das Echo des Applauses hallte in der Stille nach, unter den restlichen Worten. Während das Glaubensbekenntnis erdröhnte, als würde es von einem ganzen Heer deklamiert werden, drückte Alice den Arm ihres Mannes, ein altes Liebespaar.

Als es Zeit für die Kommunion wurde, stimmte der Chor ein Lied an. Senhor Rui musste sich erheben und vor seinem Platz stehen bleiben, den Menschen, die ihn begrüßen wollten, auf ihrem Weg zur langen Schlange im Mittelgang für die Glückwünsche danken.

*

Der Geruch ihres Whiskys nach dem Kaffee, die leeren Tassen, der Rest eingetrockneten Kaffees an den Innenwänden der Tasse, die Zeichnung des Weges, den er bis zum Rand, wo die Lippen waren, zurückgelegt hat. Doch jetzt der Geruch des Whiskys, währenddessen Stillschweigen, Pausen, mit Eiswürfeln geschüttelt. Es muss nachgedacht werden. Um die richtigen Worte zu finden, muss nachgedacht werden, bevor ein Vorschlag gemacht wird, und vor der Antwort muss nachgedacht werden, um gekonnt nichts zu sagen, ein Ja oder Nein hinauszuzögern. In diesem Fall das Nein. Die Antwort kannte ich von Anfang an. Seitdem mein João Manuel mir erzählt hat, dass die Männer mit uns zu Mittag essen wollten.

Es sind große Unternehmen, multinationale, sie dominieren vielerorts auf dieser Welt. Keine Einzelperson oder Familie wäre in der Lage, Unternehmen dieser Größe zu kontrollieren. Es sind Unternehmen, größer als Menschen je sein könnten, sie wuchsen, wuchsen und wuchsen, bis sie zu Monstern wurden. Jedwede Kontaktaufnahme ihrerseits ruft zur Achtsamkeit auf. Als Erstes fragte man an, ob wir zu einem Mittagessen bereit seien. Dann, wann es passend sei. Es gibt Schritte, die gesetzt werden müssen, bis man an Ort und Stelle ankommt.

Alles zu kaufen, was wir haben, heißt, unser Leben zu kaufen. Die Fabrik zu kaufen, die Arbeiter, die Kunden, die Marke zu kaufen, den Namen zu kaufen, Delta, die gelagerten Kaffeesäcke zu kaufen und die Pakete, die eben die Fertigungslinie verlassen, eines, ein weiteres und noch eines, es heißt, die Jahre zu kaufen, die man damit zugebracht hat, jedes Detail zu perfektionieren, es heißt, die frühen Morgenstunden zu kaufen, die Tage fern von zu Hause, die Arbeit und den Traum zu kaufen, alles, was ich vor Augen hatte.

Die Zahl braucht eine ganze Weile, um genannt zu werden. Der Mann setzt an, sie zu nennen, und wir müssen uns gedulden, bis wir die Menge der Nullen begreifen. Ich bin es gewohnt, mit Zahlen umzugehen, und war in Erwartung einer Zahl, die mit der genannten verwandt ist. Dennoch verharrt die Welt um uns herum in Schweigen, als der Mann ansetzt, den Betrag zu nennen, und die Zahl braucht eine ganze Weile, um genannt zu werden, es ist, als würde ein Zug vorüberfahren. Wir befinden uns in einem ausgesuchten Restaurant, in einem Raum, in dem wir für die Ungestörtheit bezahlen. Ich bin siebzig und soundso viele Jahre alt, vielleicht dreiundsiebzig oder vierundsiebzig, ja, vielleicht vierundsiebzig Jahre alt.

Ich bin vier Jahre alt, bin ein Kind von vier Jahren. Wir befinden uns im Schlafzimmer unseres Hauses, nahe am Praça da República, am Ende der kleinen Gasse. Das Glockengeläut dringt durch die Wände des Hauses und vermengt sich mit der geflüsterten Stimme meines Vaters. Gleich danach, bereits in der Stille der Nacht, die ebenfalls geflüsterte Antwort meiner Mutter. Der Atem meines Bruders geht ruhig und tief, er schlief ein, sobald er die Matratze berührt hat. Meine Schwester Cremilde rührt sich noch, ihre Beine streichen über den Stoff der Laken. Mit meiner Schulter berühre ich den Rücken meines Vaters und mit meinen Knien die Brust meines Bruders António. Hierher gehöre ich, zwischen meinen Vater und meinen Bruder. In anderen Nächten, wenn es kalt ist, schmiege ich mich behaglich an meine Mutter, ihre Haut ist glatt und weich, glatte und weiche Mutter. In diesen Nächten sticht der Geruch meiner Mutter aus unseren gemischten Gerüchen hervor, einem Geruch von Eltern und Kindern, dem Geruch von Familie.

Der Geruch von Whisky, ihrem Atem entströmt, nach dem Angebot von Millionen. Wer nicht weiß, was eine Million ist, möge bis zu einer Million zählen. Mein João Manuel vermeidet es am Tisch, mich anzusehen, wir könnten versucht sein, mit unserem Blick irgendetwas auszudrücken. Nach der Zahl benötigen wir Stille, nicht einmal ein Wort also, nicht die kleinste Reaktion in diesem oder jenem Sinn. Sie haben schließlich gesagt, was sie zu sagen hatten. Wenn ich nach Hause komme, werde ich es meiner Frau erzählen, sie ist in Erwartung, ich ließ sie in derselben Neugierde zurück, wie ich sie hatte, wie ich sie ihr in etwa dargelegt und damit angesteckt hatte. Es ist viel Geld, sehr viel. Ich komme nicht darum herum, an früher zu denken, als alles ganz anders war, es kommen Bilder in mir hoch von damals, als alles begann, ich 1961 Delta gründete, oder von meinem Onkel Joaquim, der mit seinen Geschäften und Erfindungen zugange war, oder meinem Vater, der durch die Vergangenheit driftet, am echten Beginn von allem.

Mein Vater fällt mit einem Mal in Schlaf, er atmet ein und gleich danach viel länger aus. Ich schlafe fest und ausgezeichnet. Wenn ich aber doch mitten in der Nacht oder vielleicht aus dem Schlaf meiner vier Jahre und noch am Entdecken meiner eigenen Eindrücke kurz aufwache, überrascht von mir selbst, spüre ich das Behagen, dieses Zimmer mit meinen Eltern und Geschwistern zu teilen, wir sind hier, miteinander. Selbst wenn meine Mutter früh am Morgen aufsteht, sie ist die Erste, bald gefolgt von meinem Vater, selbst wenn meine Geschwister aufstehen und ich noch ein wenig liegen bleiben kann, denn so sieht es für mich, den Jungen von vier Jahren, aus, spüre ich weiterhin Behagen, es liegt in der Berührung, in den Falten, dem Geruch und der Temperatur der Laken. Dieses

Behagen ist vielleicht die klarste Erinnerung an diese Zeit. Mit vier Jahren habe ich Zweifel, die mich nicht beunruhigen.

Über meine Antwort hege ich keine Zweifel, ich kannte sie von Anbeginn. Warten wir ab, was die Männer zu sagen haben, sagte ich zu meinem Sohn, doch auch er wusste, was ich antworten würde. Alle wissen es, außer diesen Männern. Sie trinken ihren Whisky nicht aus, wollten ihn nur kosten, wollten nur die Wärme in der Kehle spüren, um den Ernst des Moments zu lindern. Ich antworte ihnen noch nicht, es wäre nicht richtig. Auch müssen nun erst Schritte gesetzt werden. Zur rechten Zeit werden sie mit allem Salem aleikum der Businesssprache Antwort erhalten. Noch heute wird meine Frau die Summe erfahren, die sie geboten haben, sie wird die Hände über dem Kopf zusammenschlagen, es sind keine Zahlen von dieser Welt. Ihr Erstaunen wird mir Freude machen, sie weiß, dass sie mir damit Freude macht. Wie immer wird sie dann fragen, weshalb ich mir die Mühe mache, mir das anzuhören und wegen Millionenofferte Unruhe zu stiften, wenn ich keinerlei Absicht hege, sie anzunehmen. Ich werde sie anlächeln, und diese Antwort wird genügen.

Wir stehen auf. Die Männer knöpfen das Sakko zu, schieben die Stühle zurück. Wir drücken einander höflich die Hand. Und ich nehme die Rechnung entgegen, lasse sie nicht bezahlen, ich bin es, der ihnen das Mittagessen bezahlt.

*

An der Seite seiner Frau nahm Senhor Rui an der Kirchentür von allen Seiten Glückwünsche entgegen, umringt von Menschen. Auch die Tochter und der Sohn, die Enkelkinder plauderten hier und dort verstreut, halfen, sich um all die Leute zu kümmern. Erinnern Sie sich an mich? Senhor Rui antwortete nicht gleich. Selbst wenn er sich sehr wohl erinnerte, ließ er die Leute sich vorstellen, ließ sie sagen, wer sie waren. Alle sind jemand.

Die Menschenmenge schien die ganze Welt zu sein. Glockengeläut über der Ansammlung von angeregten Menschen, ein strahlender Sonntag, die Sonne mild, die Glocken standen nicht still. Neunzig Jahre, hörte man inmitten des Gedränges sagen. Erinnern Sie sich an mich? Es gab viele Leute, die Senhor Rui ihren Dank aussprechen wollten, sie dankten ihm für bestimmte Hilfeleistungen für den Sohn, sie selbst, aber auch für Campo Maior. Was Sie für unsere Heimat getan haben, wurde immer wieder gesagt. Senhor Rui dankte den Leuten, die ihm gedankt hatten.

3

Das Haus war zufrieden, es war an der Art, wie die Dinge die Familie beobachteten, zu erkennen. Die Gegenstände auf den Regalbrettern waren Augen aus einer anderen Zeit, Augen, die sich an dieser Zusammenkunft erfreuten. Senhor Rui und seine Frau fanden sich von ausnehmend guter Laune umgeben. Auch der Sonntag trug zu dieser Harmonie bei, die Sonntagszeit, ihre besonders gedehnten Stunden und Minuten, vergessenes Lächeln im Gesicht. Kinder und Kindeskinder. Einige hielten ein Glas in der Hand, nur so, es verlieh ihnen Haltung, andere hatten die Hände in den Hosentaschen, wiederum andere ließen sie gestikulierend vor der Brust fliegen. Alice bat sie bekümmert, sich zu setzen, zeigte auf Stühle, Sofas und umkreiste die Gespräche, begleitet von der Schwiegertochter und den Frauen der Enkel, die ihr helfen wollten, gleich einem Schleier neben ihr her schwebten. Alice war damit beschäftigt, sich des letzten Schliffs am Mittagessen zu vergewissern. Die Hausangestellten widmeten sich den anfallenden Aufgaben, die unsichtbaren Gedanken der Hausherrin konnten sie nicht lesen. Senhor Rui gelang es, in einem seitlichen Teil des Wohnraums einen Platz für sich allein zu finden, wo er von Weitem seine Frau beobachtete und sich über ihren Enthusiasmus freute. Er erinnerte sich an den Spanischen Bürgerkrieg. Und betrachtete die Urenkel in ihren verschiedenen Altersstufen: die Kleinen und die Größeren. Die einen wie die anderen hatten dies oder das im Sinn, warfen sich in die Schlacht zwischen den Erwachsenen, die im Raum verstreut, sich einmal hier, einmal da auf dem Teppich im Stehen zu Gruppen formierten: sämtliche möglichen Kombinationen von Kindern, Schwiegerkindern, Enkeln und deren Frauen. Senhor Rui genoss diesen Moment seiner neunzig Jahre. Noch beeindruckte ihn die Zahl, er würde sich daran gewöhnen, wie es auch mit achtzig, mit siebzig gewesen war. Aber er erinnerte sich daran, dass er sich mit fünfzig wie in den Abgrund geworfen, richtig alt gefühlt hatte. Naiv. Wieder erinnerte er sich an den Ausdruck Spanischer Bürgerkrieg, von seinem Onkel Joaquim ausgesprochen.

Mein Onkel Joaquim sprach Spanischer Bürgerkrieg so aus, als wäre es nur ein Wort, als könnte man die beiden Wörter nicht trennen. Ich bin sieben Jahre alt und habe schon oft über Spanien reden hören, habe aber keine rechte Vorstellung davon. Ich weiß, dass Menschen dorthin gehen, weiß, dass mein Onkel dorthin geht, weiß, dass es ein Ort ist, wie es auch hier ein Ort ist, aber ich habe keinen genauen Begriff davon, wie es dort aussieht. Mein Onkel erklärt mir den Spanischen

Bürgerkrieg anhand von portugiesischen Beispielen, Campo Maior und Portalegre etwa, Lissabon und Évora, entzweite Nachbarn, ja sogar geteilte Familien, Geschwister, die einander umbringen möchten. Wirklich? Ich höre meinem Onkel mit offenem Mund, ratlosen Augen zu. All das erschreckt mich, erscheint mir unglaublich. Ich kann mir den Hass, den die Spanier füreinander empfinden, nicht vorstellen, ihre Verzweiflung jedoch schon.

Das Gespräch kam ins Rollen, als ich meinem Onkel etwas, das ich mitbekommen hatte, erzählte. Zusammen mit meinem Bruder António ging ich nach dem Abendessen in unser Zimmer. Näheres darüber brauche ich meinem Onkel nicht zu erläutern. Er weiß, dass wir früher alle, die ganze Familie, zusammen in einem Raum geschlafen haben. Doch meine Schwestern wuchsen heran, wir alle wuchsen heran, und mein Vater fand ein paar Häuser weiter zusätzlichen Raum, ein Zimmer. So machten wir, mein Bruder António und ich, uns jeden Abend nach dem Essen auf den Weg zu unserem Zimmer. Genau als wir den Fuß auf die Straße setzten, hörten wir Schreie. Mein Bruder, ein Bursche von vierzehn Jahren, wollte hinauf zum Platz, um herauszufinden, was los war. Wir legten ein Halbdutzend Schritte bis zur Ecke zurück. Mein Bruder, der vieles, beinahe alles weiß, begriff sogleich, was los war.

Es waren Spanier, die in der Polizeistation schrien. Ich gehe nicht so weit, meinem Onkel den Horror dieser Schreie zu beschreiben, sie kamen aus tiefster Kehle und zerrissen auf ihrem Weg sämtliche Nerven. Es waren Schreie, die die dicken, alten Ziegel durchdrangen, die Wände der Polizeistation und die ganze Nacht lang auch meine erschrockenen Augen, mein Verständnis und mein Unverständnis. Es gab viel Schreckliches, das ich nicht kannte. Etwas davon entdeckte ich dort, in diesen Schreien, eine Angst, die zu ertragen ich nicht imstande war. Trotz seines Alters und seines Wissens zog mich mein Bruder ebenso erschrocken am Arm und wir flohen vor den Schreien, liefen die Gasse hinauf, stürzten ins Zimmer, und selbst als die Schreie verstummt waren, hörten wir sie in der Stille noch immer.

Ich brauche meinem Onkel Joaquim diesen Schock nicht zu beschreiben, er versteht ihn, so sind die Menschen. Wir sitzen vor seiner Haustür auf der steinernen Bank. Ab und zu geht jemand vorüber und wünscht ihm einen schönen Nachmittag, obwohl es schon beinahe dunkel wird, und er antwortet stets mit doppelter Freundlichkeit. Und fährt mit seiner Erläuterung fort, mein Onkel senkt die Stimme, wenn er Spanischer Bürgerkrieg ausspricht. Es sind Spanier, die aus ihrem Land fliehen wollten, erzählt er mir. Spanier, die versucht haben, vor dem Krieg zu fliehen, doch sie wurden von der Polizei gefasst und würden deshalb an ihre Mörder ausgeliefert werden. Es waren die Schreie ihrer Todesangst.

Ich habe noch immer Angst, doch es ist praktisch Zeit fürs Abendessen. Mein Onkel Joaquim wechselt das Thema, stellt mir eine Frage über die Schule, möchte wissen, ob ich sie mag. Die Antwort kennt er bereits, trotzdem unterbricht er mich nicht. Und die Dämmerung setzt ein, als Trennlinie zwischen Tag und Nacht, in der es von einer Sekunde auf die andere finster ist. Ich möchte lieber nicht, dass sich meine Mutter über mich ärgert, dass sie schimpft. So stehe ich auf, um nach Hause zu gehen. Mein Onkel steht ebenfalls auf, sagt, dass er mich begleiten will.

Senhor Rui wandte das Gesicht seinem Onkel Joaquim zu. Der stand im Wohnraum, ganz in der Nähe von João Manuel. Ob er seinen Großneffen wohl erkannte? Mit Sicherheit, im Gesicht des Sohnes von Senhor Rui gab es noch viel vom Gesicht, das Onkel Joaquim kannte. Doch das war im Moment nicht die vordringlichste Frage. So viele Jahre nachdem sie voneinander Abschied genommen hatten, war Onkel Joaquim hier, im Wohnraum seines Neffen Rui, umgeben von der ganzen Familie. Ohne in seine Richtung zu blicken, waren sie alle da: Enkel, Geschwister oder Cousins voneinander, tauschten Nettigkeiten aus; die Schwiegertochter und die Frauen der Enkel halfen Senhor Ruis Frau oder sie beteiligten sich an einzelnen Gesprächen; die Kinder verblieben unerschütterlich in ihrer Welt; Tochter Helena und Sohn João Manuel bewahrten Haltung. Mit kleinen, stillen Schritten ging Onkel Joaquim über den Teppich, drehte seinen Kopf hin und her und blickte alle an. Dann lenkte er seine Aufmerksamkeit auf den Neffen, der ihn noch immer sehen konnte.

So blieben sie, bis Onkel Joaquim in der Helligkeit verschwand.

Ohne dass Senhor Rui bemerkte, woher sie kamen, tauchten plötzlich der Sohn und der Enkel Rui Miguel mit einem großen Paket auf, das sie zu zweit trugen, jeder auf seiner Seite trug. Es sah nicht schwer aus, war jedoch riesig, zog die Aufmerksamkeit aller auf sich. Deshalb trugen sie auch eine jähe Aufregung herbei. Sie stimmten ihre Bewegungen aufeinander ab und stellten den Karton vorsichtig ab, riefen die ganze Familie zusammen und jeder küsste den Jubilar, der Reihe nach, vom Ältesten bis zum Jüngsten: vom Sohn João Manuel bis zu den Urenkeln, den Söhnen von Rui Miguel. Herzlichen Glückwunsch, Großvater. Und alle wollten wissen, was in einem Karton dieser Größe wohl sein mochte, doch Senhor Rui fehlte es nicht an Geduld, wusste er doch, dass das Warten zum Geschenk gehörte. Von so viel Aufmerksamkeit umgeben, war

Senhor Rui sehr gerührt, beinahe konnte er es verbergen. Und er begann, das Paket zu öffnen. Die Enkel begriffen nicht, weshalb er das Papier nicht mit einem Mal zerriss, doch Senhor Rui stieg nicht in die Bagatellen einer Debatte ein, er war neunzig Jahre alt.

Schließlich hob er den Deckel vom Karton und enthüllte das Geschenk. Wertschätzung. Das Geschenk war ein Beweis der Liebe des Sohnes und seiner Frau Amélia, des Enkels und seiner Frau, der Jungen, die schon groß sein wollten und, soweit Senhor Rui wusste, es beinahe waren. Das Geschenk war unbegrenztes Miteinander, immerwährende Zuneigung, die Sicherheit, die aus einer Zeit vor ihnen allen rührt, aus uralter Zeit. Das Geschenk war die Quelle, aber auch der Weg, die Wegstrecke, die sie noch jeden Tag, ja jeden Tag zurücklegen würden, die sich mit dem Namen fortsetzen würde. Senhor Rui umarmte die Gratulanten abermals, es tat ihm gut, während der Umarmungen die Augen zu schließen.

Gleich nach dem Vater und Bruder überreichte Rita ihr Geschenk. Dann übergaben auch Helena, die geliebte Tochter, Senhor Ruis Mädchen, und Helenas Söhne Marcos und Ivan, bereits verheiratet, ihre Geschenke. Bei jedem von ihnen gab es dasselbe Vorspiel, dasselbe Hallo. Es schien, als wären alle im Alter der Urenkel. Und tatsächlich waren sie alle, nun schon Eltern und Großeltern, einmal im Alter dieser Kinder gewesen. Senhor Rui und seine Frau erinnerten sich gut an jeden von ihnen im Alter dieser Kinder.

Trotz der überspitzt gespielten Neugier schenkten alle dasselbe. Alle entboten dieselbe Hochachtung, tiefe Verbundenheit und Zuneigung aus dem Grund ihres Herzens.

Alice, Ehefrau, Mutter, Großmutter, Urgroßmutter, sah all das mit an, hellsichtig und klug. Nun war sie es, die auf

Senhor Rui zuging und ihm den Arm reichte, war sie es, die ihn stützte. Gehen wir zu Tisch, ordnete sie in ihrer gütigen Art an. Und alle bewegten sich gemeinsam, im Fluss, dorthin. Es war ein sonniger Sonntag, bis in die entlegensten Winkel erhellt. Senhor Rui war neunzig Jahre alt und alle hatten ebenso ein Alter. Im Angesicht der Zeit wie auch im Angesicht des Universums war es ein unvergesslicher Sonntag. Der Tisch erwartete sie, sämtliche Plätze mit großer Sorgfalt gedeckt, ein vollkommener und vollendeter Tisch.

4

Die ganze Zeit wusste Senhor Rui mit seinen neunzig Jahren, dass da draußen Campo Maior war. Gelegentlich fuhren Autos über das Granitpflaster der Avenida Calouste Gulbenkian, und hin und wieder bewegten sich Leute auf den Bürgersteigen vorwärts. Witwen waren das sonntägliche Fernsehprogramm leid und bewachten, allein im Haus, durch das Guckfenster in der Tür die Straße, lauerten auf Verdächtiges. Von den Burgmauern aus gesehen, war das Städtchen gleichzeitig solide und immateriell, bestand aus Ziegeln, Kalk, Dächern und aus Gedächtnis: alles, woran sich jeder Einwohner von Campo Maior erinnern konnte, und als noch tiefere Erinnerung die glasklare Verdichtung von allem, was die einstigen Bewohner hier erlebt und im Gedächtnis behalten haben, für immer ein Geheimnis. Noch von dort oben aus, nach dem letzten Haus, waren die Berge im Hintergrund schon Spanien, und noch weiter hinten, die Farbskalen des Himmels bis zum Horizont. Mit meinen zehn Jahren weiß ich immer, dass da draußen Campo Maior ist. Zu dieser Sonntagsstunde ist der Praça da República voller Menschen, Frauen, die auf ihre Töchter aufpassen, Männer, die über irgendeinen Fall im Städtchen reden, gekämmt, rasiert, in ihrem besten Gewand. Und ein Betrunkener schwankt auf dem Weg zur oder von der Taverne vorüber, er hat früh begonnen. Ein paar Knaben meines Alters sind auf den Platz gekommen, das Mittagessen bereits im Magen, sie haben Schnüre und Kreisel mit, schleudern sie auf die Stufen des Prangers, kümmern sich nicht um die Eisenspitze auf dem Stein, und auch nicht um die Funken, sind Meister im Pecken. Wie ich sind sie Knaben von zehn Jahren. Zehn Jahre bin ich alt. Campo Maior ist hier, an unserem Tisch, im Blick meines Vaters, meiner Mutter, in ihren Worten und Gedanken. Wenn meine Schwestern oder mein Bruder António ein Stück Brot abreißen, ist es Campo Maior, das ein Stück Brot abreißt. Senhor Rui war neunzig Jahre alt, riss ein Stück Brot ab und führte es zum Mund. Campo Maior war hier, an seinem Tisch, unter den Seinen. Er erkannte Campo Maior in jedem Wort seiner Enkel, Marcos oder Rui Manuel, Rita oder Ivan, ihre Reisen durch die Welt spielten keine Rolle, auch nicht die Flugzeuge, die sie nahmen, die Ferne, in der sie sich befanden oder befinden würden; natürlich ebenso der Sohn und die Tochter; und auch die Urenkel, Kinder in einem Alter, in dem, auch wenn nur Wenige sich das vorstellen können, er selbst schon gewesen war. Die Urenkel am Tisch, ihr Benehmen geziemend: Einigen reichte die Tischplatte bis zur Brust, andere hoben das Kinn, um auf den Teller zu sehen, und wiederum andere räkelten sich am Schoß der Mutter, der beste Platz, der im ganzen Leben zu finden ist. Ich bin zehn Jahre alt, bin schon groß, möchte nicht mehr auf den Schoß, glaube, dass ich nicht mehr auf den Schoß möchte, meine Mutter isst endlich zu Mittag. Während alle schon am Aufessen sind, bedient sich nun meine Mutter. Es ist ein Sonntagsessen, Schlachtfleisch, saubere Knochen, mit den Vorderzähnen abgenagt, das Fett von den Fingerspitzen abgeleckt. Meine Mutter legt mir noch ein Stück Rippchen auf den Teller, auf den Teller meiner Schwester Clarisse eine dünne Scheibe gebratenen Speck.

Campo Maior ist die Gewähr, dass wir zusammen sind. Wir durchschreiten die Zeit, wie Campo Maior die Zeit durchschreitet. Unsere Leben sind mit den Straßen vergleichbar, einmal länger, einmal kürzer, ebener oder steiler, vernetzt, Teil eines einzigen Weges, mit derselben Zugehörigkeit. Wir bewohnen Campo Maior auf dieselbe Weise wie Campo Maior uns bewohnt.

Ich bin zehn Jahre alt und kenne daher das ganze Städtchen. Während wir hier zu Hause sind, gehen Menschen alte, steile Gassen hinauf oder hinunter, rollen Pferdewagen durch weite Straßen, führen Männer Tiere am Halfter, fahren Autos umher, einige mit glänzenden, verchromten Felgen, doch keines davon ist das Auto des Doktors, denn heute, jetzt, darf mein Vater hier sein. Ich werde mich daran erinnern. Ganz gewiss werde ich mich daran erinnern. Er erinnerte sich an den Vater, an den sonntäglichen Mittagstisch. Alice blickte häufig zu ihrem Mann, stand ihm zur Seite, verstand ihn. Die Hausangestellten brachten die Dessertteller, ordneten das Besteck vor der Tischgesellschaft, kleiner Löffel, kleine Gabel. Draußen fuhren gelegentlich Autos über das Granitpflaster der Avenida Calouste Gulbenkian, keines davon war das Auto des Doktors, von Senhor Ruis Vater gelenkt. Er spürte den Blick seiner Frau, sein Gesicht blieb jedoch in eine andere Richtung gewandt, folgte jemandem, der gerade sprach, bis zu dem Augenblick, in dem sich sein Blick mit dem seiner Frau kreuzte. Jawohl, sie verstanden einander. Der Nachtisch wurde aufgetragen und plötzlich waren die Kinder ganz bei der Sache. Zuerst der Großvater, sagte einer der Enkel, dem von den Übrigen beigepflichtet wurde. Doch Senhor Rui wollte, dass zuerst den Kleinen serviert wurde.

Mein Vater bietet mir eine Spalte des Apfels an, den er eben geschält, in aller Ruhe mit dem Klappmesser bearbeitet hat. Meine Schwestern erhalten ebenfalls ein Stück. Mein Bruder António achtet nicht auf die Verteilung, er hat wohl anderes im Kopf, vielleicht schwebt ihm eines der Mädchen vor, die um diese Zeit schon auf dem Platz sind, am Sonntagsspaziergang, gut bewacht. Meine Mutter legt das Besteck auf den leeren Teller, steht auf, doch mein Vater greift nach ihrer Hand, möchte, dass wir noch ein wenig zusammenbleiben. Es herrscht eine angenehme Stille, ein Miteinander und die Bedeutung füreinander. Vom Sonntag beflügelt, sage ich irgendetwas, erzähle vielleicht eine Geschichte aus der Schule, das Thema tut nichts zur Sache, dieses Mal tut das Thema nichts zur Sache, viel wichtiger ist, dass wir zusammen sind und ich die Aufmerksamkeit meines Vaters, meiner Mutter, meiner Schwestern und meines Bruders habe. Sie blicken mich an und hören mir zu, geben auf jedes meiner Worte acht. Wir sind zusammen. Ohne mit dem Sprechen aufzuhören, wohlig satt und Kind, senke ich den Blick über meine Hände von zehn Jahren.

Als Senhor Rui den Blick von den neunzig Jahre alten Händen hob, die Haut runzelig und die Adern auf den Handrücken hervorgetreten, hatte er sie alle vor sich: den Sohn und die Tochter mit den Ihren, die Enkel mit ihren Frauen, die Urenkel. Und den Vater, die Mutter, die Schwestern und den Bruder. Gleich einem Wunder. Der Sohn und die Tochter mit den Ihren, die Enkel mit ihren Frauen und die Urenkel saßen am Tisch, jedem Wort, das Senhor Rui von sich gab, aufmerksam lauschend. Der Vater, die Mutter, die Schwestern und der Bruder standen ganz nah hinter ihnen, verwundert über die Situation, die Blicke voller Fragen. Senhor Rui brachte zu Ende, was er eben ausgeführt hatte, vielleicht eine Geschichte aus der Fabrik, das Thema tut nichts zur Sache, dieses Mal tut das Thema nichts zur Sache. Gleich danach führte einer der Enkel die Worte des Großvaters weiter aus, hielt den Fluss der Rede aufrecht. Senhor Rui ließ davon ab, dem Enkel zuzuhören, als er den Vater, die Mutter und die Geschwister vernahm. Seine Anwesenheit beruhigte sie, sie blickten den Sohn und Bruder Rui auf der Suche nach Antworten an, doch er konnte sie nicht zur Gänze vor der Angst bewahren, vielleicht gab es bestimmte Antworten eben nicht. Die Eltern und Geschwister von Senhor Rui hörten die Kinder und Enkelkinder am Tisch nicht, wie auch diese nicht die anderen hörten, sie befanden sich in unterschiedlichen Stillen. Und Senhor Rui befand sich zwischen ihnen, war die Verbindung, die sie einte, Senhor Rui glich einem Faden, einem Bindfaden. Die Worte, mit denen er begonnen hatte, die von einem Enkel weitergeführt worden waren, setzten sich schon in der Stimme eines weiteren Enkels fort, waren ein sanft dahinplätschernder Fluss, ein Wasserlauf, der Hindernisse umging und seinen Weg fortsetzte. Die Eltern und Geschwister blickten auf den großen Tisch mit Nachkommen, wurden von ihnen jedoch nicht gesehen. Nur Senhor Rui sah und hörte sie in seinen Gedanken. Es war auch dort, wo die Eltern und Geschwister ihn hörten. Es war in den Gedanken, wo sie erfuhren, wer jeder einzelne der Tischgesellschaft war. Sie benötigten keine Erklärung, wussten alles, was Senhor Rui wusste. Und die Großonkel waren viel jünger als ihre eigenen Großnichten und Großneffen, ihrem Alter nach hätten sie die Urenkel der Geschwister sein können. Senhor Rui blickte zu seinen Eltern und sah sie jünger als seine eigenen Kinder. In jedem von ihnen existierten alle anderen. Gleich einer Erleuchtung wurde Senhor Rui in aller Schärfe unvermittelt und vollkommen klar, dass er all diese Altersstufen durchlebt hatte, schon jeder von ihnen gewesen war. Derselben überwältigenden Gewissheit folgend, wurde ihm klar, dass sie durch ihn miteinander sprachen: Wenn er im Lauf der Jahre etwas zu seinem Sohn, seiner Tochter, den Enkeln oder Urenkeln gesagt hatte, trug er in diesem Gesagten den Vater und die Mutter, die Geschwister António, Cremilde und Clarisse mit; desgleichen trug er in den unzähligen Gesprächen mit den Eltern und Geschwistern schon seine Kinder und die gesamte künftige Nachkommenschaft mit. In jedem Einzelnen existierten alle anderen. Aber die Kleidung der Schwestern, Kleider aus grobem Stoff, die Hosen seines Vaters und Bruders António rau, an den Beinen pikend, aber die Schürze der Mutter. Er erinnerte sich, wie sich der Stoff anfühlte, aschgrau, ärmlich und dennoch sonntägliche Akkuratesse, mit dem Kohlebügeleisen geplättet, unbeugsamer Einsatz der Mutter. Die Kleidung, das gesamte Aussehen der Eltern und Geschwister verlangten den Vergleich mit der Kleidung und dem Aussehen der Kinder und Enkel am Tisch. Als wären sie trotz der Sonne, die den Raum erhellte, von einem Schatten bedeckt, wurden sie selbst dieses Unterschieds gewahr. Und sie erschraken, als die Hausangestellten mit Tassen auf Tabletts eintraten. Der Vater machte einen stillen Sprung zur Seite, die Schwestern klammerten sich an die Mutter, um den beiden Frauen nicht im Weg zu stehen. Ohne von dem unsichtbaren Publikum Notiz zu nehmen, servierten die Hausangestellten den Erwachsenen am Tisch Kaffee. Und sie gingen hinaus, ließen lediglich den Duft, warmes Behagen zurück. Der Vater von Senhor Rui spürte diesen Duft, sagte jedoch nichts. Die Mutter, die Schwestern und der Bruder von Senhor Rui spürten den Duft, sagten ebenfalls nichts. Sie hatten andere Sitten und Bräuche. Sie waren hier, jedoch aus einer anderen Zeit. Vater und Mutter, Cremilde, Bruder António und Clarisse, meine Lieben. Sie würden noch so vieles durchmachen. Senhor Rui blickte sie an und erinnerte sich an das Leid, das er bei jedem von ihnen erlebt hat, sie würden noch so vieles durchmachen: jeder von ihnen vor einem Abgrund, allein angesichts eines immensen Dunkels. Es war der Sonntag seiner neunzig Jahre. In diesem Moment war sich Senhor Rui ganz sicher, dass sie hier waren, er hatte sie noch einmal bei sich, das Gesicht der Mutter, noch jung, der Vater, jede einzelne Sekunde wertvoll, der Bruder, sein Bruder António in diesem Alter, und die Schwestern, seine Schwestern miteinander. Gleichzeitig wusste er, dass er sie verlieren würde. Er hatte sie ja bereits verloren, kannte den Schmerz und wusste, dass er sie unvermeidlich wieder verlieren würde. Doch sie waren hier. In diesem Moment waren sie hier. Während der Sohn, die Tochter, die Enkel und die Ihren die Kaffeetasse vor sich hielten, bemerkte Senhor Rui, wie das Licht die Eltern und Geschwister aufzuzehren begann, ihre Züge durchsichtig, vom Hell durchdrungen. Meine liebe Mutter, was gäbe ich darum, mich an dich zu wenden, befreit von der Beklemmung, dich nicht mehr auf dieser Welt zu finden, vom Schmerz, dass niemand dieses Gesicht hat, diesen Frieden, diese unendliche Zuneigung; Vater, mein Vater sorge dich nicht, ich werde dein bescheidener Stolz sein, dein ganz und gar Sohn; Clarisse, unser Mädchen, hab keine Angst, gib mir die Hand; Cremilde, kleine Mutter, die sich um uns alle kümmert, ich mag dich sehr; António, ich suche deine Freundschaft in allem, was ich berühre, ich muss noch Bruder sein. Doch das Licht war unumkehrbar, unaufhaltbar, es schritt und schritt voran. Schließlich wurde ihm klar, dass es schon immer diese Richtung, seit Anbeginn konstant diesen Weg genommen hatte. Das Licht verwandelte sich in Luft oder vielleicht verwandelte sich die Luft in Licht, vermengte sich mit der Zeit. So durchdrang das Licht die Geschwister von Senhor Rui; die Mädchen blickten ihn an, voller Schmerz, und der Bruder António gab sich stark, doch auch er immer durchsichtiger, die Bilder dahinter, Ziergegenstände, waren durch ihn hindurch zu sehen. Am Tisch alle Kinder von Senhor Rui, alle Abstufungen von Senhor Ruis Nachfahren, den Kaffee schon getrunken, nur noch Gespräche, die angeregte Stimmung des Tages.

Die Frauen seiner Enkelsöhne ließen die Kinder vom Tisch aufstehen. Die nahmen die Freiheit eilig auf, begierig, wegzulaufen. Weder die Erwachsenen noch die Kinder nahmen Notiz von denen, die da standen, immer durchsichtiger, im Lichtschein aufgelöst. Senhor Rui blickte zum Vater, sah ihn in diesen letzten Augenblicken, nahm still von ihm Abschied, mein Vater. Ebenso die Mutter, das Gesicht der Mutter noch da, noch vorhanden, und sein Name von der Mutter ausgesprochen, mein Rui. Ja, Mutter, ich bin dein Rui. Und auch der Bruder, auch die Schwestern verschwanden im Licht.

Schmerz. Alice wandte den Blick nicht von ihrem Mann. Als Senhor Ruis Blick den Blick seiner Frau traf, nahm er zwischen dem Lärmen am vollen Tisch sofort wahr, dass auch sie alles mit angesehen hatte. Sie waren schon seit immer für immer zusammen. Trotz der Entfernung war es, als ob die Frau an seiner Seite wäre. Und dann bin ich gleich mit meiner Frau im Schulzimmer der vierten Klasse, der Lehrer und die Mitschüler wundern sich nicht über uns. Nur wir sind im Stillen überrascht, unter all den Kindern Mann und Frau zu sein, ich mit neunzig, sie mit neunundachtzig Jahren. Und dass es uns dennoch keine Mühe kostet, auf den Schulbänken die Knie zu beugen. Wir sind im selben Klassenzimmer, da wir einen fortschrittlichen Lehrer haben, der Mädchen und Jungen nicht trennt. Der Lehrer spricht und schreibt hin und wieder Wörter oder Zahlen an die Tafel. Wir freuen uns, ihn wiederzusehen, vor allem freuen wir uns über die Ruhepause, es wird noch so vieles geschehen. Die Ruhe eines beliebigen Tages im Kalender und dennoch so konkret und gegenwärtig.

Unser Sohn João Manuel und die Tochter Helena, die Enkelsöhne und ihre Frauen, die nun zur Familie gehören, es sich ausgesucht haben, an dieser Tischgesellschaft teilzunehmen, die Urenkel, die ihren eigenen Interessen nachgingen und irgendwo umherliefen. Senhor Rui beobachtete sie in ihrem Miteinander an seinem Geburtstag. Sie waren schon etwas ungeduldig gewesen, zu lange bei Tisch, in unbequemen Anzügen, in Kleidern, die eine aufrechte Haltung begrüßten. Nun bat die Frau von Senhor Rui um die Aufmerksamkeit aller, sie wollte ein paar Worte sagen. Es wurde vollkommen still, denn das war nicht üblich. Die Mutter, Großmutter, Urgroßmutter Alice hatte etwas Wichtiges zu sagen. Sehr ernst bat sie nun alle, nicht zu vergessen. Bat sie, auf dieses Leben von neunzig Jahren zu blicken und nicht zu vergessen. Dann sagte sie, dass es schon viele Jahre waren, neunzig, und dass es gut wäre, ein wenig ans Ausruhen zu denken. Als an dieser Stelle alle voll zärtlicher Zuneigung lächelten, stand Alice auf, schob den Stuhl zurück und ging auf ihren Mann zu. Kaum erkannte Senhor Rui ihre Absicht, stand er ebenfalls auf und ging ihr entgegen. Sie begegneten einander ungefähr auf halbem Weg, die Kinder, Enkel und Urenkel bei der bezeugten Zärtlichkeit zugegen.

Der Jubilar wurde von Alice in die Küche geführt, er begrüßte die Menschen, die das Essen zubereitet hatten, von der Schwiegertochter, João Manuels Frau, mit Sorgfalt dafür engagiert. Wieder zurück, fanden sie alle erhoben. Alice dankte Amélia, drückte ihr beide Hände, um ihrer Geste Nachdruck zu verleihen. Senhor Rui hörte an ihrer Seite zu und legte seine Hand auf den Arm der Schwiegertochter, und es war Amélia, die dem Schwiegervater für seine Wertschätzung dankte.

Senhor Rui machte sich auf den Weg zu seinem Jackett. Er erinnerte sich an die Umgebung von Luanda. Es ist an der Zeit, sagte eines der Enkelkinder, vielleicht die Enkelin Rita. Draußen standen die Autos, bereit für ihre Fahrt über die Granitpflaster der Avenida Calouste Gulbenkian, durch das Städtchen Campo Maior an diesem Sonntag, eine Kolonne von Autos in Richtung zu dem Ort, wo man die ganze Gesellschaft schon erwartete.

5

In der Umgebung von Luanda ist es bewölkt. Die Welt ist von einem gemeißelten Himmel überdeckt, einem steinernen Relief, das sich in die Ferne erstreckt und die Erde verdunkelt, das Rotbraun verdüstert. Auch das Gestrüpp am Wegesrand ist dunkler, wie auch die Baracken da drüben und auch die Hunde, vereinzelt oder in der Meute, Hunde ohne Ziel, argwöhnisch am Schnüffeln nach Essbarem. Es ist nicht kalt, wir halten die Autofenster offen, um mehr Luft zu bekommen, haben die Hemden bis zur Brust aufgeknöpft. Der Mann von der Kaffee-Exportfirma hat einen gängigen Nachnamen, beinahe zu portugiesisch. Er nimmt die Hände vom Steuer, um seine Prahlerei mit Gesten zu unterstreichen, alles ist ein Witz, er schwitzt, weiß alles besser über Angola, sagte, er habe viel erlebt, spricht über die Weißen, die entsetzt das Land verlassen haben, spricht über irgendein Thema, das ihm durch den Kopf geht. Ich auf dem Beifahrersitz bin still, achte auf die Geräusche des Motors, wenn er die Kupplung betätigt und einen anderen Gang einlegt. Ich höre seinen Ausführungen zu, lasse ihn reden.

Dieses Mal bin ich schon seit einigen Monaten in Angola, ein großes Geschäft. Die Menschen haben Angst vor 1975. Alle waren am Weggehen und ich war am Kommen. Den Weg zwischen Lissabon und Luanda kenne ich gut. Früher, vor beinahe zehn Jahren, musste ich mit eigenen Augen sehen und mich vergewissern, ob ich nicht hintergangen wurde. Ich wollte nicht von Vertretern abhängig sein, die sämtliche Fragen zu ihren Gunsten beantworteten. Es ist nicht die Entfernung, die Menschen daran hindert, Orte aufzusuchen, es ist der Kopf.

Der Mann spricht, hat eine Silberkette an der Brusthaut kleben und plötzlich der Aufprall. Der Junge taucht vor dem Auto auf, sein ganzer Körper besteht aus Armen und Beinen. Nach dem Knall auf dem Blech gibt es das Durcheinander von Armen und Beinen, der Körper eingerollt am Purzeln über die Motorhaube und Windschutzscheibe, die Bremse durchgetreten. Als das Auto zum Stehen kommt, ist die Stille fürchterlich, sie dauert eine Sekunde. Der Mann ist zu Tode erschrocken, hört nicht hin, als ich ihm sage, wir müssten nachsehen, doch ich öffne die Tür, warte nicht. Der Junge liegt weiter hinten auf dem Boden. Ich gehe zu ihm, Schritt für Schritt. Ich weiß nicht, wie alt er sein mag, er ist noch ein Knabe, rührt sich nicht. Der Mann von der Exportfirma befindet sich auf halbem Weg zwischen dem Körper auf dem Boden und dem behelfsmäßig abgestellten Auto. Es gibt weitere Kinder, es gibt den Schrecken anderer Kinder, es gibt Baracken in der Gegend, einige beinahe am Straßenrand, es gibt schäbige Bäume, es gibt Hennen und Küken. Der Mann sagt mir, wir sollten uns davonmachen, sagt, sie würden uns umbringen. Ich antworte ihm, dass wir uns nicht davonmachen werden.

Schon eilen einige Frauen schreiend herbei, geben der Tragödie Ausmaß, ein Kind auf der Straße liegend, bewegungslos, immer mehr Menschen um uns herum, alle möchten am Geschehen teilhaben. Vom Armenviertel kommen Schatten gelaufen, sie nehmen die ganze Strecke ein, springen über die Bodenwellen. Als der Mann sämtliche uns umringenden Blicke auf sich spürt, flüstert er mir in Panik ins Ohr, wir sollten uns davonmachen, sie würden uns umbringen, sie würden uns umbringen. Ich antworte ihm, das tun wir nicht: Wir machen uns nicht davon und sie werden uns nicht umbringen.

*

Von Blicken und Stimmen umringt, gedachte Senhor Rui derer, die fehlten, die auf dem Weg geblieben waren. Schmerzliche Erschöpfung stand ihm ins Gesicht geschrieben. Wie er sich an alle gewöhnt hatte, die gestorben waren, so hatte er sich auch an diese Widrigkeit gewöhnt. So, wie es einen Tag gab, an dem er vom Tod eines Freundes, eines Familienangehörigen, von jemandem, mit dem er aufgewachsen war, erfahren hatte, so tauchten diese Schmerzen an bestimmten Tagen auf.

Überleben heißt, sich zu gewöhnen. Doch es gibt Momente, in denen sich die Beschwerden aus irgendeinem Grund bemerkbar machen, nicht mehr zu ignorieren sind. Von so vielen Menschen umringt, stellte Senhor Rui in aller Deutlichkeit fest, dass es, wenn man der Älteste ist, bedeutet, den Tod von allen, mit denen man groß geworden ist, mitzuerleben.

Gleich nach dem Verlassen des Autos vor dem Centro de Ciência do Café gab es Menschen, die ihn schon erwarteten, die Ersten sein wollten. Sie hatten sich noch ein wenig zu gedulden, Senhor Rui musste seiner Frau beim Aussteigen helfen. Erst dann nahm er die Glückwünsche entgegen, vielen Dank. Die Enkel parkten ihre Autos, mischten sich aus verschiedenen Richtungen unter die Menge, waren Botschafter des Jubilars. Dann und wann benötigte Senhor Rui eine Pause, um seiner Frau zu erklären, wer sie ansprach, Alice hatte nicht so viel Umgang mit allen wie er. Die meisten waren Angestellte, man benutzte nun das Wort Mitarbeiter. Senhor Rui hatte sie aus verschiedenen Epochen in Erinnerung, mit anderen Frisuren. Viele waren Kunden, die aus verschiedenen Orten kamen, portugiesische und spanische, Dutzende oder Hunderte Kilometer von der einen oder anderen Seite der Grenze entfernt, Leute, mit denen er Bande geknüpft, sogleich eine Vertrauensbasis gefunden hatte. Einige hatten ihre Familie mitgebracht, allen war es ein Anliegen, hier zu sein. Noch auf der Straße im Märzlicht, ging Senhor Rui mit seiner Frau auf die Tür des Centro de Ciência do Café zu. Immer wieder nahm er zwischen der einen und der nächsten Menschengruppe Glückwünsche entgegen, und unvermutete, unerwartete Erinnerungen, sortiert nach Alter und Orten. Senhor Rui lächelte, wie man in solch einer Situation eben lächelt, mit einer Leichtigkeit, doch auch der Zeit bewusst, der neunzig Jahre. Und er erklärte seiner Frau, wer der Großvater dieses Mannes war. Er erinnerte sich an die drei Angestellten, als Delta noch nicht Delta war, nur noch die Papiere fehlten, 1961.

Sie sind unentwegt beschäftigt, es gibt viel zu tun. Betritt ein Kunde den Laden, unterbricht einer der Angestellten das Einräumen von Kisten. Auf dem Ladentisch addiert er auf einem Eckchen Packpapier die Beträge, gibt das Wechselgeld heraus und räumt wieder ein, auf dem Boden oder auf der kleinen Leiter. Die beiden anderen Angestellten gehen mit mir in der Halle, wo wir den Kaffee rösten werden, umher. Mein Bruder António hat keine Freude damit, sagt, ich würde der Familie Konkurrenz machen. Nur mit der Ruhe, es ist genug für alle da. In der Familie gibt es keine Konkurrenz. Es werden eben zwei sein, die an einem Strang ziehen, jeder auf seine Weise. Ich benötige Freiraum, möchte nicht bei jedem Schritt um Genehmigung bitten, so kommt man nicht vom Fleck. Im ersten Gespräch, das ich mit jedem der drei Angestellten geführt habe, wunderte sich keiner von ihnen über das Angebot, stellte es nicht infrage. Ich offerierte ihnen Arbeit und trotz des Altersunterschieds begriffen sie sogleich, worum es ging, und nahmen sofort an. Wir kennen einander von der Grenze, sie sind pensionierte Zollwachbeamte. Und sie können zupacken. Diese Männer von beinahe siebzig Jahren, mehr als doppelt so alt wie ich, schrecken vor keiner Last zurück. Zuweilen sieht es aus, als kämen wir aus demselben Stall.

Von Beginn ihres Tagwerkes an legen sie die Arbeit nicht nieder. Täglich zur Mittagsstunde kommt die Tochter eines der Männer mit Verpflegung und dem kleinen Sohn. Dann herzt ihn der Großvater, stolz auf den Knirps, der gern lacht. Er läuft wie eine Marionette, ist wohl nicht älter als zwei Jahre. Wir lachen über das Gelächter des Jungen.

Alice verstand, der Mann war der Enkel eines der Alten, die in den Anfängen von Delta bei uns gearbeitet hatten, war also der Enkel von einem der drei, von welchem, war ihr nicht klar. Ja, sehr erfreut, sagte Senhor Ruis Frau und zog ihren Mann moderat weiter. Wenn sie zum Centro da Ciência do Café gelangen, unter das Dach kommen wollten, konnten sie nicht jeden Augenblick anhalten.

Sie schafften es, gingen durch die Tür und waren vom Echo Hunderter von Stimmen umgeben. Die Menschenmenge schlug ihnen entgegen. Da drinnen waren noch viel mehr Leute als auf der Straße, Frauen und Männer, im Festgewand. Mit neunzig Jahren war Senhor Rui von seinem Leben umringt.

*

Ich kann schon das Schiff ablegen, langsam den Hafen verlassen sehen, Tonnen über Tonnen Stahl, auch einige Tonnen Kaffee, die Besatzung. Ich werde bleiben und zusehen, wie es sich entfernt, an der Seite von angolanischen Gefährten, die erfolglos versuchen, sich Lissabon vorzustellen. Der Riese am langsamen, sicheren Schippern durch den Ozean, tage- und nächtelang. Dann werde ich mich zum Flughafen von Luanda begeben, mit dem Koffer und allem, woran ich mich erinnern kann, die Erinnerung wiegt ebenfalls. Ich werde die Gangway des Flugzeugs hinaufsteigen und zwischen Zigarettenrauch und Tassen schlechten Kaffees mit der runden Landschaft durch das kleine Fenster über den Wolken, über der Welt, riesig und winzig da unten, unter dem fortwährenden Summen des Flugzeugs in Lissabon ankommen. Auf der anderen Seite des Meeres werde ich dann das Schiff in Empfang nehmen, dieses und doch schon ein anderes Schiff, durch die Fahrt verwandelt: Wiederbegegnung alter Freunde.

Doch dies wird später sein. Nun bin ich hier, inmitten dieser Monate in Luanda, mit einigen Blitzbesuchen der Provinz Cuanza Sul, die mich nicht ernüchtern konnten. Hier, vor diesem Schiff, wie vor einem turmhohen Gebäude, in dem ich gewesen bin, ist mir das Unternehmen völlig klar: Ich habe nicht nur die griechischen Reeder bezahlt, fünfzig Prozent im Voraus, die Arbeitskräfte bei der Röstung und den Transport, sondern auch die Zukunft, die hier anbricht.

Die Bürokratie ist eine Sprache ohne Volk, fremd für alle, niemand kommt mit dem Verständnis dafür zur Welt, es hakt immer daran, sie zu erlernen, ihre Grammatik zu büffeln. Deshalb reichte es nicht aus, eine kleine Fabrik aufzubauen, reichte es nicht aus, mit Kaffee zu handeln, etwas von Kaffee zu verstehen, über Gebühren für den Hafen, die Kräne und das Schiff zu verhandeln, die Wände des gestrichenen Stahls mit Öl und Salzkrusten verklebt, es genügte nicht, über die Männer zu verhandeln, dicker Schweiß, der über die Rücken läuft, es war auch nötig, die Bürokratie zu entziffern. Um die behördlichen Verfügungen zu erfüllen, musste ich deshalb die kleine Fabrik aufbauen. Keine einzelne Kaffeebohne darf das Land verlassen, wenn sie nicht vorgeröstet ist. Ich erledigte alles, was obligatorisch und nötig war.

Hier waren alle am Weggehen und ich war am Kommen. Ich habe keine Angst, mit irgendjemandem zu sprechen, wie ich auch keine Angst vor 1975 habe. Ich bin in die Armenviertel gegangen und fand Männer, die arbeiten wollten, die sich links und rechts an mich klammerten, Patron, Patron. Nachdem wir einander in die Augen gesehen hatten, legte ich mit vielen von ihnen einen Ort und die Uhrzeit fest.

Wir sind Menschen. Immer wenn nötig, war ich in den Armenvierteln, so füllte sich dieses Schiff mit Kaffee. Deshalb habe ich nie daran gedacht, mich davonzumachen. Wir sind Menschen. Niemand hat mir in den Armenvierteln etwas getan. Der andere flehte darum, dass wir uns davonmachen, dass wir flüchten, doch ich dachte nie daran, mich davonzumachen. Stattdessen versuchte ich dabei zu helfen, die Situation aufzulösen, wenn man davon absieht, was nie wiedergutzumachen ist: der Verlust eines Kindes, das ein Mann geworden wäre, ein ganzes Leben, über das man vielleicht ein Buch hätte schreiben können.

*

Er brauchte den Blick nicht zu heben, verzichtete auf diese Schwäche. Hätte er es getan, hätte er die Saaldecke vorgefunden, fachmännische Konstruktion, gute Ausfertigung, und nicht den Himmel, den er im Gedächtnis hatte: das großartige Bild der Nächte in der Vergangenheit, über all dem Staunen, dem Dunkel bei Neumond. Selbst ohne hinzusehen, dachte er, die genaue Position des Sterns erkennen zu können. Könnte er von jedem Punkt der Runden, die er seit seinem Eintreten ins Centro de Ciência do Café zwischen Glückwünschen gedreht hat, auf den Stern weisen. Die alte Lektion des Onkels war tief eingeprägt, würde niemals gelöscht werden können. War eine immerwährende Sternkarte, war dort, selbst wenn er den Stern nicht sehen konnte, weil er bei Tageslicht leuchtete, weil eine Saaldecke wie diese ihn verdeckte. Der Stern, den der Onkel ihm gezeigt hatte, war am Tag vor Senhor Ruis Geburt, 1931, in dieser Position, als alles seinen Lauf zu nehmen begann, die Jahre, die Entscheidungen, die Ereignisse, gleich einer Lawine nahe am Abgang. Auch am Tag nach seinem Tod würde der Stern dort sein, Wächter über die Welt, die Straßen von Campo Maior, von neuer Stille erfasst.

Er musste das Thema wechseln. Erinnerte sich an Mário Soares. Als sich alle dem Podium zuwandten und der Sohn João Manuel zu seiner Rede ansetzte, hatte Senhor Rui Gelegenheit, die Zuhörerschaft vor sich zu betrachten und nachzudenken. Die Hände ineinander verschlungen, ernst, ließ er die Blicke über die Menge gleiten, ließ sie dann und wann sich irgendwo festmachen, wählte ein Gesicht aus. In jedem dieser Menschen war Gewichtiges entstanden. Er schnappte einige Worte der Rede seines Sohnes auf, Streben, Dankbarkeit, mein Vater, Familie, nutzte jedoch die Minuten, um abzuschalten. Ein Haus voller Menschen, ein Auszug von neunzig Jahren, sämtliche Tage, Gesichter ohne Datum, Generationen von Arbeitern, von Menschen, die er getroffen hatte, Generationen von Kunden. Vor dem Mikrofon kam João Manuel zum Ende seiner Rede. Der Beifall war angemessen. Vater und Sohn umarmten einander vor allen Leuten, wie zwei Männer.

Nun war er an der Reihe. Senhor Rui musste die Brille nicht aufsetzen, er wusste auswendig, was er zu sagen hatte, wollte die Leute, wollte alle anspornen. In der Tat, wenn er an eine Stelle kam, an der er die folgenden Worte auswählen musste, sagte er ein in der Tat. Die Zeit dieser Silben genügte, um den nächsten Gedanken hervorzubringen. In einem Augenblick, im Bruchteil davon, verschmolzen Begriffe, Wünsche und Erinnerungen. Er dachte an Mário Soares.

Mário Soares erkennt mich von Weitem. Er hat zu mir hergesehen, noch bevor der Mann, der mich vorstellt, meinen ganzen Namen nennt, gravitätisch, mit getragener Stimme. Ich versuche, elegant aufzustehen, jeden Schritt elegant zu setzen, alle Aufmerksamkeit gilt nun mir, Fotoapparate und wichtige Leute des Landes. Wie ich ein Freund des Lächelns, befindet sich Mário Soares am Ende des Weges, der mich erwartet. Wir stehen einander gegenüber, im Juni 1995, portugiesischer Nationalfeiertag, Militärs in Paradeuniform, vom Marschall und General aufwärts. Mário Soares nimmt die Medaille aus dem Samt, ein Mann hält die Schatulle, stramm, in akkurater Haltung. Und er befestigt die Medaille am Revers meines Jacketts. Als wir einander die Hände drücken, bin ich schon Comendador mit dem Verdienstorden für Landwirtschaft, Industrie und Handel. In erster Linie denke ich an meinen Onkel Joaquim, unabsichtlich taucht plötzlich vor mir auf, wie er mich stolzerfüllt angesehen hat. Gleich danach denke ich an meine Mutter, an meinen Vater, an meine Frau, der ich die Hand reiche, Alice, an meinen João Manuel und an meine Helena, die ebenfalls in der Nähe sind, ich denke an die Knirpse, an Rui, Rita, Marcos und Ivan, ich denke nur nicht an die, die noch nicht geboren sind. Es ist ein schöner Tag, ein schöner Juni, doch ich kann nicht an die denken, die noch nicht geboren sind.

Senhor Rui beendete seine Rede, indem er über die Urenkel sprach, sie für einen Moment ruhig, vom Spielen nicht allzu derangiert, an die Beine der Mütter und Väter geschmiegt, die ganze Familie im Halbkreis hinter Senhor Rui, als würde er für alle sprechen, in der Tat. Mithilfe einer Stimme, die das Zepter übernimmt, geht der Applaus in ein zum Geburtstag viel Glück über, im Chor, all die Menschen, Echo von Echo, gleich einem Donnerwetter, und noch lauter alle zusammen: Für den Jungen Rui. Mit neunzig Jahren, unter Händeklatschen, bläst der Junge Rui die Kerzen aus. Noch mehr Händeklatschen.

Während eine Reihe organisierter Hände höchst effizient

Tortenstücke austeilte, eines pro Sekunde, wandte sich Senhor Rui hierhin und dorthin, um für die Glückwünsche zu danken, die Wünsche für ein langes Leben, prosit, prosit, prosit.

Seine Frau drückte ihm die Hand, sagte, dass sie in den Festsaal gehen müssten. Senhor Rui senkte den Blick über ihrer beider Hände, Alice.

*

Als ich meinen Blick von meinen Händen hebe, mit zehn Jahren, blicken mein Vater, meine Mutter, António, Cremilde und Clarisse mich an. Nach den Worten bleibt in dieser Stille die Aufmerksamkeit, mit der sie mir zugehört haben. Der Sonntagstisch bewahrt noch die Reste unseres Mittagessens, Schalen des Apfels, den mein Vater geschält hat, Knochen, Brotkrümel. Die Gegenstände und die Schatten sind wie wir bewegungslos, nehmen diesen Moment in Beschlag, existieren in diesem Moment wie wir, oder besser gesagt, wir existieren in diesem Moment wie Gegenstände und Schatten. Ich: Vater, Mutter, António, Cremilde, Clarisse.

*

In der Mitte der ersten Reihe im Festsaal Senhor Rui und seine Frau. Sie teilten sich die Lehne eines Stuhls, seine Hand auf ihrer Hand, Rui-Alice. Dann ihre Hand auf seiner Hand, Alice-Rui. Um sie herum, ebenfalls in der ersten Reihe oder gleich dahinter, in der zweiten, waren die Tochter und der Sohn mit ihren Lieben, die Enkel mit ihren Frauen, die Urenkel. Da sämtliche Plätze des Festsaals besetzt waren, saßen Leute auch auf den Stufen oder standen, an die Wand gelehnt.

Eine Lehrerin betrat die Bühne, kündigte die Aufführung von Mädchen und Jungen des Centro Educativo an. Sie hob die Stimme, um über dem Gemurmel der Menge, das beinahe sofort verstummte, die ersten Worte zu sagen. Die Stille erhöhte ihre Nervosität, was an ihrem Zögern und Lächeln zu erkennen war. Als die Lichter gedämpft wurden, nutzten dies zwei, drei Personen, um zu husten.

Die Musik setzte ein, die Kinder betraten die Bühne. Sie waren mehr oder weniger gleich gekleidet. Schleppten Jutesäcke so, als wären sie voll, obwohl sie leer waren. Nach dieser Choreografie, eine Art rhythmische Bewegungsabläufe, war die Stimme eines Knaben zu hören, wie er gut vorgetragen die Geschichte Senhor Ruis las, auch er ein Knabe, in Campo Maior, in den Dreißigerjahren des zwanzigsten Jahrhunderts, Praça da República. Senhor Rui fand es witzig, dass es nötig war, das Jahrhundert ausdrücklich zu erwähnen, als könnten darüber Zweifel bestehen. Doch gleich darauf besann er sich, dass es tatsächlich nötig war: All diese Kinder hatten von diesem Jahrhundert keine Ahnung. Im Lauf der Jahre würden sie noch weniger darüber wissen. Doch hier waren Kinder auf der Bühne, stellten den Knaben dar, der er selbst gewesen war, die Mitstreiter, die er gehabt hatte. Und er spürte seinen Platz als Zuschauer, ich bin hier. Das Leben existiert, doch was existiert darunter verborgen? Während wir leben, lediglich ins Leben versunken, was geschieht darüber hinaus, darunter verborgen? Ich bin hier, hörte er eine Stimme in seinem Inneren sagen. Auf der Bühne verging die Zeit durch die Kinder sehr schnell: Zehn Jahre dauerten inklusive der Zweifel und Ängste zehn Minuten oder weniger. Es waren Kinder des Centro Educativo, dem er den Namen seiner Frau gegeben hatte, sehr ernsthafte Kinder, die versuchten, jede Geste ganz akkurat zu setzen,

Kinder im Alter, in dem Senhor Rui seine Frau kennengelernt hatte. An diesem Ort, dem Festsaal von Campo Maior, und zu dieser Stunde schien ihm, das Leben wäre vielleicht eine Aufführung von Kindern. Er erinnerte sich an ein Auto, das er in den Siebzigerjahren gehabt hatte. Erinnerte sich, als er an der Seite von Maurermeistern über die Baustelle ging, die Stiefel Klumpen von trockenem Zement zertraten. Er erinnerte sich, wie er die Besprechungsprotokolle der Gemeindeversammlung las, an den Tagen X im Monat Y. Erinnerte sich an seinen Bruder António, wenn er lachte. Er erinnerte sich, als er in São Paulo landete, schweißtreibende Hitze. Erinnerte sich an den Hubschrauber in Timor. Er erinnerte sich an seinen Schwiegersohn Joaquim Manuel. Erinnerte sich an die Umgebung von Luanda. Er erinnerte sich an den Tag, als er beschloss, einen Schnurrbart wachsen zu lassen. Erinnerte sich, als er seine Frau, noch jung, im Krankenhaus besuchte und dann noch weitere Male. Er erinnerte sich an einen Anruf des Enkels, der Enkelin und noch eines weiteren Enkels. Erinnerte sich daran, als er vom Tod des Ingenieurs des Rathauses erfuhr, vom Tod des Zivilgouverneurs, erinnerte sich an den Tod von Marcello Caetano. Er erinnerte sich an die Brille von Marcello Caetano. Erinnerte sich an die Trauerfeierlichkeiten für Mário Soares im Hieronymuskloster, das Fernsehen. Er erinnerte sich an die Volksfeste. Erinnerte sich daran, zusammen mit seiner Mutter, dem Vater und den Geschwistern am sonntäglichen Mittagstisch gesessen zu haben. Sonntag. Er war dort, neunzig Jahre, ich bin hier. Auf der Bühne hatten die Kinder bereits Delta gegründet, hatten Tausenden Menschen Arbeit gegeben, nicht nur in Campo Maior, hatten bereits das Centro Educativo, dem sie angehörten, gegründet. Ich bin hier, wiederholte die Stimme im Inneren Senhor Ruis, die Stimme, die ICH sagte.

Und er erkannte, dass von diesem Augenblick aus betrachtet, die Vergangenheit und die Zukunft das gleiche Ausmaß hatten. Dann und wann erschienen seitwärts auf der Bühne die Arme der Lehrerin, besorgt, und gaben den Kindern Anweisungen. Die Aufführung ging auf das Ende zu, man erkannte es daran, dass die Musik leiser wurde. Nun spürte Senhor Rui die Gegenwart der Frau an seiner Seite, tausendmal Alice, spürte die Gegenwart des Sohnes und der Tochter, spürte die Enkel und Urenkel, jeden einzelnen, spürte diese Kraft, das Leben, spürte den Augenblick bis in die tiefsten Tiefen, wusste er doch, dass im nächsten Augenblick die Aufführung zu Ende sein und eine Explosion an Applaus losbrechen würde.

Alice und Rui Nabeiro

FOTO: Arquivo pessoal

1961 gründete Rui Nabeiro in der portugiesischen Region Alentejo die Marke Delta Cafés. Sie erlangte in Portugal und weltweit großen Erfolg und wurde zu einem Beispiel für Pioniergeist, Innovation, Unternehmertum und vor allem zum Wahrzeichen für den Ort Campo Maior im Alentejo, Portugal. Ab der zweiten Hälfte der 70er-Jahre wurde die Geschäftsstruktur von Delta Cafés maßgeblich konsolidiert. Dies führte 1984 zur Trennung der von Manuel Rui Azinhais Nabeiro betriebenen Handelstätigkeit und der industriellen Aktivität von Novadelta S.A..

Die Notwendigkeit zur Diversifizierung resultierte in der Gründung von 25 Unternehmen der verschiedensten Sektoren: Industrie, Dienstleistungen, Handel, Landwirtschaft, Immobilien, Hotelgewerbe und Vertrieb, die nach strategischen Bereichen gruppiert wurden. Seit der Gründung stützt sich Delta auf solide Werte und Prinzipien.

Dieser Text über Rui Nabeiro wurde der Website der Nabeiro Group entnommen. Sein Leben und Werdegang sind die Grundlagen für diesen Roman. Rui Nabeiro starb am 19. März 2023.

José Luís Peixoto

Das Haus im Dunkel

Roman

Übersetzt von Ilse Dick

Der Erzähler, ein junger erfolgreicher Autor, führt den Leser in ein altes, von einem verwilderten Garten umgebenes und für einen Monat im Jahr in Dunkel versunkenes Haus. Er bewohnt dies mit seiner vom Lebensschmerz gezeichneten Mutter, der stillen Sklavin Miriam und unzähligen, sämtliche Räume bevölkernden Katzen. In ihm selbst lebt seine Geliebte, eine wunderschöne, der eigenen Fantasie entsprungene Frau.

In diesem, nach festen Regeln uralter Ordnung lethargisch dahindämmernden, Mikrokosmos taucht plötzlich wie ein Vorbote der großen Finsternis ein alter Freund aus Kindertagen auf, der Prinz von Calicatri. Eine vom Prinzen angekündigte »Invasion der Barbaren« wird zur schrecklichen Realität. Viele Menschen fliehen aus der Stadt, doch einige bleiben, um sich schicksalsergeben dem Unvermeidlichen zu fügen. In furchtbarer Grausamkeit werden sie von den Invasoren entsetzlich zugerichtet, und auch das Haus im Dunkel und seine Bewohner werden von ihnen heimgesucht und nicht verschont.

Gebunden mit Schutzumschlag, 320 Seiten
ISBN: 978-3-902711-34-2
Auch als E-Book

José Luís Peixoto

Friedhof der Klaviere

Roman

Übersetzt von Ilse Dick

Der »Friedhof der Klaviere« ist ein magischer Ort, an dem sich drei Generationen der Lázaros einfinden, ein Ort freiwilligen Exils, heimlicher Treffen, versteckter Ehebrüche, in dem Stimmen aus dem Jenseits sprechen, die Zeit stillzustehen scheint, ein Ort, der viele Geheimnisse birgt.

Francisco, viertes Kind der Lázaros, gilt als Favorit beim Marathonlauf der Olympischen Spiele in Stockholm. Während des Laufs lässt er sein Leben Revue passieren: seine Kindheit, seine Ehe, seine leidenschaftliche Liebe zu einer Pianistin und das Verhältnis zu seinem fürsorglichen wie gewalttätigen Vater. Er stirbt bei Kilometer 30. An diesem Tag wird sein Sohn geboren.

Peixoto entwirft ein episches Porträt einer Tischlerfamilie im Arbeiterviertel von Lissabon, indem er raffiniert die Erinnerungen Francisco Lázaros, seines Vaters
und die seines Sohnes unwirklich zeitlos miteinander verwebt.

Gebunden mit Schutzumschlag, 320 Seiten
ISBN: 978-3-902711-67-0
Auch als E-Book

José Luís Peixoto

Galveias

Roman

Übersetzt von Ilse Dick

In einer eisigen Januarnacht rast ein geheimnisvoller Himmelskörper aus dem Universum zielsicher auf Galveias zu, schlägt mit ohrenbetäubendem Krach am Ortsrand ein und verbreitet von da an einen widerlich beißenden Schwefelgestank, der über allem hängt und in alles eindringt. Die Bewohner des portugiesischen Dorfes werden brutal aus dem Schlaf gerissen, in Angst und Schrecken versetzt. Ohne eine Erklärung für dieses »Ding ohne Namen« zu finden, klagen sie fortan über dieses bittere Ungemach, nehmen es jedoch stoisch hin.

Makrokosmos trifft Mikrokosmos.

Die Milieuschilderung erzählt vom Zerwürfnis zwischen zwei Brüdern wegen eines Stückchens Land, der Ältere beseelt von romantischen Gefühlen für seine um viele Jahre jüngere Haushälterin, Mutter des Jungen, der irrtümlich die Prostituierte Isabella tötet, erzählt von halsbrecherischen Rennen mopedbesessener Jugendlicher, mit zum Teil tragischen Konsequenzen, oder von einem Pfarrer, der seine Nöte ständig im Wein versenkt …

Gebunden mit Schutzumschlag 312 Seiten
ISBN: 978-3-99120-000-0
Auch als E-Book

www.septime-verlag.at